突然ですが、聖女になりました。

～世界を救う聖女は壷姫と呼ばれています～

CHARACTER INTRODUCTION

totsuzendesu ga
seijyo ni narimashita

虎《とら》屋《や》笑《え》美《み》

異世界に憧れを持つ高校二年生。助けを求められ聖女になると決めたものの、訳あって壺姫と呼ばれるように。

サイード・シャル・レーンクヴィスト

異世界の宮廷魔法使い。代々魔王討伐に関わっている一族のため旅に参加。

用語解説 Glossary

常世《トコヨ》 笑美達が暮らす現代の地球のこと。

現世《ウツシヨ》 魔法が存在するサイード達の異世界のこと。

ヴィダル・マイヤ

青騎士団団長。
魔王討伐隊のムードメーカー。

ソフィア・リーネル

青騎士団副団長。
女性ながら槍を得意とする騎士。

コヨル

サイードの部下で笑美の世話係。討伐隊の中で唯一常世文字が読める。

片《かた》峰《みね》冬《とう》馬《ま》

勇者として笑美と同じく、異世界に召喚された。
高校二年生。

突然ですが、聖女になりました。
～世界を救う聖女は壷姫と呼ばれています～

CONTENTS

序章：魔法使いがやってきた

ソレは、突然やってきた。

「もし、そこな方。落とし物ではございませんか？」

春の陽気も麗《うら》らかな、桜色の空の下。虎屋笑美《とらやえみ》は声をかけられた。

振り向きざまに髪がふわりと靡《なび》く。空から降り注ぐ花びらが、黒髪を流れた。

視線の先には、見慣れた制服のスカーフが、長く骨ばった指から吊るされている。

「……あれ？　いつの間に落としてたんだろ。ありがとうございます！」

笑美は礼を言って手を伸ばす。しかし、声をかけてきた人物は一歩下がって笑美の手を避けた。

呆気にとられ、男性の顔をついと見上げた笑美は――目を見張る。

なんて綺麗な人なんだろう。

夜空みたいに美しい瞳と、艶やかな絹のような銀髪。透き通った肌は白く、端整でいて隙のない風采であった。上品に整った目も唇も、薄い三日月を描いている。

桜吹雪の中、風に遊び、粉雪のような彼の髪が舞う。

それは、笑美のさほど長くもない人生の中で、一番美しいと思った光景だった。

「お初に御目文字《おめもじ》いたします。私、サイード・シャル・レーンクヴィストと申しまして、魔法使いを生業《なりわい》としております」

「あ、ご丁寧にどうも。私は虎屋笑美……虎屋が名字で笑美が名前で、高校二年生です」

片手を背中に、もう一方を胸に当て折り目正しく礼をする男性に釣られ、咄嗟《とっさ》に自己紹介をした。

物おじせず挨拶を返す笑美に、サイードは幾分か奇異の目を向ける。

しかし一瞬の後には、彼の傍《そば》を舞う桜が恥じらいそうな程、麗《うるわ》しい顔で微笑んだ。

「此度《こたび》は聖女様にご助力いただきたく、大変不躾《ぶしつけ》ではございますが推参《すいさん》した次第でございます」

桜色の空の下で、男はまるで雪のように儚《はかな》げだ。

ほほう？　と首を傾げる笑美の指先を、サイードが懇願するように両手で掴んだ。

「世は今、混迷を極めております。どうぞ我が世界をお救いくださいませ、聖女様」

春の雪は、笑美を捕えて放さない。

握られた手は、振り解《ふほど》けない程強い力ではなかった。

捕えられたのは、強い意志を湛《たた》えたラピスラズリのような瞳。

笑美は「聖女？」と繰り返し、サイードを見つめ返した。

「運命に導かれたのです。貴女《あなた》こそが、我が世を救いたもう聖女だと——」

笑美の手の中に、そっとスカーフが忍び込まされる。そのことに笑美が気付いた時には、サイードが両手で笑美の手を包み込んでいた。

三日月が、どんどんと細く歪んでいく。背景の桜吹雪さえ目に入らないほどの魅力だ。

花嵐を吹き飛ばすほど秀麗な顔で、サイードは微笑んだ。

「聖女様、その崇高なるお力で、どうぞ我が世界をお救いください」

微笑みを浮かべたまま彼は笑美の手に額を寄せた。淑女の指先にキスを落とす、騎士のように。

風に揺れるサイードの長い髪が、彼の表情を隠す。

けれど、笑美は微笑んだ。

笑顔は引力、言葉は魔力。

彼の言葉に何かを考えるよりも先に、満開の笑みを浮かべて大きく大きく頷いた。

「よし来た！　どんと来い！」

自らの額を笑美の手に寄せたままだったサイードが、ピクリと動きを止めた。

しかしそんなことには気付かずに、笑美は張り切って声をかける。

「魔法使いって本当ですか？　凄い衣装ですけど、もしかしてこの世界の人じゃないとか？　あっそうだ、もし長期間家を空けるなら、パパとママに連絡し……な、きゃ――あ？」

ふわふわと視界を横切る不思議な光を見て、笑美は言葉を止めた。

黄色とも、緑ともつかない半透明の丸い光が、自分とサイードから放たれていたからだ。

不規則に漂うそれは、まるで夏の夜の蛍のよう。

けれど今は、夏でもなければ、夜でもない。

笑美は咄嗟にサイードにしがみ付く。二人の体が、足下から半透明に透けていっているのだ。

自分の体が溶けていくような奇妙な光景に、笑美は堪えていた悲鳴を全力で吐き出した。

「きゃ――!!　お、お、お、おばけ――!!」

そのまま、視界は暗転。

❖

目を開けた笑美が見たものは、絵本やＲＰＧのような光景だった。

白と金を基調にした豪華絢爛《ごうかけんらん》な大広間。天井は高く、窓は大きい。城の中だと思われた。

華々しい衣装を纏《まと》う人々の中、鈍色《にびいろ》の鎧《よろい》に身を包んだ衛兵達が、とある一点を睨みつけている。

何が何やらわからぬまま地面に座り込んでいた笑美は、隣にサイードがいることを感じ取りつつ、衛兵の視線を追う。

広間の一番メインとなる場所――玉座には、二人の人物がいた。

一人の少年と、一人の男性。

少年はあまりにも、このファンタジーな世界で異質だった。浮いていると言っていい。

煌《きら》びやかなドレスが咲き乱れる広場でただ一人、彼は簡素な学生服に身を包んでいるのだ。

白いシャツと黒いズボン。よく見慣れた、どこにでもある制服だ。

そんなありふれた学生服を着た少年の、あまりにも破天荒な行動に、笑美は唖然とする他ない。

なぜなら少年は、男性を踏みつけ、その背に剣を突きつけていたのだ。

今にも串刺しにされそうな男性は、四つん這いになりながらも気丈に顔だけは上げていた。彼の豪奢《ごうしゃ》な衣装と場所からして、王様だろう。剣を構えた衛兵と同じく、表情は緊張に歪んでいる。

『……何、こ、れ』

緊迫した状況に耐えきれず呟いた自分の声が、何故か聞こえない。驚いて口に触れる。

しかし、驚くべき事に……そこに口がなかった。

もう一度言う。口が、なかった。

口の代わりにあるのは――つるりとしたおかしな感触だけ。

顔を触ったはずの手が、あまりにもおかしな感触を伝えてくる。人肌とは違う、陶器のような艶やかさだ。肌を陶器に例えることは多々あれど、これ程陶器めかしい肌は存在しないだろう。

『は？　え、いやいや、はっはは……えええええ⁉　声が、声が聞こえない⁉』

驚きのままに発した声も、一切響くことはない。口にした言葉を〝知っている〟だけ。

豪華な広場にしゃがみこんだまま、笑美はあり得ない感触の顔を、両手で包み込む。

そんな笑美を、鎧やドレスを身に纏った人々が、あらん限り目を見開いて見ていた。

「なんと面妖《めんよう》な……あのレーンクヴィスト殿が失敗したのだろうか？」

「いやしかし、あの珍妙な着衣は先だっての勇者に通ずるものがある……」

周囲から決して好意的ではない、落胆や驚愕を含ませたざわめきが聞こえてくる。

面妖？　失敗？　勇者？

状況も把握できていないのに、それを問《と》い質《ただ》す術も持っていなかった。唯一知っている人間であるサイードの服を、そっと握る。突然で驚いたのか、サイードが僅《わず》かに体を揺らす。

ぬくもりを感じ人心地がついていると、玉座で王を踏みつけたままの少年が叫んだ。

「あんた……ふっざけてんのかよ！　こんな時に、壺被せた人間連れてくるか普通！」

……壺？

壺って、何？

指先を握っているサイードを見上げたが、彼は笑美に目もくれず、一心に前を見つめている。

見つめる先にいる二人の背後には、豪華絢爛な椅子が、四つの脚をこちらに向けて倒れていた。

「これのどこが被っているように見えるのですか。どう見ても、顔が壺になっているのでしょう。もし頭に被っていれば、壺は必然的に下を向きます」

え、ちょっと待って。違う、確実に今、論点はそこじゃない。

『壺って、壺って聞こえるんですけど！　ねぇ、壺って⁉』

文字通り声にならない声で叫ぶが、サイードは振り向かない。声が聞こえていないのかと、再びサイードの手を引く。今度は先程よりもずっと強く。

だが、サイードはやはりなんの反応も示さなかった。

左手の違和感に気付いているだろうに、笑美に一言声をかけるどころか、一瞥《いちべつ》もしない。

「レーンクヴィスト殿！　勇者をこれ以上刺激するのは！」

『勇者？　今、あの子のこと、勇者って言った⁉』

群衆の隙間から聞こえた言葉に目を見開いて、少年を見る。

大人を足蹴《あしげ》にして、背に刃物を突きつけている——同じ日本人にしか見えない、少年を。

「おい！　あんた！　そこの……壺！」

少年が強い強い力で睨みつけながら笑美に叫んだ。

笑美は、ぴゃっと飛び上がる。慌ててサイードを見上げて、自分を指す。

『……まさか、私のことじゃないよね？』

声は伝わらずとも、動作で理解したのだろう。サイードはようやく笑美を見下ろすと、この異様な空気に似つかわしくない程静かに、ゆっくりと首を縦に振った。

壺。

私が、壺ということで確定らしい。

意味がわからずに、笑美は自分の体を見下ろした。制服を着た体は、いつもと何も変わらない。

なのに、何故？　何が壺？　もしや、顔だけ壺になってしまっているとでも？

あのつるりとした手触りを思い出し、笑美は声なき悲鳴を上げる。

絶望する笑美に、少年は切羽詰まった声で叫んだ。

「あんた、本当に日本人か⁉」

笑美はよくわかりもせずに、何度も首を大きく縦に振る。その拍子にバシャバシャと不吉な音が聞こえた気がするが、それを気にする余裕はない。

「来い！」

少年が強く笑美を呼ぶ。サイードを見上げると、彼は笑美にゆっくりと頷いた。

笑美は立ち上がる。膝から、忘れかけていたスカーフがふわりと落ちた。

訳がわからないまま、刃物を持ち、王様を足蹴にしている暴力的な少年の下《もと》へ足を動かす。

蹴り倒された椅子の座面は、深紅のビロード。縁取る金は目を見張る程精巧な細工だ。

スポットライトのような陽の光に照らされた玉座は、少年に奪われていた。

赤い絨毯をゆっくりと進んでいく。笑美の一歩一歩を、観衆は固唾《かたず》を飲んで見守った。

玉座から伸びた階段を上る足が非常に重い。人々の視線と緊張の糸で、全身を締め上げられているようだった。

少年は王様の背に刃物を突きつけたまま、目の前までやってきた笑美に横柄に声をかける。

「〝おい、あんた〟」

彼の声の調子が変わったことに笑美は気付いた。不安から俯いていた顔を勢いよく上げる。

「〝俺の言葉、わかるか？〟」

これはきっと日本語なのだろう。笑美はこくんと頷いた。

笑美が頷いた拍子に、少年の唇がふるりと震える。

息を呑み、次の言葉を探しているようだった少年は数拍の後、口を開いた。

「〝俺、――片峰冬馬《かたみねとうま》。あんたは？〟」

そのあまりにも自然な会話に、笑美は纏わりついていた不安や恐怖が解けていくのを感じた。

彼が一瞬、王様を足蹴にしている物騒な少年ではなく、同じ年頃の日本の学生に見えたのだ。

『私はね、虎屋っていうんだけど――』

伝えたくて話しかけるが、声にならない。笑美は冬馬に応えるために、首を縦に振った。

それを見た冬馬の持つ、剣の切っ先が震えた。

「今だ！」

隙を窺《うかが》っていたのだろう。冬馬が狼狽《うろた》えた隙を見逃さずに、周りに控えていた衛兵達が、王様を保護した。皆、まるで死をも覚悟したかのような表情だった。

突然弾丸のように飛んできた鉛色に驚いている笑美の前で、衛兵に拘束された冬馬が呟く。

「〝同じ日本人を呼べば気が晴れると思ったんだ……こんな意味のわからん夢、覚めるって……〟」

冬馬は睨む力もないのか、ただただ項垂《うなだ》れて床を眺めている。笑美が冬馬に一歩近づく。

「〃……俺、魔王を討伐する、勇者なんだって。急に、こっちに、呼ばれて〃」

近づいてきた笑美に気付いた冬馬が、ぽつりと呟く。笑美はこくんと頷いた。

「〃二人が嫌で、あんたも巻き込んだ……ごめん〃」

『――よくわかんないけど、大丈夫だよ。きっと』

言葉にしたが、冬馬には届かなかった。笑美は少し考えた後、自分の手を見た。

大丈夫、体は人間のままだ。衛兵が頑強に捕まえている冬馬の手を、笑美がそっと取った。

びくんと大きく震えた冬馬の手はきつく握り込まれていて、信じられない程冷たかった。

その指を一本ずつ持ち上げた笑美は、冬馬の手のひらに一文字ずつ綴《つづ》っていく。

【〃だ　い　じ　ょ　う　ぶ〃】

「だい、じょうぶ……」

こくん、と。頷いた笑美の首が元の位置に戻る前に、冬馬が抱き付いてきた。

衛兵による拘束など、何の意味もなかったことがわかるくらい、素早い動きだった。

顔が壺の少女の腰に縋《すが》りつく、最強無敵の勇者様。

その不気味でいて異様な光景に、誰もが言葉をなくしていた。

第一章：暴風と壺

場所も時も、慌ただしく動いた。

玉座の間から、立派な衣装に身を包んだ大人達に囲まれて別室へ移動する。

途中、笑美は損壊した城の一部を見つけ、足を止めた。

天高く聳《そび》えていただろう塔は傾き、国と誇りを守るための頑丈な煉瓦は崩れている。渡り廊下から見る城は名城と言って良い程に美しいのに、なぜあの一部だけ補修していないのだろうか。

不思議に思いつつも廊下を歩き続けると、笑美達は一室に案内された。部屋に散りばめられた贅《ぜい》を尽くした調度品に萎縮していると、サイードが二人を続き部屋へと案内した。

隣室から漏れ聞こえる大人達の声は低く、音は響かせても意味までは届かせない。

ソファに隣り合って座ると、冬馬は少しばかり居心地が悪そうに唇を歪めた。まだ、まともに言葉を交わす余裕はないらしい。

サイードは冬馬を落ち着かせるために、この部屋へ連れてきたのだろう。

そう思い当たるころには、笑美は何となく気付き始めていた。

――あ、これ。必要だったの絶対、〝聖女〟じゃないわ。

冬馬の背をポンと叩きながら、どう頭を整理するか途方に暮れる。

――魔法使い、聖女、勇者、王様。転がった玉座、緊迫した衛兵、突きつけた刃の切っ先。

のっけから随分とファンタジーな展開だ。

さしずめ自分は、聖女とは名ばかりの勇者冬馬《あばれうま》のストッパーなのだろう。

激怒し、制御をなくした冬馬の手綱を、いとも容易《たやす》く笑美は締めた。

王様を守る精鋭兵が、手も足も出なかった現状を一瞬で変えてしまったのだ。

この事実は、笑美が受け止めた以上に大きなものだろう。

「お茶をどうぞ」

顔をあげれば、無表情な少女がカップを持って立っていた。

卵のような白い肌に、くりくりの瞳。随分と可愛らしい少女だった。身長からして、年は笑美よりも幾つか下だろう。少女は仕事の邪魔にならないように、黒く長い髪を後ろでひっ詰めていた。

笑美達を隣室に通した際に、サイードが世話係りとして置いていったメイドである。

先程までのドレスで着飾っていた淑女とは違う雰囲気に、親近感を抱いた笑美は緊張をほぐす。

『ありがとう』

自分の耳にさえ届かない声に、話せなかったことを思い出す。言葉で伝えられないならばと、頭を少し下げて感謝を伝え、彼女からソーサーごとカップを受け取った。あたたかい紅茶に笑みが広がる。じんわりと染み込む温もりを両手で包み込み、カップを傾けた途端、カツンと音が鳴った。

『あー……』

呆然とする笑美に、メイドが冷静にハンカチを差し出してきた。

受け取ったハンカチで胸元に零《こぼ》れた紅茶を拭いながら苦笑する。

そうだ。今、私の顔は――

「やはり、壺では飲めませんか」

――壺になっているんだった。

やはり、って何よぅ。脱力する笑美の隣で、冬馬がいきり立つのを感じた。笑美が馬鹿にされたと感じたのだろう。笑美は脱力したまま冬馬の腕を引く。

大丈夫だから、と身振り手振りで伝えるが、冬馬はメイドを睨みつけたままだ。

これはよくないと、書き物がしたいことを身振りで伝える。メイドはすぐに意図を汲み、筆記具を持ってきた。スケッチブックのような冊子と、ボールペンみたいにインク一体型のペンだ。

【〝大丈夫、話し合おう。きっとなんとかなる〟】

笑美が紙に書いた見慣れた日本語に、冬馬は強張りを解く。しかし、何も解決していないことに気付いたのか、眉をひそめた。

「大丈夫って、さ……あんた。こんなとこに連れてこられて、壺にされて……次はきっと魔王を倒せって言われるんだぞ？　俺が言うのも本当になんだけど――自分の状況、わかってる？」

わかってるわかってる。笑美はうんうんと頷いた。

冬馬も、笑美の呑気な態度を見て、幾分か余裕が生まれたようだ。呆れ顔で笑美を見ている。

「聖女様、お召し替えの準備が整いました」

いつの間にか部屋からいなくなっていたメイドが、奥にある扉を開けていた。

お言葉に甘えようと立ち上がった笑美は、冬馬に小さく手を振り隣室に移動する。

『わあ～珍しいデザイン。さっきのサイードさんのに似てるね』

移動した別室には衣装が用意されていた。手に取ったそれを着物よろしく着付けてもらいながら、笑美は自分の体を見下ろす。

ゆったりとした白いローブには、銀色の豪華な刺繍が施され、色とりどりのビーズが編み込まれていた。くるりと一度回る。ふわりと浮かぶ生地は、そこそこに重い。

無表情なメイドは、はしゃぐ笑美の隣でセーラー服を丁寧に畳むと、鏡を持ってきた。

メイドの抱える鏡を覗き込んだ笑美は、次の瞬間悲鳴を飲み込む。

――壺だ。

まごうことなき壺が、そこにいた。

『ま、まじで～……まじで、壺……。まじで……壺……』

顔の部分が、まるまる壺になっていた。白くなめらかな陶器の下に生えた人間の首。気味が悪すぎる。白いローブに、白く丸い壺。まるで、てるてる坊主のようだった。

いつの間にか鏡に近づいていた笑美は、震える手で鏡面に触れていた。鏡に触れる自分の指は、ひんやりと冷たい。壺を触るもう一方の手も、同じように冷たかった。

人の肌を触っている時とは、明らかに違う感触。

「失礼致します」

それ以上は毒になると思ったのか、メイドは静かに腰を折ると鏡をそっと笑美から離した。

もう少し見ていたかった、もう一秒さえ見ていたくなかった。

相反する二つの感情に、笑美は心の中でため息をつく。現実を受け止めるには、まだ時間が足りないようだ。

笑美が指をさしてメイドに尋ねると、メイドは頷いて誘導した。

『……さっきの部屋に誰か来たのかな？　もどろっか』

丁度その時、先程いた部屋から何やら話し声が聞こえてきた。

「――だ。――なら、――だろ？」

「――ます。――か」


「勇者様には、我が世界のため、誉れ高き兜を戴《いただ》き、魔王討伐の旅に出陣して頂きたく――」

「この世界のことなんて、俺には関係ないんデスけど」

冬馬の待つ部屋では、和やかとは言い難い会話が繰り広げられていた。

ドアが開く音に気付いたのか、冬馬の奥にいたサイードがこちらを見る。笑美を見た瞬間に、眉間に深く皺が刻まれた。顔を見せただけで、これ程顰《しか》めっ面《つら》をされるとは。

「着替えの必要が？」

「お召し物が汚れてしまいましたので」

「手は？」

「僭越《せんえつ》ながら私が」

渋面を作ったサイードと、端的なメイドの応対に笑美はひえええと慄《おのの》く。お前に貸す服もメイドもねーんだよ、ってことですか？

くわばらくわばら。凶悪なサイードの声にビビりつつ、サイードの放つ冷気を遮るように、すすすと冬馬の背に隠れた。

「――勇者様は些《いささ》か誤解なされているようですね。帰還する術《すべ》がない以上、ご自身もまた〝この世界〟に住まう者でございましょうに」

サイードの突き放した言葉に、冬馬と笑美は息を呑む。冬馬も笑美も、日本で普通に育てられた十六歳の子供だ。大人の冷静な正論など、受け慣れていなくて当然である。

「しかしながら、勇者様のお気持ち如何《いかん》によっては、我々も帰還の協力を惜しむつもりはございません」

「なっ……自分たちが連れてきておいて！　偉そうに上から目線で交渉かよ！」

「何度もご説明致しました通り、勇者様降臨に関しては一切、私共は関与しておりません」

え、そうなの？　笑美は驚いて冬馬を見た。

しかし激昂している冬馬は、サイードの言葉など端《はな》から聞く価値もないと思っているようだった。

「じゃあ何。普通に電車乗って学校行こうとしてただけなのに、急に異世界に来ましたって？　んな訳あるか！　あんた達が呼ばないで、なんで俺はこんな所にいるんだよ！」

「大変心苦しいのですが、判断致しかねます」

にべもないサイードに「っざけんな！」と冬馬は大声で叫んだ。

そのまま冬馬はサイードの隣をすり抜け、ドアを壊して部屋を飛び出して行く。

ドアを、壊して。

ない目を真ん丸にして笑美はドアを見つめた。

笑美には今、冬馬が普通にドアノブに手をかけたように見えた。それなのに根性のないドアは、枠から外れた。壁には何故か亀裂まで入っている――いや、原因は明らかだ。

これが、〝勇者〟の力なのだろう。

同時に、先程見た損壊した城の経緯も悟った。頑丈そうに見えるこの城も、冬馬の癇癪《かんしゃく》を受け止めるには至らなかったらしい。王様を救い出そうと、命がけだった衛兵達にも頷ける。

唖然としていたら、サイードが静かな湖畔のような目をして、笑美を見下ろしていた。

笑美はドアとサイードを数度見比べると、サイードに体を向けた。冬馬を追いかけたほうがいいことはわかっている。しかしサイードは、この場に残った笑美に、冬馬を追えと言わなかった。なら大丈夫かと、笑美は先にサイードと意思の疎通をはかることにした。先ほど机に置きっぱなしにしていた筆記用具で文字を書く。サイードが不思議そうな顔で近づいてきた。

【〝冬馬はいつこっちに来たの？　魔王はどうして復活したの？　冬馬は倒せそうなの？〟】

サイードが部屋の隅にいたメイドを呼ぶ。メイドはスケッチブックを片言で読み上げ、次いで端的に述べた。

「〝冬馬〟という単語が人名かと。勇者様のことだと思われます」

表情が見えない壺面でも伝わるように、大きく頷いた。どういうわけか話し言葉は通じているようだが、サイードの反応を見る限り、書き文字は違うらしい。

何故かメイドは日本語に明るいが——意思の疎通の度に仲介が必要となると骨が折れる。

「——ご自身のことは？」

「今のところ、一人称は出てきておりません」

メイドの答えを聞いたサイードが尋ねるような視線を寄越した。

え、う、うーん？　何？　という気持ちを込めて首を傾げれば、サイードが視線を言葉にする。

「貴女はこの世界を救うのが嫌だと、泣かないのですか？」

泣いてるかどうか、こんな壺顔じゃ見分けすらつかないくせにと、笑美は笑った。

尋ねたいことは沢山《たくさん》あったが、そのどれも、素直に返事が貰えるとは思えなかったし、きっと今の笑美には聞いてもどうしようもないものばかりだろう。

それに笑美は、昔からこういう立場に憧れていた。

子供じみた妄想でも、お伽噺《とぎばなし》の聖女でも――

憧れの場に立った笑美はただ頑張りたいとしか思えなかったのだ。

【〝私はこの世界を救いたい〟】

読めないかな。笑美の不安をよそに、真剣な顔で文字を凝視していたメイドが口を開く。

「私、こちらは世界、救う――希望の形をとっています。私は世界、救いたい」

「……何故？　勇者様のおっしゃった通り、お二方にとっては縁《ゆかり》も所縁もない世界のはずです」

『だって、貴方が迎えに来たから』

ころころ、と笑っているのが動きからわかったのか、サイードが訝《いぶか》しがる。

笑美は伝えるためにも、ペンをスケッチブックに滑らせた。

【〝助けてくれって言われたからよ〟】

「助けて、言われた……助力を懇願されたからだと申されております」

メイドの言葉にサイードは一つ息を吸うと、何かを決意したように言葉を吐き出した。

「――彼《か》の勇者様からは太古の力を感じます。遠い昔に失われた、魔王を屠る力です。……そして、こちらに着いてからは、貴女様からも」

『え、〝太古の力〟って、やっぱりあれ？　……ドアをぶち破った、意味不明な怪力？』

それは、冬馬が王様を人質に取っていた時に、衛兵が足踏みしていた原因でもあるはずだ。あの力を元々冬馬が持っていたとすれば、日本で大騒ぎになっていただろう。同じ気配がすると言われた笑美の顔は、当たり前だが日本では壺じゃなかった。勿論、素手でドアを破壊したことなどない。

だとすればやっぱり、冬馬を呼んだのはこの世界の魔法使いじゃないの？

顎もとい壺の底に手を当てて考え事をし始めた笑美に、サイードが頭を下げる。

「……貴女様には、大変申し訳なく思っております。そちらの世界の人物が起こした騒動とは言え、謀《たばか》るような真似を致しました」

案の定、必要なのは聖女じゃなかったらしい。サイードの潔い言葉に、笑美はまた笑った。

サイードは、初めて会った時と同じポーズでお辞儀をしている。片手を背に、片手を胸に。

「……ですが、お願い致します。どうか我が世界を、お救いください」

けれど、あの時とは何もかもが違った。頭を下げているだけでも、言葉が音を発しているだけでもない。その姿勢にも、声にも、強い意志と覚悟が乗っていた。笑美はにっこりと、大きく笑う。

『まっかせなさい！』

どーん、と笑美は胸を大きく叩く。

こんな小娘に何を期待しているのかはわからないが、お願いされたならば仕方ない。

笑美は顔を上げていたサイードに伝わるように、何度も頷いた。ちゃぽんちゃんぽんと水音が鳴る壺の秘密を、後でちょっと真面目に聞こうと思いながら、笑美はサイードの手を掴む。

手を握られた彼がぎょっと目を剥く。今まで大きく表情を変えなかったサイードに、ハッとした。

こちらの世界では、女性から手を握るなんて御法度《ごはっと》に違いない。気付けども、握ってしまったものを離せば、そこに意味が生まれてしまう。

誤魔化すようににへらーと笑う。

しかし、顔面が壺なので、何の意味もない。驚くサイードに気付かないふりをした笑美は、彼の手を引いたままドアとも呼べなくなった空間を潜り抜けた。

城内を捜し歩いて数分。捜していた人物は、案外近い場所にいた。

廊下で不貞腐《ふてくさ》れたように、ズボンのポケットに手を入れ、壁によりかかっていた冬馬を見ても、サイードは驚かなかった。誰の下へ連れて行かれるのか、ある程度予測できていたらしい。

焦ったのは冬馬だ。先程口論した人間と覚悟なく向き合うことになり、戸惑いを隠せずにいる。

笑美は、サイードに向かって深く頷く。さぁ言え、今言え。

ちゃぽん、と壺の中身を鳴らして頷いた笑美に、苦虫を噛み潰したような顔をしたサイードは一度目を閉じた。しかし目を開いた時には、既にその表情は変わっていた。

「数多《あまた》の祝福を受ける勇者様におかれましては、現世《うつしよ》の些事等、誠《まこと》あずかり知らぬことでございましょう。しかし、現世は今、救いの手を心から必要としております。どうか、我が国の民のため、我が世界のすべての生き物のため――その貴きお力を、お貸し頂けないでしょうか」

しんしんと冷たい口調の静かな声は、確かにその場の空気を震わせた。

呆然とサイードを見ていた顔がくしゃりと歪み、冬馬は大慌てで片手で顔を覆う。

「……んっだよ、さっきみたいに高飛車に、言えばいいだろ、命令すればいいだろ。どうせ俺は、帰りたいからさ、あんたらの言うこと聞くよ。わかってんだろ、くそっ、なんでだよ……くそ」

笑美が二人を交互に見やる。サイードも冬馬も、形は違えどもお互いに顔を伏せている。このままでは再び仲違い突入では……とやきもきし始めた笑美の隣で、冬馬が動いた。

「本当に、倒したら、元の世界に帰してくれるんだろうな」

「総力を挙げ、帰還の術を探すことを誓いましょう」

サイードは真摯に答えた。その声色に、冬馬は振り切るように叫んだ。

「……わかったよ！　そのかわり俺、なんも知らないからな！　全部教えろよ‼　絶対帰せよ‼

――そしたら世界でもなんでも、救ってやるから」

冬馬の心の叫びは、ひどく心を抉るようだった。彼の悲しみが、衝撃が、芯から伝わってくる。

サイードはそんな冬馬の衝動を受け止めるように、「勿論《もちろん》です」と真摯に頷いた。

❖

現地人が現世と呼ぶこの世界に、およそ二百年ぶりに魔王が復活した。

初代魔王を滅ぼしたという伝説の聖女と勇者にあやかり、人々の中から少年と少女を一人ずつ精選しようとしていた――まさにその時。眩《まばゆ》い光に包まれた少年が降臨する。

彼こそが縦横無尽な力を誇る、冬馬である。

現世の民は、突然天から降り立った冬馬を、聖女が遣《つか》わした使者――勇者として歓迎した。名だたる名将を押しのけてでも〝勇者〟と呼ぶに余りある程、彼の降臨は奇跡がかっていたという。

やんややんやと持ち上げられるうちに、冬馬も満更でもなくなった。

褒めそやされ有頂天になった冬馬だったが……ふと「家に帰れるのだろうか」と不安になった。その瞬間に、里心がついた。不安の火種は冬馬の中で燻《くすぶ》り、消えない炎となって身を焦がした。

——なあ、俺いつ帰れんの？

どれだけ待っても、彼に返事をする者はいなかった。

ここはどこなのか、帰れるのか、自分以外にも自分の世界の人はいるのか……なぜ自分なのか。燃えた炎は灰となり、灰は冬馬の心に降り積もった。不安は焦りになり、焦りは怒りとなる。やり場のない感情の対処を上手くできなかった冬馬が癇癪を起こした結果が——先程笑美が見た損壊した城と、転げた玉座だった。

無意識に湧き起こる嵐を制御する術も知らず、自らを止めようとした者に冬馬は言葉を放った。

——触んな。

たった一言と、たった一振りの払いで——その者は、広間の端から端まで吹き飛んだ。それ程、冬馬の力は並外れていた。だが化け物じみた凶行は、冬馬自身の心にも大きな傷を与えた。人を傷付けたことなどなかった冬馬。彼は自らの異様さと孤独から、片割れを望んだ。

——こんなの違う……こんなの望んでない！　今すぐ帰れないならせめて他の日本人を呼べよ！

荒れる冬馬を恐れたが、従うことはできなかった。人を——何かをこの場に召喚するような、そんな都合のいい魔法は存在しないからだ。けれども、冬馬は人々の必死の説得に耳を貸さなかった。

冬馬は何の前触れもなく日本から呼び出された。これを召喚魔法と言わず、何と言うだろうか。

再び怒りだし、王を人質に取った冬馬を恐れた現世の魔法使いは口を割った。

何の縁《よすが》もない異世界から、生きている人を連れてくることなど不可能だが……あちらの世界の人間の所持品を持っていれば、こちらから赴くことは可能だと。

それを聞いた冬馬は思い出した。自宅の最寄り駅で拾っていた、臙脂色《えんじいろ》のスカーフを。

制服のポケットから乱暴に取り出した冬馬は、やけくそ気味に魔法使いに突き出した。

——じゃあこれで、俺のツボな女の子を連れてこいよ！


『……ははは』

乾いた笑いを漏らす。

サイードとメイド、冬馬と四人であらましを聞いていた笑美は、引きつる顔を押さえた。

しかし、そこには触り慣れないつるんとした感触があるのみ。

『まさか、この頭が、壺な理由《わけ》って——』

信じたくない。考えたくない。受け入れたくない。だが真実は粛然とその場に聳えたっていた。

ツボな女の子。

確かに、この場に壺が存在する。

恐怖も腹立たしさも立ち所に消え去る程、情けない理由である。

笑美は手元にスケッチブックとボールペンを手繰り寄せると【〝それが理由？〟】と書いた。

「それが理由？　だって」

「左様にございます。勇者様の求めに応じ、壺な女子、という条件を魔法陣に付記致しました」

「そうじゃねーことくらいわかるだろ！　壺かつぎ姫かよ！」

ぎゃあぎゃあと騒ぐ冬馬を止める余裕が、今の笑美にはなかった。

痛む頭を押さえ、天を仰ぐ。

——ところでサイードさん、一つだけ言いたいことがあるんだけど。

謝っても、いいのよ？

❖

勇者降臨に続き、とても徒人《ただびと》とは思えぬ聖女が降臨したことにより、人々は魔王討伐への士気を高めていた。日本——現地風に言うならば常世《とこよ》は、言葉の通り天国のような場所だと思われているようだ。天国からの使者である冬馬と笑美は、正に殿上人《てんじょうびと》のような扱いを受けていた。

「こちらの世界の簡単な説明と、討伐隊の顔見せを行います。こちらへ」

というのに、サイードは慇懃《いんぎん》に隠れた無礼な振る舞いを隠そうともしなかった。なんとなく彼はこっちの性格が素なのだと、笑美にも掴めてきた。冬馬と共にサイードの後ろについていく。

サイードは手にした書類から、目を離す暇もないようだ。討伐隊の出立《しゅったつ》に向け、城の働き手総出で準備をしているらしい。そばにいる男性に指示を出しつつ、サイードは大股で廊下を闊歩する。

「我が国は三百年の歴史を持つティガール王国と申します。三百年前と、二百年前に一度ずつ魔王を廃した功績を認められ、此度も我が国から討伐隊が出されることとなりました。全世界が、我が国から討伐隊が旅立つことを把握しています。その為、今、軍隊を動かすことはなりません。討伐隊は、全員で六名。精鋭隊での突撃となります」

「何だよそれ。つまり、他の国は様子見ってこと？　ていのいいスケープゴートじゃねえか！」

「ええ、先刻までは正しくその通りでございました。我が国の優秀な人材をもってしても、魔王討伐は絶望的だったからです。ですが、恐れ多くも勇者様のご協力を得られる今、魔王討伐も机上の空論ではありません」

そうかな、とはにかむ冬馬に、笑美はよかったねと背を叩いてやる。更に、冬馬から隠れたところで、サイードにぐっと親指を突き立る。やればできるじゃないかと笑顔を向けて。

しかし、サイードは一切反応を示さずに、再び前を向き早足で歩き始める。

この男、スルースキルがちょっと高すぎやしないか。笑美は唇をとがらせた。

「一度目の討伐時は、歴史背景的に残っている資料が少ないため、あまり参考になるところはないでしょう。ですが、二度目の〝救世の王子〟の活躍は、覚えていて損はありません」

サイードは淀みなく言葉を紡いでいく。まるで物語の語り部のようだ。

笑美はサイードの講義に耳を傾けながらも、ふと美しい自然へと興味を移す。

庭は美しく手入れされている。王様のお墓とかないかなーと、笑美は視線を彷徨《さまよ》わせた。

「彼の王子は世界平定後、歴史的資料の重要さを唱え、製紙産業や歴史の保管方法について様々な提言をなさいました。魔王を討伐したことも勿論ですが——今、正しい歴史が我々の手の届く場所にあることこそ、彼の成し遂げた一番の功績だと私は思っております。聖女様がお持ちになられているその画帳や筆記具も、彼の王子の偉業の賜物《たまもの》です」

渡り廊下は長く、木から木に鳥が跳ねていくのを笑美は見つけた。

魔王を倒さなければ、こういう平和なひと時もこの世界から消えてしまうのだろうか。

「我々の旅は基本的に、その道筋を追う旅となります。誉れ高き王子の名は——」

鳥が飛んだ。天高く、羽を広げて——自由を愛する鳥は、高く高く、青い空へと溶けていった。

サイードの早足について行けず、足がもつれ始めた頃。渡り廊下を進むサイードと笑美と冬馬は、軍事施設へと辿り着いていた。武器を持って鍛錬している者はいない。代わりに、慌ただしい様子で騎士達が、右へ左へと走り回っている。

「リーネル副長。マイア殿は何処《いずこ》に？」

「これはレーンクヴィスト殿」

サイードが声をかけたのは、清廉とした佇まいの女性だった。振り返りざまに、高いところで縛られていたブロンドが揺れる。濡れた雲のような灰色の瞳は、彼女の印象を柔らかくした。

しかしサイードが呼んだ肩書きからして、関係者どころの話ではないだろう。

上から数えたほうが早い階級を持つ女性は、サイードに深く一礼する。

さらに、サイードの後ろにいる笑美と冬馬に気付き、ふんわりと微笑んでくれた。

「このようなむさ苦しい所までご足労を頂き、申し訳ございません。マイアでしたら武具庫かと」

ご案内致します、とソフィア・リーネルは騎士服をはためかせて踵《きびす》を返した。その颯爽《さっそう》とした姿は同性の笑美でさえ視線が釘づけになる美しさだ。

数分とせずに辿り着いた部屋には、目的の人物以外に、もう一人いた。

「ええ〜だんちょさん、行っちゃうんですかぁ？　寂しくなっちゃうなぁ」

「やっさしいなぁ〜！　俺もちょーっ寂しーっ！　もー出張なんて行くのやめちゃおっかなー！」

武具庫の室内には、密着した二つの影。ソフィアは冷静に、腰から剣を引き抜いた。

どうするのだろうと見守っていれば、武具が所狭しと並べられた棚のほんの僅かな隙間に、ソフィアが凄まじい勢いで刃を突き刺す。笑美と冬馬はあまりの恐怖に、数センチは飛び上がった。

「ご安心ください。任務放棄などという不名誉で首が飛ばぬよう、先に刎《は》ねて差し上げます」

「わぁい……嬉しいなぁ……ドリスちゃん、またねぇ……」

男はホールドアップして、情けない声をあげる。ソフィアが突き出した剣は、男の首の皮一枚で止まっていた。「またねー」と明るい笑顔で手を振った侍女は、男をあっさりと見捨てて立ち去る。

「ブリュノと武具の最終確認をされていたはずですが、彼はいつ侍女に転職したんですか？」

「睨みつけるなよ、ソフィア。せっかくのべっぴんさんが台無しだぜ」

「公に発表されていない勅命を一介の侍女に告げるなど――滅俸では済みませんよ」

「そう言うなや。美人は世界の宝だ。俺が負けるのも仕方ねぇ」

ねめつけるソフィアに、女を連れ込んでいた男は大きく笑った。

がっはっは、と漫画のような吹き出しまで付きそうな豪快さである。

「お、なんだサイード。いたんなら言ってくれりゃあいいのに」

「言葉をはさむ暇があったようには思えませんでしたが」

「どうせならあとちょっと気ぃ利かせてくれたらよかったのによー」

男は太い指をわきわきとした。その瞬間ソフィアにより振り下ろされた剣を、男は寸前で躱《かわ》す。

「わ――！　悪かった！　ごめんなさい！　俺が悪かったです！　とってもお話聞きたいです！」

男の命乞いを受けたソフィア副長が、剣を鞘に仕舞った。

ようやく静かになったとばかりに、サイードが笑美と冬馬を振り返る。

「此度の隊を率いてくださる、青騎士団団長のヴィダル・マイア殿です」

紹介された男は随分と体が大きかった。夕日のような赤毛に、新緑のような翡翠色《ひすいいろ》の瞳を輝かせている。彼は身に付けている鎧の重さも感じさせないような、軽やかな笑みを浮かべた。

「討伐隊で隊長を任されることになったヴィダルだ。ユウシャサマとはさっき会ったな」

青騎士団、さっき会った。その言葉に、冬馬の体が硬直したことに笑美は気付いた。

損壊した城か倒れた玉座――そのどちらかに、彼はいたのだろう。どれも騎士が何の関わりも持たなかったとは思えない。ヴィダルは笑みを浮かべているが、内心までは覗き込めない。

冬馬は素直に頭を下げられずに、顔を逸《そ》らす。そんな彼に、笑美もまた何も言えなかった。

口がないことも確かだが、笑美と冬馬はまだ、出会ったばかりの異性の学生――非日常に巻き込まれているとは言え、一足飛びに大親友、となるには難しい。それに、冬馬の力の凄さを目の当たりにして、笑美は少しばかり冬馬に対して緊張している部分もあった。

「あぁ、申し遅れました。私もこの場をお借りして、勇者様に自己紹介を――。サイード・シャル・レーンクヴィストと申します。三百年前は、伝説の勇者として。二百年前は、〝救世の王子〟の友として魔王討伐の名誉を二度授かった唯一の血筋であるため、討伐隊に随行することとなりました。お見知りおきくださいませ」

サイードの自己紹介で、少しの緊張感に揉まれていた場が和んだ。

「魔王討伐の功績により叙爵された初代勇者は、剣一振りで千の魔物を葬り、槌一振りで地面を割ったと記録に残っております。血が薄れるにつれ、その強靭さも薄れつつありますが……」

サイードが細腕で地面を割る姿を思い浮かべて笑う笑美に、ヴィダルが陽気に声をかける。

「おう嬢ちゃん。仕舞っちまったようだが、あんたの綺麗な足はと一んと拝ませてもらったぜ」

『足？』と服の裾を持ち上げた笑美を、サイードが絶対零度の眼差しで見つめた。

あまりの恐ろしさに、ヒッと笑美は飛び上がった。硬直した手から、裾が落ちる。

「恐れながら、常世の理《ことわり》の中で生きる聖女様におかれましては、大層なご不便かと存じますが……おみ足は気軽に晒さぬようお気を付けくださいい。現世においては、いらぬ誤解を招きましょう」

『誤解？』

恐る恐る声をかけてきたソフィアに、笑美は首を傾げた。

「現世の男は、およそ常世の男性程下半身の躾がよくありません」

「おーいソフィアちゃーん」

「特にこういう人間の前で、素肌をみだりに晒すのは大変危険な行為です。御自《おんみずか》ら、馬具の付いてない馬に乗るようなもの」

「俺は乗られても大変けっこうなんですが」

「団長、今日はよく嘶《いなな》きますね。口をお出しくださいませ。蹄鉄を付けて差し上げましょう」

「つけるとこ違えよ！」

ソフィアの忠告を受け入れたと伝えるために、笑美は大きく頷いた。その拍子に、ちゃぽんとやはり音がする。壺から鳴った音に気付いたヴィダルが、器用に片眉を上げた。

「しっかし、今回の聖女様はまったくもって奇天烈な出で立ちだな。その壺、取れねぇのか？」

『なるほど、その可能性は考えていなかった』

笑美はポンと手を打った。

「やったことないのか。持ち上げても？」

『どうぞどうぞ』と笑美が頷くと、ヴィダルは笑美にとって頬にあたる部分に触れた。

壊さない程度の力を入れ、ぐっと上に押し上げる。

しかし、中々切り離せない壺にじれたのか、ヴィダルは力を加えた。

首から上がちぎれそうな痛みに、笑美は慌ててバシバシと彼の腕を叩く。

やはり、壺は被っているのではなく、顔として首の上にくっついているらしい。

『ギブギブギブギブ!!』

「おもしれーこのまま持ち上げたら、足が浮くか？」

「無為に過ごせば過ごすだけ出立が遅れることを理解できない程、筋肉に脳を侵されたのですか」

「なんだよ。お前だって、壺のこと気になるだろ？」

「それについては後程、ご本人様の許可を得て解明します」

叱責など歯牙にもかけずに、笑美の肩に手を置いて壺を覗き込んでいるヴィダルに、サイードが冷気を浴びせる。

「これ以上時間を浪費するのであれば、今すぐ簀巻《すま》きにして馬車に詰め込みますが」

大事なのは「ご本人の許可」ではなく「時間」の方だったらしい。

「よし、聖女様。あとで花屋で花を買って来てやろうな」

「ご希望承りました。リーネル副長、すぐに縄の用意を」

「簀巻きにするよりいっそハーネスを付けてキャラバンを引かせては」

「妙案ですね、採用しましょう」

サイードの言葉を受けたソフィアは、迷いなく武器庫の奥に進んだ。馬具があるのだろう。

「わかったわかった！　わかりました！　どうもすみません！　ソフィア、お前も真《ま》に受けるな！」

「真に受けたのではありません。利害が一致しただけです」

「一致させるな！」

二人の気心知れたやり取りに、サイードが無表情で口を挟んだ。

「それよりもマイア殿、勅旨《ちょくし》を受けていますね。猫を撫でて遊ぶ暇があれば、さっさと引き継ぎを終わらせてください。未明には出立しますよ。それからソフィア・リーネル副長。貴女にも勅令を預かっております」

虚を突かれたような顔をした後、ソフィアは「拝見いたします」と言って、サイードの差し出した手紙を恭《うやうや》しく両手で受け取った。途端に、ヴィダルが「なんだそれは」と顔を顰《しか》める。

「中身など、私が知るはずがないでしょう」

しれっと涼しい顔をしたサイードが、ヴィダルに返事をする。

「――討伐隊に随行せよと」

しばらくして手紙を読み終えたソフィアが掠れた声で呟くと、ヴィダルは舌打ちした。

「おいサイード！　お前の入れ知恵じゃねえだろうな！　すっとぼけた顔しやがって！　大体、青騎士団から二人も選出してみろ。白騎士団からなんて言われるかわかったもんじゃ――」

「世界の有事に何をおっしゃる。均衡《きんこう》で世界が救えるものですか。それとも均衡など建前で、青騎士団は頭二人が抜けたら腑抜《ふぬ》けになると？　それは申し訳ないことを――」

「んな訳あるか！　見え透いた挑発で話をすり替えんな！」

火山を噴火させるヴィダルにすっかり萎縮《いしゅく》した笑美は、こっそり冬馬の後ろに隠れた。

「魔王以外の懸念の種を抱えろと？　内部分裂を端《はな》から推奨してかかる人間と、親睦を深める暇などありません」

その答えにいささか納得したのか、ヴィダルは鎮火しようと声を抑える。

「だいたい、何でソフィアが必要なんだ」

「聖女様が随行なされます」

「うちの団員をメイドに据えろってか！　魔王討伐なんぞに連れて行けるか！　王に直訴して――」

ヴィダルが言い終える前に、ソフィアが躍り出た。常にない行動なのだろう。ヴィダルはソフィアの行動に、驚いて固まった。

唖然としているヴィダルの前で、ソフィアはサイードに向けて深く首を垂れる。

「ソフィア・リーネル、光栄なお役目、謹んで拝命仕ります」

覚悟を背負った背は、曲げてもなお美しく凛としていた。ヴィダルが強く頭を掻きむしる。

「あああ！　もう！　なんでお前はそうなんだ！」

ヴィダルを振り返ったソフィアが、涼しげに笑った。

「ふけが飛ぶので止めて貰えませんか、隊長」

❖

「旅は魔王討伐を主題とし、その他討伐から逸脱した細事は可能な限り看過《かんか》します。予定はおよそ一ヶ月半。移動は主に馬車を用います。疑問があれば、脳筋ではなく私に確認をとってください」

脳筋こと――ヴィダルと、ソフィアと別れた後。サイードの執務室と思わしき部屋のソファに座った笑美と冬馬は、お行儀よく話を聞いていた。

「女性の随行員として、聖女様のおそばにソフィア・リーネル。並びに、この者を仕えさせます。通訳にもお使いください」

サイードは説明しながらも、書類から顔をあげない。後ろに控えていたメイドが一歩前進する。先ほど世話をしてくれた女の子である。丁寧に頭を下げると、挨拶はそれで終わったとばかりに元の位置に戻ろうとするため、笑美と冬馬は慌てた。

これから一月半、ともに旅をしようというのに、あまりにもそっけなさ過ぎるではないか。

「ちょちょちょ、待った。なあ、名前とかは？」

「ご用命の際は烏《からす》とお呼びください」

カラス？　と首を傾げる冬馬に、サイードが書類にサインをしながら答えた。

「お気になさらずに。その者は〝コヨル〟とお呼びください」

サイードの言葉に合わせ、腰を折るメイド――コヨルに冬馬と笑美は曖昧に頷いた。

「コヨルも幾つかの常世言葉は読み取れますが、全てを把握している訳ではありません。もしよろしければ、道中勇者様にご指南いただけると助かります」

「わかった」

「討伐隊のメンツは以上になります。お二方様には、今から出立までの時間、個室を用意しておりますので、そこでごゆるりとお寛ぎください」

言外に仕事の邪魔だ出て行けと言っているサイードに、笑美は慌てて食いついた。

『ちょっと、サイードさん！　これどうなってるのか、私めちゃくちゃ不安なんですけど！』

壺を指さし悲鳴を上げる笑美の声は聞こえずとも、様子から何を言いたいのか理解したサイードが、あれ程書類と仲良くさせていた視線をこちらに向けた。サイードに直視されることはほぼなかったため、笑美の体に緊張が走る。

サイードは笑美の真正面に立ち、無遠慮に凝視した。その顔は、感情のひとかけらさえ笑美が読むことを許してはいない。サイードはあらゆる角度から、じっくりと値踏みすると、呟いた。

「壺ですね」

『ええ、知ってますけど⁉』

「触れても？」

尋ねてくるサイードにこくんと頷いた。近づいてきたサイードが腰を落とし、笑美と視線の高さを合わせる。その慎重で繊細な手つきに、思わず体を震わせた。気付いていないのか、気にしないのか……彼は何も反応を示さなかった。骨張った男の手が、色んな角度から顔に触れてくる。

サイードにとっては壺でも、笑美にとっては、頬で、鼻で、耳である。

それに、壺だからと油断されているのだろうが、鼻が触れそうな程に近かった。

顔を熱くして、目をぎゅっと瞑《つぶ》る。下を向き、唇を噛んで、この責め苦に耐えるしかない。

「コヨル、こちらへ」

笑美を見ていたサイードが静かな声で呼びつけると、コヨルは音もなく近づいてきた。

「どのように見えますか？」

「顔程の大きさの壺に、水が溜まっています」

頭を振ったりお辞儀をしたりする拍子に、少しずつ零れ出ていたのは笑美も知っている。まさか脳髄ではないだろう。血でもないでほしい。ひっそりと女神に祈った。

「許可を頂ければ、確認させていただきます」

コヨルに提案を受けたサイードが、笑美に「よろしいでしょうか？」と尋ねる。了承の合図に頷くと、やはりちゃぽんと音がした。

コヨルが壺の中に手を入れて確認し始めると、頭の中を直接撫でられているような、言いようのない不快感に苛《さいな》まれた。ぶるる、と震えた笑美に気付いた冬馬が、心配そうに腕を伸ばす。

「あっ、おいっ！」

急激に襲ってきた脱力感に勝てずに、そのまま冬馬に体を預けた。

「コヨル」

サイードが制止をかけると、コヨルはすぐに壺から手を出した。その手には少量の水が掬《すく》われている。手の平の水を嗅ぎ、舌先でそっと触れた。舌に痺れが襲ってこないことを確認し、水を口に含む。たっぷりと時間をかけて味、匂い、感触を確認すると、コヨルはゆっくりと嚥下《えんか》した。

「これは……」

「なんでしたか」

「――無味無臭。ただの、水のようです」

ガクンッと、全員の肩が下がる。

気持ちの悪さを押してコヨルの大げさな毒見を見守っていた笑美も、脱力感が増した気がした。

「つまり顔が壺になって、中にはただの水が入ってて、しゃべれないけど声は聞こえてる女の子になっちゃった……ってことでいい訳？」

冬馬は笑美と同じ程脱力した。腕に抱える笑美を見下ろし、言いにくそうに言葉を選ぶ。

「えーと……なんか、ごめんな。俺がいらんこと言っちゃったせいで、異世界トリップハードモードで……この見た目じゃ逆ハーも望めないだろうし……」

お、冬馬、イケる口だな。笑美は弱々しく親指を立ててやった。

その様子を眺めていたサイードが、すいと窓の向こうに目をやる。陽の位置を確認したのだろう。

「話は以上です。コヨル、お二方には客室でお休みいただくように。部屋には信頼できる者をつけております。何かあればお申し付けください。時間が取れ次第、私もそちらへ伺います」

どうぞごゆっくりお休みください、と簡潔に告げたサイードによって、笑美と冬馬は執務室を追い出された。


隣同士の客室に案内された笑美と冬馬は、各々部屋を見回ると、一室に集まった。笑美の部屋に冬馬を招き入れることにメイドはいい顔をしなかったが、笑美はあえて見て見ぬ振りをした。

「会話できないの、慣れねーなぁー」

全くもってその通りだと頷く笑美に、冬馬は苦笑した。

「ちゃんとさ、あんたに謝っておきたくて……あ、名前、なんていうの？」

冬馬の言葉に、笑美はぽんと手を打った。そうだそうだ、名前を伝えていなかったね、と部屋の中心にあった大きな大理石のテーブルにスケッチブックを開く。

【〝虎屋笑美、十六歳。高校二年生でっす〟】

「高二なら一緒だな。虎屋……俺のさ、我が儘《わま》で呼び出して、壺にしちゃって……ごめん。言葉も話せなくて……でもその顔は必ずどうにかして貰うし——旅の間は俺、絶対守るから」

笑美は『ありがとう』という気持ちを込めて、両手のひらを胸の前で合わせた。

冬馬にとって笑美が唯一の同胞であるのと同じく、笑美にとっても冬馬は頼りになる存在だ。

彼の癇癪だけは気を付けなければならないが……その他は一番、感性も近いはずだ。

そういえば〝太古の力〟ってなんだったのかなぁ。笑美は自らの手のひらを見た後、筆を走らせる。

【〝私と冬馬には、なんか凄い力があるんだって。冬馬はどうやって魔法を使ってるの？〟】

笑美の質問に、冬馬は顔を顰めた。当時のことを思い出し、腹が立ったらしい。

「なんとなくなんだよな。こうしたい、って思ったら、頭の中に魔法陣が出て来るっていうか……」

【〝あのゴリラ並みの怪力も魔法なの？〟】

「ゴリラって言うな！　あの力も……たぶん。カッとなると勝手に発動するみたいだな。魔法陣は、どっかで見たことあるような気もするんだけどなぁ……」

魔法陣なんて、知識のない人間からすればどれも似たようなものである。日本のアニメ文化の中で生きていれば、見たことがある気がするのも頷けた。笑美だって見たことがあると、胸を張る。

冬馬の助言を参考に、笑美も子供の時以来に本気で念じてみた。

魔法少女さながらエアーステッキを振り回したり、すり足で床を移動しつつ念じたり。

数分間、なりふり構わず本気でやったというのに――

【〝ひとっつも魔法、出てこないじゃん！〟】

「今そんなことしてたのかよ……。俺はまた、呪いの踊りでもしてるのかと……」

乙女になんてことを！　ちょっとばかし、私が女だということを、冬馬は忘れているようだ。

異国風のワンピースの上にローブを羽織っている笑美は確かに、女の子には見えなかった。それどころか日本人にさえ見えない。もしかしたら、人間にさえ見えないかもしれない。

女子高生異世界トリップにとって必需品であるセーラー服を、早めに取り返さなければならない。

心の内で闘志を燃やしていると、いつの間にか食事の準備が始まっていた。気を遣ってか、メイド達は冬馬の分もこちらに配膳してくれている。

料理はなんとなく笑美にもわかるものばかりで安心する。何から食べようかなと料理を見渡していると、ふと視線が気になった。顔を上げれば、冬馬が困惑した顔で笑美と皿を見比べていた。

「どうやって食うのか……虎屋、わかる？」

冬馬が恥ずかしそうに頬を掻いて言った。テーブルクロスが敷かれた気取った席とはいえ、行儀なんて気にせずサンドウィッチのように齧《かじ》り付けばいいのに。

皿に乗っていたパンを手にとる。パンは日本でいうところのピタパンに似ていた。薄い生地と生地の隙間に、もったりとしたソースをたっぷりと塗り、サラダや小鉢料理を詰め込む。サラダはたっぷりが笑美の好みだ。こういった手の料理はパパが好きで、うちでも頻繁に出ていた。

先に手づかみで食べて見せれば、冬馬の緊張もほぐれるだろうと、パンを口元に持っていくが、べちゃっとした音を耳にして顔を顰めた。服にべっとりと、もったりとしたソースが落ちている。

『あー……顔が壺なの、また忘れてた』

今度の着替えは簡単だった。上に羽織っていたローブを脱ぐだけで済んだからだ。

しかし肝心の食事は簡単とはいかなかった。

「え、まじで？　飯も食えないの？　え？　どうすんの虎屋、これから」

本当にどうしようと頭を抱える。正直、どうしていいのか皆目見当《かいもく》もつかない。

聖女や魔法使いには憧れていた。自分が特別な体験をする夢を何度も見た。

――だけど、さすがに壺になる妄想なんか、一度だってしたことがない。

「あ～、よっこいしょーいち」

頭を抱える笑美と冬馬は、何か聞こえた気がして顔を上げた。

『え、冬馬？』と指をさす笑美に、ブンブンブンと冬馬が大きく首を振る。

じゃあ誰が？　と確認しようとした笑美が、ドアの前に立っていたメイドを振り返る。

「き、き、緊急通し、ん――」

驚愕を露《あらわ》にしたメイドが何故か窓際に駆け寄ったが、突然その場で力を失った。

床に崩れ落ちそうになった彼女を、いつの間にか現れていた、何者かが抱き留める。

「ふぉっふぉっふぉ……小僧に連絡を取ろうとしおったな。全くけしからんお嬢さんだ」

メイドを受け止めた小さな影は、けしからん手でメイドの尻を擦《さす》りながらそう言った。

「けしからんのはどっちだよ！　お姉さんのお尻から手を離せ！　ちくしょう羨ましい‼」

冬馬、本音、本音。と冬馬の制服を摘《つま》めば、冬馬は慌てて咳ばらいをする。

「おいこらくそエロ爺《じじい》。その羨ましい手を離せ」

まだ本音が抜けきらない冬馬が、影に向かってそう言った。影はにやりと笑う。

突如現れた小さな影は、老人だった。

サイードと似たようなローブを羽織っているが、生地は薄汚れ、所々つぎはぎが目立った。しわくちゃの顔に陽気さを滲《にじ》ませ、白く長い眉は楽しそうに弧を描いている。

「ほほう……これはこれは、また。イケてるメンズじゃのう」

「え、そ、そうかな」

「わしの若い頃にそっくりじゃ」

おいっ！　と冬馬が大きく突っ込んだ。老人はひょひょひょと笑う。

「――そこの若いの。勇者と言ったな」

今までの空気を一変させ、真顔になった老人に、肌がピリッと焼けるような緊張を感じる。

「勇者ならば――」

冬馬を支えようと身を乗り出した笑美を、冬馬は右腕を広げて庇《かば》う。

「助けてくれんかの。わし、これ以上は、ちょっと無理……」

老人は呟くやいなや、抱えていたメイドの重みによって、床に接吻を余儀なくされた。

「ふぉっふぉっふぉ！　すまんかった！　いやあ、助かったのう」

笑顔で謝罪され、笑美もついつられ笑いをしてしまった。どうやらメイドは、この老人によって眠らされてしまったようだ。今は笑美のために整えられていたベッドで横になっている。

老人は笑美が座っていた椅子に座り、笑美のために用意されていた冷めた紅茶を啜《すす》った。

「おい、じーさん！　なんなんだよ急に現れて……」

「サイードの小僧が、勇者と聖女を囲っておるというではないか。そりゃ、出し抜きたくもなろう？」

紅茶を啜る老人は、枯れ枝のような指で上をさした。どうやら天井からやってきたらしい。

お城の中にこんな風に移動経路があって、警備は大丈夫なのだろうかと若干心配になる。

「そんで？」

冬馬の問いかけに、「そんで？」と老人は首を傾げる。その様を見て、冬馬は目を見開いた。

「──まさか、来てみただけ？」

「如何《いか》にも」

皺だらけの顔を、更にしわくちゃにして老人は笑う。冬馬と笑美が拍子抜けする程、この世界に来て初めて見る無邪気な笑顔だった。笑美はしゃがむと、椅子に座った老人の手を取る。

『おじいさんはどなた？』

「おぉおぉ、お声は聞こえずとも、お心は届いておる。美しいしらべじゃ」

老人は笑みを深める。笑美の手を、老人がぎゅうと握り返した。

「こちらの事情に巻き込んでしまい、甚《はなは》だ申し訳ない。だが、よくおいでくださった──壺姫《つぼひめ》よ」

おかしな呼び名に笑美はころころと笑う。聖女と呼ばれないのは新鮮だった。壺姫、いいかもしれない。誰がどう見ても壺なのだ。笑美はその名前がとても気に入った。

「まさか生きとる間に、見《まみ》えることができるとは……この老《お》い耄《ぼ》れ、恥知らずにも今まで生き延びたことを、女神に深く感謝したい」

聖女とはこの世界の人にとって、信仰の対象になるのだろうと笑美は思った。大げさに感激する老人の揺れる瞳を見つめ返しながら、笑美はその真剣さに恥じぬよう真摯に頷く。

「んで、じーさん。部屋に忍び込んだ上にメイドさん眠らせちゃって、これからどうする訳？」

耳にほじほじと指を突っ込みながら冬馬が尋ねた。笑美と向き合っていた老人が振り返る。

「なんじゃなんじゃ、お主も来てくれたこと、感謝しておるぞ」

「なんだよその、俺がやきもち妬いて割って入ったみたいなの⁉ 止めてくれよ！」

『初対面とは思えない息の合い方……コンビ組んでみたら？ コンビ名は、〝勇者とジジイ〟』

うえぇんと泣き真似をする冬馬の背中を、笑美はポンポンと叩いてやった。

「んで。じーさん誰なの？ サイードを知ってそうだけど、あいつってばそんなに有名人？」

「有名人といえば有名人じゃな。宮廷魔法使いの官長をしておる」

「へえ官長……え。官長⁉」

めちゃくちゃ偉い人だった。冬馬が、あんぐりと口を開く。

魔王討伐に向かうぐらいだから、強い人なんだろうなとは笑美も思っていた。しかしまさか、騎士に引き続き、魔法使いまでトップクラスが最初から仲間入りするとは……。

現代の若者らしくゲーム脳の冬馬と笑美は、こそこそと肩を寄せ合う。

【〝そういう人達ってさ、後半に仲間入りするもんじゃないの？ 大丈夫なの？ 最初からいて〟】

「最初から強いキャラは、早い内に死んだり、仲間割れして敵に寝返ったりするんだよなぁ……」

縁起でもない冬馬の言葉に、笑美は『ひー！』と、声なき悲鳴を上げた。

「その偉い官長よりも更に偉い総統が、何故このような場所で油を売っておいでで？」

突然の声に驚いて振り返れば、いつの間にやってきたのか、顔を顰めたサイードがいる。

サイードの後ろに控えているメイドが鍵を開けたのだろう。供を連れてやってきたサイードは、肩を寄せ合う笑美と冬馬を見ると、挨拶のように睨む。

笑美は蛇に睨まれたおたまじゃくしのように、尻尾を巻いて視線から逃げ出した。

「か、官長より偉いって、偉いって、えええ⁉　このじーさんが⁉」

背中に笑美を張り付けた冬馬が、老人を指さしながら悲鳴を上げる。

「ええ、そのじーさんがです。宮廷魔法使い総統——数多の魔法使いが夢焦がれる、ティガール王国屈指の精鋭魔法使い達の頂点に立つ、じじいです」

肩書きや内容は立派なのに、最後の「じじい」が全てを台無しにしている。

「老師が消えたと秘書官が泣きついてきましたよ。喧《やかま》しいのでさっさと戻ってください」

今はただでさえ忙しいんですからと続けると、老師の首根っこをサイードは片手で掴む。そしてそのまま、ポイッと後ろに投げ捨てた。

投げ捨てられた老師はくるりと空中で姿勢を整えると、軽い足取りでサイードの背後を取った。

サイードが振り返る暇もなく、カクンと膝を当てる。サイードに、華麗に膝カックンが決まった。

「……こんの、糞じじい」

「ふぉっふぉっふぉ。子供は悪だくみをしようと思うと、いつも親の目を盗み、追い払いたがる。

だからお主は、小僧だというんじゃ」

　白く長い自慢の眉毛を撫でながら、老師は高く笑う。膝カックンのせいで、地面に手をついて睨み上げるサイードなど、風にそよぐ野草程も脅威ではないらしい。

　凄いというサイードよりも、更に凄いという言葉に信憑性が見えた笑美は、ペンを走らせる。

【〝おじいさん、偉い人ならこの頭、元に戻せない？〟】

「じーさん。この壺どうにかできねーの？」

　笑美の書いた文字を冬馬が訳す。老師は、ふむと頷くと笑美の壺を観察した。聖女の壺のこととあっては、サイードも追い出す訳にいかないのだろう。難しい顔をしたまま、老師を見守った。

「壺となる条件を陣に組み込んだのじゃな」

「馬鹿みたいに大きな渦がありましたからね。好き勝手構築させてもらいました」

「見たぞ。急ごしらえにしてももっと丁寧に練らんか」

「申し訳ございません」

　老師とサイードの関係を物語るような気安いやり取りが、笑美の頭上を通り越して行われる。

　専門的な話はしばらく続いた。待ちくたびれた冬馬は椅子に座り、中断されていた昼食を再開している。

「ふぉんで、できるって？」

　パンを詰め込み終え、「ごっそさんでした」と冬馬は手を合わせた。老師は、笑美を――いや、笑美の向こうに見えるなにかを見つめたまま皺を深めた。

「壺姫は今、陣をもって現世に定着しておる。心と器は表裏一体。魂の在り方を記した魔法を無理に解けば、器は元に戻ろうとも、心は大地を彷徨うじゃろう」

「平たく言うと？」

「現世に在る間は、元に戻すことはならん」

そうか、戻らないんだ。

半ば予想していた回答に、笑美は自分の顔を両手で包み込みながら項垂れた。

「見たまんま、飯も食えねーし水も飲めねーんだけど⁉　どう責任取ってくれるって⁉」

「よし、わしが嫁にもらおうっ！」

「何の責任も取れてねー――‼」

叫んだ冬馬の頭上で、ビキッと音が鳴った。どうやら、冬馬の怒りで天井にひびが入ったらしい。

『冬馬、冬馬。どうどう。落ち着いて』

聞こえないとはわかりつつも、笑美は言葉をかけながら冬馬の背を撫でる。

「何で落ち着いてんだよ、虎屋！」

『落ち着いてないよ！　落ち着いて見えるんだとしたら、それはもう完全に壺のせいだよ！　ただ無表情なだけだよ！』

冬馬に向かって精一杯叫ぶが、やはり彼は聞こえていない様子だ。「嫁入り前の娘がなんてかわいそうに……」なんて呟いている。

そんな二人のやり取りを見たサイードが、深刻な顔つきで声をかけてきた。

「勇者様――聖女様の尊いご芳名は、今後是非ともお呼びになられませんよう、ご留意ください」

はぁ？　と冬馬が、日本人らしい一重の瞳でサイードを睨みつける。

「勿論、勇者様のご芳名も、他者に洩らすことがありませんよう。女神の遣いであるお二方にも、俗世に生きる我々と同じく名があると思う不届き者は、少なからず存在するでしょう――が、口が裂けても漏洩なさらぬよう深くお願い申し上げます」

サイードはそこで言葉を切って、鋭く冬馬を見据えた。

「魔法を紡ぐ者にとって、名は信頼の証。妄《みだ》りに振り撒けば、災いを呼ぶことに繋がります」

「あーよくある真名《まな》設定？　えっとなんだっけ、サイードさんは呼んでもいいの？」

「私は災いを跳ね返す術を心得ておりますので」

陽にきらめく氷が舞うように、美しく冷たい笑みをサイードは作った。彼に逆らうことだけは止めようと心に決める笑美に、サイードは体を向けた。

「敬称など不要です。私のことは、サイードとお呼びください」

そう告げるサイードと、そんなはずがないのに目が合っている気がして怖い。

笑美は視線から逃げるためにも、高速で首を縦に振った。

「じゃあ俺はなんて呼ばれんの？　勇者？　まじでＲＰＧみたいじゃん……虎屋は？　壺姫？」

オッケー、と両手で頭の上に大きな丸を作る。

「壺姫な、壺姫、壺姫……あ、そういやじいさん。壺姫、魔法使えないんだけど」

「魔法が使えないとな？　……ふむ。渦の傾向を見てみようかの」

渦？　と老師に首を傾げる冬馬と笑美に、サイードが説明を付け足した。

「人が持つ魔力の根源です。人によりその模様、長さ、濃さが異なります」

「なる程、戦闘力とか魔力値的な」

あ、それめっちゃわかりやすい！　と笑美と冬馬はハイタッチをする。

老師は笑美の前に立つと、笑美の腹部に手を翳《かざ》した。

「姿勢はそのままに、気持ちを静めて――」

老師の言葉に従い、笑美はそっと目を閉じた。魔法の属性を感知するため――なんて。アニメじゃ葉っぱや水など、小道具を使うのが王道だが、老師はその手一つでいいらしい。

凄いけど、少しだけつまんない。笑美は唇を尖らせるが、誰に咎《とが》められることもない。壺の顔《ポーカーフェイス》も案外都合がいい。目を閉じている笑美の隣で、冬馬の呑気な声がする。

「なー俺のは？」

サイードの布切れの音がする。冬馬には彼が手を翳しているのだろう。

「――術の発動に問題はないでしょう。不足は渦の整え方です。旅の道中、私がみっちり稽古をつけさせていただきますので、ご安心を」

「ウゲ。こっちに来てまで勉強かよ」

冬馬とサイードの声にくすりと笑いそうになった時、笑美の腹部に手を翳していた老師が離れた。

緩慢に瞼を持ち上げる。暫《しばら》く閉じていたせいか、少しかすむ。

「――精密で、緩やかで。大層綺麗な渦じゃ。魔力も上手に流れておる。さすがとしか言いようがない。これ程美しい渦を見るのは、何百年ぶりじゃろうて」

老師の言葉に、ふふふと笑美は笑う。「何百年ぶり」なんて大げさな。視界が定まるにつれ、笑美は固まった。

老師は慈愛に満ちた目で笑美を見つめていた。その瞳は、キラキラと光る万華鏡のよう。

その目尻に滲む微かな雫に、なんと反応すればいいのかがわからない。

「渦は上々。しかし小童《こわっぱ》と違い、出力に難儀されているようじゃの」

渦については冬馬と同様、中々手厳しい評価だった。

「あぁ、大丈夫。肩を落とすでない。外に出んとは、内に溜まるということ。お誂《あつら》え向きに、その壺がよろしかろう。何とも役に立ちなさる。ご自分のお好きなようにお使いなさい」

しょげる笑美に、老師が優しく語り掛ける。落ち着きを取り戻してきた笑美は首を傾げた。とりあえず、先程呪文は一切駄目だったにしろ、魔法を使う素質はあるらしい。

「癒しを求めれば聖水に。毒を求めれば毒水に」

老師はゆっくりと言葉を舌にのせた。

「念じるのじゃ。心で、強く。強く。強く」

老師の言葉が、笑美の隅々にまで広がる。

笑美は老師を信じて目を瞑った。

強く、強く。水に念じる――。

しばらく念じると、笑美は首を傾けて、壺の中身を自らコップに注いだ。

『おじいちゃん、飲んでみて』

コップを老師に差し出した笑美の手を、サイードが止めた。

「私が先に」

え、なんで？　と思った笑美に、老師がひょひょひょと笑う。

「サイード。魔法は心じゃ――努々《ゆめゆめ》忘れるな」

ひょいと笑美からコップを受け取ると、老師は口をつける。

こくんと嚥下する音が笑美にまで聞こえた。サイードは物言わず老師を見つめている。

「……これは。幸せの味が、するようじゃのう」

ふーと鼻から空気を噴き出した老師が、顔中に皺を広げて笑う。幸せの味。素敵なことを言う。

【〝おじいちゃんが、健康でいますようにって〟】

「健康祈願したんだって」

冬馬の訳に、お守りか！　と笑美は再び笑う。

笑美は先程、初めて壺を肯定する言葉を貰った。

目から鱗《うろこ》が零れた気分だった。今までマイナスでしかなかった壺に、老師は棒を一本書き足した。－が＋に、辛いが幸せに。一瞬にして壺は、笑美に自信をくれた。

「これ程素敵な味は初めてじゃ。馳走になった礼に、わしも健康祈願と参ろう」

老師は先程よりもずっと軽やかな足取りで笑美の隣に立つと、両手の指をこすり合わせる。ふわんと一瞬老師が光った。指でこよった煙が立ち上る場所に、老師が何かを語りかけると、そっと壺に言葉を吹き込んだ。

日本語に慣れきった人間が、一度で覚えるのは到底できそうにないような、カタカナの羅列《られつ》だった。しかしそのテンポと響きで笑美は見当が付いた。これは、名前だ。

――魔法を紡ぐ者にとって、名は信頼の証です。

「何処《どこ》にいても聞こえる呪《まじな》いをかけておいた。何かあれば唱えてみるといい。きっと力になろうぞ」

笑美は震える手で老師の手を握る。言葉は伝わらないから、手から気持ちを必死に伝えた。

『ありがとう、おじいちゃん。私、笑美っていうの。パパがね、つけてくれた名前なの。笑みって、花が咲くって意味もあるんだよ。美しい花が咲きますようにって……笑顔でいられますようにって』

ありがとう、ありがとうと呟く笑美の背を、老師は「うんうん」と頷きながら擦る。

「じっちゃん、俺には？　俺には！」

「なんじゃ小童。わしゃ可愛いおなごにしか興味なーいしー」

冬馬が老師にせびるが、男子高生の冬馬には一ミリたりとも心が動かされないらしい。

ぐっと言葉を飲み込んだ冬馬は、走って部屋を出て行った――かと思うと、またすぐに戻ってきた。どうやら、鞄を取りに行っていたようだ。

冬馬はガサゴソと鞄の中を漁ると「あった！」と言って雑誌を取り出した。

テレビなら「あはぁ～ん」という規制音と共に、モザイクが入りそうな雑誌だ。白いビキニのおねえちゃんが、豊満なメロンを二つ、腕に抱えている。

「どうだ！」

「よし、このローブを譲ろう」

老師は肌色が目立つ雑誌を見るやいなや、目にもとまらぬ速さで外套を脱ぎ始めた。

「えー――！　そんなぼろっちいのやだしっ！　俺もなんか、こう……最強の魔法とかないの⁉」

「こりゃ、小童。罰当たりな。見た目はぼろくとも、わしの師の師が丹精込めて練り上げた魔法がかかっておる。竜の牙も跳ね返すじゃろう」

「えー本当かよ……どんなゲームも、旅立つ前の王様は支度金五百ゴールドしかくれないんだよな」

ぶちぶちと呟く冬馬に、老師は恭《うやうや》しくローブを渡した。

「壺姫を絶対に守り切るのじゃぞ」

「はいはい、竜の牙からだって守ってみせるよ」

本当に女好きなんだなぁと呆れたように冬馬は笑った。

❖

「壺姫様、壺姫様。起きてくださいまし、出立の支度を始めます」

メイドに揺り動かされ、笑美はふぁあとあくびをした。

冬馬と魔法使い達が帰った後、どうやらソファで眠ってしまったようだ。

気付けば、窓の外は随分と暗くなっている。立ったまま、また眠りそうな笑美に頓着《とんちゃく》せず、メイドはテキパキと笑美の支度を整えていった。

準備が整ったころに声をかけられ、笑美は漕いでいた船の舵を握る。向けられた鏡を覗き込み、出来栄えを見た瞬間、悲鳴を呑み込む。あぁそうか――

『壺、だったんだっけ……』

この顔に慣れる日は来るのだろうか。いつまでたっても見慣れない、白い陶器の壺がそこには鎮座していた。あまりにも艶やかな自分の顔を見て、はぁとため息を零す。

着替えさせて貰ったワンピースは、今まで着ていたものと似ていた。ようやく目が覚めた笑美は、申し訳ないながらもセーラー服の所在を筆記で尋ねる。

異世界トリップと言えば、セーラー服女子高生が鉄板である。せっかく女子高生の身分で異世界にトリップしているのに、セーラー服を着ないなんて、偉大な先人達に顔向けができない。

メイドに手渡されたセーラー服を着込む。着慣れた制服はたとえ顔が壺でも、しっくりとくる。

ドアがノックされた。サイードと入れ替わりに、メイドが頭を下げて退出する。旅の準備を終えたサイードは、昼間とは少しばかり異なるデザインの衣装を身に纏っていた。何を着ていても相変わらず美しい男を、眼福と拝みたくなる。

笑美の前に立ち、しげしげと姿を眺めたサイードが眉根を寄せる。

「命じておいた服装ではないようですね」

『異世界トリップ女子高生って言ったらセーラー服なの！』

これがいい！　とヒシッと笑美は自らの体を抱きしめた。里心がついたものを無理に引き離すのは得策ではないと、冬馬で身に染みているのだろう。サイードは仕方なさそうに許容した。

「守護のまじないをかけましょう、どうぞこちらへ」

小さなあかりがほのかに照らす室内で、ため息交じりのサイードに近づいた。

「もう一歩」

声に導かれて、サイードの胸ギリギリのところまで足を進める。

近づいてきた笑美を包み込むように、サイードは両手で輪を作った。老師と同じように、サイードも光るのだろうか。わくわくと待つ。

サイードの胸元しか見えない笑美には、彼が何をしているのかわからない。しかし、サイードがやはり一瞬発光すると、セーラー服がカイロのように暖かくなっていくのを感じた。

呪文って唱えなくてもいいんだなぁ。笑美がサイードの服の刺繍を目でなぞる。手の込んだ、細かい刺繍である。よく見れば、大広間で笑美達の足元に描かれていた魔法陣にも、少し似ているようだった――が、あまりにも長くかかるものだから、刺繍を見るのにも飽きてしまった。

暇を持て余し、手慰みにサイードの髪を掴んだ。

ピクリとサイードの体が強張ったが、術を止めてまで何か言うつもりはないらしい。

かまわずに、笑美は髪を指で弄ぶ。

『雪みたい……』

昨日見た、春の雪を思い出す。桜吹雪に舞う白銀の髪。

あの時サイードはとても魅力的な笑顔を浮かべて、笑美を見ていた。「冬馬を止めるために連れて行きたい」という打算があったにしろ、彼は笑美をきちんとその目でとらえていたのだ。

なのに、今では目線どころか、顔をこちらに向けることすらほぼない。

花盛りの女子高生の顔を壺にした罪悪感なのか、釣った魚には餌をあげない主義なのか――色男の非道に笑美は唇を尖らせた。

サイードの長い髪をくるくると指先に巻き付ける。

白銀の髪は、見た目の予想を裏切らないしなやかな手触りだった。指で梳《す》き、掬い、絡めて、編み込んでいく。スカートのポケットに突っ込んでいたヘアゴムを取り出し、三つ編みを結び終える頃には、サイードは両手を下ろしていた。

「――」

サイードは何かを言いたそうに口を開き、閉じた。

首を傾げる笑美に、何を言っても無駄だと思ったのかもしれない。

「皆と合流します。こちらへ」

笑美に外套を羽織らせると、サイードはくるりと身を翻す。せっかくのセーラー服は見えなくなり、再びてるてる坊主となってしまったが、仕方がない。

綺麗に三つ編みにされたサイードの後ろ姿を、笑美は慌てて追いかける。

扉を出るとコヨルがいた。あまりにも気配なく暗闇に立っていたので、笑美は思いっきり悲鳴をあげてしまった。しんと静まり返った廊下に大声が木霊しなかったことが、せめてもの救いだ。

コヨルもまた、メイドのような服装から旅人の服に着替えていた。闇一色の衣装は忍者みたいだな、と笑美に日本人らしい感想を持たせる。

隣の部屋に行くと、冬馬は魔法の書に囲まれ眠っていた。

冬馬の周りに積まれてある本は、「こんな明るい内から眠れない！」とごねた冬馬のために、辞書と共にサイードが渡していたそうだ。難しい本を読んでいる内に眠ってしまったのだろう。

頭ごなしに否定してはへそを曲げるだろうが、休息は取らせたい。そういったサイードの魂胆が見えるようだった。

冬馬を起こすと、彼も旅装束に身を包んだ。といっても、中身は笑美と同じく学生服である。白いシャツと黒いズボンの上に、老師から受け取ったぼろマントを羽織っている。

まさしく、ラノベの勇者っぽいではないか。笑美は勇者冬馬の格好に満足していた。

冬馬の旅支度が整ったところで、ヴィダルとソフィアが待つという城外に向かう。

夜更けの城内は静かだ。細い火を頼りに進んでいく廊下は薄暗く、非日常を強く実感させた。

要所要所でザザンッと鎧が鳴る音がする。衛兵達が、サイードに気付いて敬礼をしているのだ。

城門を出た笑美は、闇に煌めく星を見上げながら、現世の夜に感嘆の息を漏らした。

人知れず一行は城を下る。

ブルルル、と馬が鼻を鳴らす音が静寂に響く。闇に馬の吐息が溶けた。

『すごい、馬だ、馬車だ……！』

馬はハーネスで車輪の付いた四角い箱と繋がれていた。

シンデレラが乗るような可愛らしい馬車ではない。素朴だが丈夫に組まれた簡素な箱馬車だった。

これからこの馬車にお世話になるのかと、笑美はひっそりと手を合わせる。

箱の前には、月明かりに照らされたヴィダルが立っていた。

「おう、来たか」

ヴィダルが、よっと手をあげて四人を迎える。それに応えて、笑美もよっと手をあげた。

「すげえ！　俺、馬車って初めて見た」

冬馬は、サイードに対する以上に、ヴィダルに複雑な感情があるらしい。視線を逸らし、馬車に興味がある風を装って挨拶を避けた。

冬馬の声を聞きつけたソフィアが、四角い箱から出てくる。

中を整理していたのだろう。律儀に頭を下げてソフィアは笑美達を出迎えた。

「勇者様と聖女様におかれましては――」

「あー俺、敬語とか使われ慣れてないし、普通でいいんだけど。そういうのってダメなノリ？」

冬馬の言葉に、ソフィアがパチパチと瞬きをした。尋ねるように視線を笑美に移す。笑美は自分を指さして、片手をブンッと高く上げた。

『私も！　私も敬語いらない！』

ソフィアは金色の美しい髪を耳にかけると、困ったように微笑んだ。着ている鎧が、月に鈍く反射する。不出来な笑みのまま、ソフィアは頷いた。

「承知した。気楽にさせてもらおう」

「私も、よろしいでしょうか」

この機会を逃すまいと、コヨルがズズイと身を乗り出してきた。

無表情であまり動作が多くない少女だと思っていた笑美は、彼女の積極的な態度に驚いて何度も首を縦に振る。ぽちゃんぽちゃんと水が跳ねてしまった。

「おう、いいよ」

冬馬が気楽に答えると、コヨルはほっと息を吐き出した。よほど敬語が苦手だったらしい。可愛いな、と笑美は自分の胸程しかないコヨルの頭を撫でた。

「準備は整っていますか？」

サイードがスッと笑美の隣を通り抜けて馬車へと移動する。いつの間にか御者席に上っていたヴィダルが、振り返って中を確認した。

「そうだな、そこそこ荷は積んだし、当面は問題ないだろう」

「これよりウイスタリアまでは、できるだけ休息を取らぬつもりです。皆の体力がある内に距離を稼ぎましょう」

「へいへい、お坊ちゃまのおっしゃる通りに」

「――お乗りください」

ヴィダルに言い返す気も起きないらしいサイードは、馬車に乗り込みながらそう言った。続いて冬馬が馬車に乗ろうと、ステップに足を伸ばす。ぐっと力を入れて、冬馬は体を持ち上げた。

「うへぇ高ぇ」

上れるか？　と聞いてくる冬馬にいささかの不安を抱きながら、笑美もステップに足をかける。バスの乗車口なんかとは、比べ物にならないくらい高い。ぐっとふくらはぎに力を入れた。

全く上がる気がしなかった。

「夜が明けるまでそうなさっているおつもりですか」

サイードのお小言を受け足に力を入れるものの、笑美の体は全く持ち上がらない。

『そもそも掴む場所もないのが悪いと思います！　設計ミス！　バリアフリーを視野に入れて！』

笑美の叫び声は残念ながら、夜の闇に響くことはない。

「馬車も一人では上れないとは――」

サイードの声が夜風にのって笑美の耳まで届いた。すみませんねぇ！　と重い尻をあげようとするが、上がらないものは上がらない。母に似た安産型が憎い。

「そんな体たらくで、よくもまあ、あれ程潔く……」

『何よー！　ていうか太古の力でなんかこう風とか吹いて、お尻が持ち上がったりしないの！』

笑美が一人でコントを繰り広げていると、すっと手が差し伸べられた。

「お掴まりください」

サイードの白魚の手を躊躇《ちゅうちょ》なく握った。ぐいっと、サイードを引き下ろすつもりで体重をかける。しかし、サイードは見かけによらずぴくりともせず、笑美をいともを簡単に馬車の中に引き上げた。

「申し訳ない。私が先に乗っておくべきだったね」

笑美の後方にいたソフィアは、重い尻を押し上げていいものか迷っていたらしい。

同じ性を持つ女だからこそ察していただけ、心底満足した。

非常に気にしているこのデカ尻を、こんな美女に両手で押し上げられるなど言語道断だ。

乗り込んだ馬車の内部は、綺麗に整頓されていた。壁に沿うようにいくつかの行李《こうり》と、分厚いクッションが並べられている。壁にかけられたいくつもの馬具や武器は、ソフィアやヴィダルにとって大事なものなのだろう。誰が引くんだろうと思う程大きく立派な弓もあった。

壁に備え付けられている棚には、いくつかの本や箱。床には分厚い絨毯が何枚も重ねて敷かれてあり、派手ではないがしっかりとした作りを感じられた。

絨毯の上では靴を脱ぐべきだろうと、笑美は馬車に入ると靴を脱ごうとした。

「聖女様、大変恐縮だが、お履物《はきもの》はそのままに。咄嗟の行動の妨げになる恐れがある」

ソフィアが申し訳なさそうに言う。同じく靴を脱ごうとしていた冬馬も、慌てて履きなおす。

「馬は都度、都合します。最速で向かいましょう」

サイードの説明に適当に頷きながら、クッションを持ち上げた。固く張りのあるクッションはどれもしっかりとしている。美しい色使いの刺繍に見惚れていた笑美を、覗きこむ二つの目があった。

『わぁっ!?』

コヨルが無言でこちらを凝視していたのだ。声を出せない笑美よりも、よほど無口である。この様子からすると、メイドの時はあれでも頑張ってしゃべっていたらしい。

無口同士って難しいな。ローブの中に忍ばせてある肩掛けバッグから、スケッチブックを取り出した。先程、城でメイドが笑美の手持ち荷物の為にと、用意してくれていたものだ。

窓の外は真っ暗だが、天井に吊るされたランプのおかげで、文字が書ける程度には明るかった。

【〝これ、美しい。私　使う　可能?〟】

文章よりも単語の方が伝わるのではないか、との配慮の下、カタコトの日本語を書く。すると案の定きちんと意味が伝わったようで、コヨルはこくんと首を縦に振って応えてくれた。

『よかった、ありが……わあ!?』

「落ち着いて。馬車が動き出しただけだよ」

突然揺れた車内に驚いて慌てふためく笑美を、ソフィアが慌てて抱き留める。その様子を見て、呆れたようにサイードが呟いた。

「宣告していたはずですが」

どうやらコヨルとの意思疎通に必死すぎて、彼の言葉を聞き流してしまっていたらしい。

動く馬車に少しの不安と、大きな感動を寄せる笑美をサイードが見下ろす。

「大変恐れながら、私にも一つ女神の恵みをいただけますか」

サイードが差し出した手に、笑美は慌てて一人で独占していたクッションを置いた。

『ごめんなさい、皆も取って行ってね』

慌てて頭を下げるが、嫌味な言い方だ。取って、でいいじゃない。
どうせ壺面なのだ。何をしたって問題ない。そう思って笑美は、べっと舌を出した。
――ガタゴト　ガタゴト
馬の歩調で揺られながら、前途多難な一行は、夜明けへと向かって旅立った。

第二章：理由がなければ

広い地平線に向かって、ヴィダルとソフィアが交代で馬車を走らせる。

時間がたつにつれ、暗闇の中に山の形が浮かんでくる。少しだけ開けた小窓から入り込む風は、春先の朝らしくツンと刺すように冷たい。

笑美は飽くことなく、隙間から顔を覗かせ、見慣れぬ世界を見つめる。

「見てごらん」

ソフィアが穏やかに指さす先には川があった。まだ早朝だというのに働いている女衆がいる。

皆手に、大きなタライや壺を持っている。水を汲んだり、洗濯に来たりしているようだ。朝早くから、春の川の水に入るなんて大変に違いない。笑美は知らない内に両手を合わせていた。

――旅の間、冬馬が勇者、笑美が聖女だということは、極秘事項として扱われるらしい。

とは言っても、冬馬はともかく笑美はこの有様だ。

聖女だとは気付かれないにしろ、この顔《つぼ》を見て驚かない人間はいないだろう。笑美は壺を隠すため、ローブのフードを常に着用することが義務付けられた。

しかしなぜ、冬馬が勇者であるということまで極秘で進められるかというと――国から選抜された公式の魔王討伐一行だと、各所で貴族から歓迎を受けたり、挨拶に出向かなければならなくなったり、モンスター退治を依頼されたり、姫の救出を要請されたりするらしい。

そんなことをしている暇はないというサイード暴君様のご命令による、組織的な隠蔽《いんぺい》であった。

「え、じゃあ本当に、このままずっと馬車で魔王のいる所まで行くんだ？」

馬車に揺られながら冬馬が質問すると、サイードは「左様にございます」と慇懃に答えた。

「はー……本当に魔王を倒しに行くだけなんだ」

「最初にそう申し上げたはずですが」

「いや、魔王が復活した、という割りに平和だからさ。そんな急ぐ必要あるのかなって思って」

冬馬の質問に、サイードは降り積もる雪のような静けさで答える。

「魔王とは生じた瞬間に世界を破壊する訳ではありません。魔王が生まれ魔物が活性化し、徐々に破滅を呼ぶのです。魔王から遠く離れたこの地でも、異変は発生しています。魔王とは、魔法発動時に分泌された何かが蓄積、結晶化して発生するのではないかというのが、最も有力な説です」

二酸化炭素と地球温暖化みたいなものだろうか。笑美は頷いた。

「魔王の復活は世代を追うごとに緩やかになっています。我々の魔力が年々損なわれ、衰亡に向かっていることが原因でしょう。世界は、浄化に向かっている」

その仮説が正しいのなら、魔法使いが誰一人いなくなるまで、魔王は復活し続けるのだ。

「その中で失われる技術、魔法陣も多数存在します。陣とは魔法の理です。一つ、魔を操り、一つ、法を司る。陣をもって魔法は完成致します」

そういえば冬馬も一瞬、頭に魔法陣が浮かぶと言っていたな……と思った笑美はハッとしてペンを走らせた。

【〝私　水　魔法陣　ない〟】

「虎屋は魔法陣必要ねえの？」

「ええ。聖女様は魔力を水に注いでいるにすぎません。薬師《くすし》の分野です」

魔法すら使えていなかった！　サイードの返事を聞き、笑美はがびーんとショックを受けた。

「そういう、アトリエ系のゲームあるよな……」

『やめてよ冬馬……今私もそれ思ってたんだから……』

がっくりと項垂れる。しょうもない肩書きしか貰えなかった笑美と違い――実はこの冬馬、驚くことにこう見えて頭がいいらしい。サイードが渡していた安眠用の書物を、彼は全て読了していたのだ。文字はどうしたと尋ねた笑美に、あっけらかんと冬馬は答えた。

「子供用の辞書も置いてってくれてたし、メイドと会話もできたし……普通に読めたけど？」

笑美は額に青筋を立てた。同じ状況で、同じことができるとは思えなかったからだ。

案の定、彼が通っている高校名を聞くと、笑美でも知っている有名な進学校だった。そんな学校に入学する人間とは、元の頭の作りが違うことを、笑美は中学三年の冬に知っていた。

既にサイードによって魔法の修行も始まっている。薬師もどきの笑美とは大違いだ。

大層優秀な冬馬と違い、笑美はあまりにもお粗末だった。壺な分、足手まといと言ってもいい。なんだか全然やる気が出ない。笑美はぐでーんとクッションにへばりついた。魔王討伐が、想像していたのと少しばかり違ったからだろうか。

魔王討伐と言えば、パーティを組んで仲間を集めながら、徒歩でえんやこらと進むはずではないのか。時に飛空船、時に船を手に入れて、大なり小なりの冒険やクエストの末、強靭なる魔王に立ち向かうのではないのか。なのにこれでは、ただの輸送だ。梱包すらして貰えていない。

なんだか、だるい。本当にだるい。だるくて、だるくて――

「壺姫？」

そばに腰かけていたソフィアが笑美の顔を覗き込むが、何の反応もなかった。

クッションに壺を埋めて眠る笑美に毛布をかけようとして、ソフィアの動きが止まる。

壺の口が下を向いているのに、水が零れてこない。笑美の壺の中が、乾いていた。

「隊長！　停車！」

ソフィアの叫び声に気付いたサイードが、急停止に揺れる馬車の中で振り返る。

「どう致しました」

「壺姫のお加減が」

ソフィアの緊張を含んだ声に、サイードは笑美の下にしゃがんだ。

「聖女様、聖女様。如何《いかが》なされました」

壺の顔は何も答えない。その肢体は完全に脱力していた。気を失っている可能性を視野に入れ、サイードは弛緩した笑美の体を抱き寄せ、頬を叩く。

しかし笑美は何の反応も示さない。いや、示したところできっとわかりっこないだろう。壺の状況の容態を判断するのは、容易ではないのだから。

「魔力が費《つい》えたのかもしれません――コヨル、干し果実と水を」

魔力の補給には食事が一番だ。コヨルは心得ていたとばかりに、サイードに手渡した。

サイードは胸元からハンカチを取り出すと干し果実を包み、水に浸した。何度かハンカチを揉むと、笑美の壺に押し付ける。唇があるだろう位置に押し付けているのだろう。しかし、果実の栄養が染み出た水は、ハンカチから零れ陶器を伝い、サイードの膝にしみを作った。

「聖女様、目を覚ましなさい。聖女様」

サイードが頬をぺちぺちと数回叩くが、笑美は身じろぎ一つ返さない。

このまま、何の反応も示さなければ――笑美は再び起き上がることがないかもしれない。

横たわったままの笑美に、誰もがそんな焦りを感じる。

「俺がっ、俺が呼べなんて言わなきゃ――！」

立ちつくしている冬馬は、今にも震えだしそうだった。

サイードは何度もハンカチを壺に押し付けている。その顔は、酷く緊張しているように見えた。

様子を見ていたコヨルが、唐突に水瓶を掴んだ。細く小さな体で、危なげなく水瓶を持ち上げる。

「コ、コヨル……？」

呟いたのは、誰だったか。

皆が唖然とする中、コヨルはサイードが抱える笑美の壺の口に、水瓶を突っ込んだ。サイードが慌てて笑美を抱き起こす。コヨルは丁度いいとばかりに、一気に水を壺に注いでいく。

どぷっどぷっと、およそ食事の光景とは言えぬ音が、静まり返った馬車に響いた。

全ての水を入れ終えると、コヨルはやり切ったとばかりに額の汗をぬぐう。

「そ、それって、大丈夫な訳？」

「水が減っていた。だから増やした」

恐る恐る聞いた冬馬に、コヨルはあっけらかんと答えた。コヨルの持っていた水瓶は、笑美の顔の壺よりもずっと体積が大きい。その中の水が、全て笑美の壺の中に入ってしまったのだ。注ぐそばから、不足していた分を吸収していったのだろう。乾ききっていた壺の中は水が満ちている。

「何か問題が？」

首を傾げるコヨルに、冬馬が次の言葉をかけられなかったのは、サイードの腕の中で笑美が身じろいだからだ。

『んっ……あれ……？』

「聖女様、お気付きになられましたか？」

『なんで超美形がこんなドアップで……？　あっそっか。今ファンタジー中だったんだっけ……』

笑美はふらつく頭を押さえて、サイードの腕から立ち上がろうとした。しかし、次の瞬間ぐらりと体が傾く。ふらついた笑美を受け止め、サイードは顔を寄せた。

「お加減は？」

『あぁやめて、イケメンのドアップなんて……なんて美味しいの……』

その様子があまりにも弱々しく見えたらしい。

「おい、まだ水あるんだろ⁉」

冬馬があらん限りの水を笑美に注ごうとするが、壺にも一応、許容量というものがある。

なら食べ物はどうだろうかと、熱い議論が交わされ始めた。

笑美はその様子を、いまだぼんやりとする頭で見つめていた。サイードの膝に座り、胸に頭を預けている格好のままだ。人の体温にか、心音にか、心地よさにうつらうつらとなってくる。

「眠れるのなら、眠ってしまいなさい――睡眠は怠慢ではない」

サイードの声が柔らかい。聞いたことがないほど優しい声色に、笑美は素直に意識を手放した。

「サイード殿、代わりましょう」

「任せます」

ソフィアが、サイードから笑美を丁寧に受け取った。壁に背をもたせかけたソフィアの腕に抱かれた笑美は、ぐっすりと眠っていた。よほどのことがない限りは、起きないだろう。

議論の結果、眠る笑美の壺の中には今パンと干し果実が詰め込まれていた。

壺の底に沈んだそれがどうなるかは、もう実験次第――いや、女神のみぞ知るところである。

「出発するぞー」

ヴィダルが声をかける。馬はヴィダルの命令に従い、四拍子のリズムで歩き出す。

馬が足を進めれば、当然キャラバンも動く。地面を掻きながら、車輪がゆっくりと回り始めた。

車輪が小石に引っかかった瞬間――バキッという、聞き慣れぬ音が馬車に響いた。

衝撃に、笑美が飛び起きた。残念なことに、「よほどのこと」はすぐに起きてしまった。

『何⁉　なんか、音が！』

慌ててキョロキョロと辺りを見渡せば、皆一様に目を丸くして笑美を凝視している。

『……え⁉　何で皆そんな驚いてるの⁉　何があったの⁉』

「つ、壺姫、壺――」

やっとのことで冬馬が笑美の顔を指さす。笑美は自分の頬に手をやった。人間の頬の弾力は返ってこない代わりに、陶器のつやつやとした手触りが――あるはずのそこに、違和感があった。

『……――ん⁉』

驚いた笑美はそこを何度もこすってみる。つやつやしてない。つやつやしてない！

笑美は驚いてポカンと口を開いた。自慢のつやつや陶器のお顔に、まるでひびが入ったような手触りを感じたのだ。

「もっ――申し訳ございません!!」

蒼白な顔で土下座せんばかりのソフィアの格好を見て、笑美は色々悟った。

揺れる馬車、もたれかかっていた固い鎧。そして輸送中なのに、梱包材で包まれていない壺――

「どうぞ、この身を如何様にも罰してくださいませ!!」

『大丈夫、大丈夫だから！　落ち着いて、ソフィア！　ソフィア！』

笑美はそれからひたすらに平伏するソフィアを宥《なだ》め続けた。

役回りや体躯など諸々を考慮して、結局――笑美の安眠椅子は前回に引き続き、サイードが務めることになった。

❖

馬車は日に三度休憩を取った。朝、昼、夕。夜は必ず馬車を止めずに走り通した。

気が付けば王城を出発してもう一週間。王城からはそこそこ離れただろう。

――結論から言うとあの後、笑美の体調は持ち直した。食事方法が正解だったのだ。

笑美が目覚める頃には、水に浸されていたパンは跡形もなく姿を消してしまっていた。壺の中の水も少し減っていたので注ぎ足して貰う。幸いにして壺も表面に亀裂が入っただけで水漏れもなく、旅立ちから一週間たった今日も、立派な壺として笑美の首の上に鎮座している。

しかしわかったのはいいことばかりではない。

衝撃を与えれば壺も損傷するし、壺は人体と同じく定期的に回復が必要でもあった。

そして一番現実的な問題が、回復に必要な食糧の備蓄が追い付かないことだった。食材の容積がそのまま腹加減へと繋がる笑美としては、保存食の干し物では中々満足できない。

床下に暗所を設けているとはいえ、鮮度と必要量の為に、数日置きの買い出しを余儀なくされた。

元々、街に立ち寄らない一行の為にコヨルが単身街に買い出しに出かける予定だったのだが、その頻度はぐんと上がることになった。ほぼ毎日、予備の馬に乗って街へ赴くコヨルの後ろ姿を、笑美は申し訳なさに手を揉みながら見守った。

寝る場所の確保も大変だった。いくらクッションがあるとはいえ揺れる馬車の中で、座って眠るのは難しかったからだ。背に腹は代えられぬと、雪よりも冷たい瞳で笑美を見つめる安眠椅子にへこへこと媚《こび》を売りながら、笑美は毎晩の寝床を確保していた。

男女一対の笑美とサイードの姿を見て、一行がぎくしゃくしない最たる理由は、誰がどう見ても笑美が女子どころか、人間にさえ見えないからだろう。どれ程元が美少女だろうが、現在は不憫なてるてる坊主である。

笑美自身も、まだ花も恥じらう十六歳の乙女だというのに、自身が壺であるためか、安眠椅子に寄りかかることに何の抵抗もなかった。毎晩男の膝によじ上り、胸に顔を擦《こす》り付けて眠った。

サイードは雑事を行うこともあったが、笑美を抱えているためできることはそう多くない。横たわれない笑美を抱え、彼もまた寝苦しい姿勢で眠りにつく日々を送っている。

笑美はそんなサイードのことを、掴み切れずにいた。

初対面の時に見せた人のよさそうな美しい笑顔は、今では嘘だと知っている。

愛想は悪いが無口ではない。

人の感情を慮《おもんぱか》らずに正論を貫く怖い人――というのが今のところの彼への評価かもしれない。

安眠椅子にこそなってくれるものの、それも梱包材以上の役割を持つ訳でもない。目が合うことは一行の誰よりも極端に少なく、また声をかけられることも極めて珍しかった。

自分に向けられるはずの言葉は、他者を介して伝えられる。笑美とは、ただの一言だって言葉を交わしたくないというように。

――そんなサイードだが、笑美からの行動を拒否するつもりはないらしい。

出発の日。馬車に乗り込んだサイードがフードの中に可愛らしい三つ編みを隠していたことを、それはそれは全員に驚かれた。

三つ編みされた白銀の髪を見て、御者席にいたヴィダルは口に含んでいた水をふき出した程だ。幸い馬にはかからずにすんだが、サイードの顔はびっしょりだった。彼はもしかしたら、サイードに怒られ、ソフィアにねめつけられるのが大好きなのかもしれない。

サイードは就寝時に、髪を結んでいたへアゴムを、必ず笑美に返す。彼の胸に寄りかかりながら、笑美は毎晩眠るまでサイードの髪をいじった。

手櫛《てぐし》で梳いてみたり、指に巻き付けてみたり、毛束にして筆にしてみたり、編み込んでみたり。

笑美は毎朝、サイードを好きにデコっていた。三つ編みの次は、大きなお団子。明日は、ツインテール、夜会巻き、ポンパドールのどれにしようかと、笑美は白銀の絹を触るたびに心を躍らせた。

サイードはその全てに文句も、またお礼も言わない。

笑美に対して、どこまでも無関心のまま過ごしているようだった。

「器用だね」

その日も朝からせっせと、走る馬車の中で笑美がサイードの髪を編み込んでいると、声がかかった。頭上を仰ぎ見ると、いつもしっかりと鎧を着込んでいるソフィアが、笑美の手先を見つめている。

「私は母の腹の中に、大切なブツを忘れてきたらしい。女らしいことはどれも苦手で……」

綺麗な顔して、そこそこな下ネタである。蝶よ花よと育てられてきたため、下ネタに免疫のない笑美はふへへと愛想笑いを浮かべた。勿論、壺には何も浮かばなかったが。

「一つにひっつめるのが精一杯で」と自虐気味に言ったソフィアの髪は、ポニーテールだった。輝くブロンドは多くの者が憧れただろう。

【〝ソフィアも結ぶ？〟】

ソフィアと筆談するために、笑美がサイードの髪から手を離すと、彼はこれ幸いと書類仕事に専念し始める。その向こうでは、冬馬がサイードに言われた通りに、何やら魔法の修行を行っていた。

髪の毛を指さしたのが功を奏したのか、コヨルからスムーズにソフィアに言葉が訳された。ソフィアはびっくりしたように目を見開いた後に、神妙な顔をして頷く。

どんなのがいいのか、筆談でまた尋ねると、ソフィアは淀みなく答えた。

「できれば重心がぶれないものがいいな。動いている間に解けないものも、嬉しいんだけど」

ソフィアのウェーブがかかった髪を手早く纏めると、笑美はギブソンタックにした。くるりんぱ、という名前の方が笑美には馴染みがある。適当な位置で一つに結んだ髪の束を、結び目に何度もくるくると巻き込んでいくものだ。簡単にできて、更に邪魔にもなりにくい。

「……これは、私にもできるだろうか？」

首を振って結び心地を確かめたソフィアが、真剣な顔をした。

笑美は書類仕事に戻っていたサイードの髪を掴むと、ソフィアによく見ておくようにと念を込めて頷く。ソフィアに意味が通じたのかどうかはわからないが、彼女は笑美の手を真剣に見つめた。

物の数十秒でできあがったお団子と、手順の少なさに、ソフィアは嬉しそうに破顔した。

「これなら私にもできそうだ。ありがとう」

笑美もにこにこと笑った。人が笑ってくれること程、嬉しいことはない。

しかし、手慣れた笑美が他人に施す程、不器用なソフィアが自分の髪を纏めるのは簡単ではなかった。結び直すこと三度目にしてどうにか形になった髪を見て、笑美は親指を突き出す。

継続は力なり。続けていけば、その内鏡を見なくてもできるようになるだろう。

『ココヨルも覚える？』

ボディランゲージで笑美が伝えると、ココヨルは少し迷うかのように、くりくりのお目々でこちらを見つめる。

「本当に、重心がぶれない？」

いつも素っ気ないココヨルの、庇護欲《ひごよく》をそそられる表情に、笑美はノックダウンされた。

『ぶれない！　ぶれないよぉ！　さぁおいで！　おいでおいで！　お姉ちゃんのお膝においで！』

膝を叩き全力でココヨルを手招きしていると、隣にいたサイードの腕がすっと動いた。

「ココル。この手紙を、至急」

仕事が一段落したのか、サイードがココルを呼んだ。ココルはピッと音がするんじゃないだろうかと思う程素早く移動する。

「どちらに」

「弟へ」

ココルは「承知しました」と告げ、御者席の方へ移動する。そういえばどういう風に手紙を出すのか気になった笑美と冬馬も、後をついていく。

手綱を握るヴィダルの後ろ姿が見える窓から顔を出したココルは、空に向かって声を張った。

「カァアーッ」

ココルの鳴き声に反応して、一羽の烏が現れた。黒い遣いは訓練を受けた鷹のように、ココルの手に舞い降りる。ココルの手には、烏の爪を遮るための固い小手が巻かれていた。

ココルは慣れた動作で烏の足に手紙をくくりつけると、烏の背を何度か叩いて行き先を指示した。了解した、と伝えるように烏は一度鳴くと、再び空へと飛び立ってゆく。

その様を、はぁーっと感心して見送ったのは冬馬と笑美だ。

よく飼い慣らされた烏である。いや、異世界なのだからもっと違う何かかもしれないが、見た目は完全なる烏であった。そして烏と言えば、笑美には一つ心当たりがあった。

——烏とお呼びください。

ココルに名前を聞いた時、彼女は自分のことを烏と呼べと言った。

それがこの一連の流れと無関係とは思えない。教えてくれないかな、とちらりとココルを見たが、ココルは無表情のまま笑美を見返すだけだった。

❖

「隊長、本日の手合わせを」

「おーやっとくか」

ヴィダルとソフィアが、お互いに得物を手にして礼をする。

昼の休憩に馬車が止まったのは、街道からは随分と逸れた人通りがない殺風景な場所である。

そこで、大剣と槍がぶつかる音と共に二人の日課が始まった。

ソフィアは槍を矛に、盾に、支えに。手慣れた動作で素早く動かしていく。

ヴィダルはそれを得手の大剣で庇い、流し、打ち付けていく。

騎士団員にとっては慣れ親しんだ日常だろうが、笑美にとってはそうではない。ちゃんばらなんて時代劇ぐらいでしかお目にかかったことがなかった笑美に、生の剣戟は刺激が強すぎる。

ヴィダルの振るう大剣が空気を切り裂いた。飛びのいたソフィアは槍の石突を地につけ、ひらりと体を翻す。逃げるソフィアをヴィダルが追う。ヴィダルが通った後に、大きな音が響いた。

「壺姫、すまない。煩《うるさ》かったかな」

ソフィアの声がした。気が付けば随分時間が経過していたらしい。

ない目と耳を塞いで健康祈願水を作ることに専念しているうちに、訓練が終わったようだ。

『お疲れ様』

慌てて作り終えていた水をグラスに注ぎ入れ、ソフィア、ヴィダルに渡す。少し離れたところで一人、サイードの課題をこなしていた冬馬にもグラスを手渡した。これが目下のところ、壺姫・笑美の任務である。即《すなわ》ち一日三回、休憩の間に健康祈願水を作り、皆に分け与えることが、だ。

水を配り終えた後は、安眠椅子《サイード》の胸にもたれかかった。まだ薬を作ると軽い倦怠感に襲われる。

椅子は抱えた壺を気にすることなく、手に持つ書類を読み進めている。休憩時間でさえ彼はのんびりしていない。書類を捲る乾いた音が耳に心地よい。

笑美はふああと欠伸をして、サイードの胸に頭を押し付けた。ぐりぐりと、どこが具合がよろしいか笑美が頭を動かして調整する。

「――それ以上は宣戦布告と見なしますが」

笑美のすることに今まで干渉しなかったサイードが、冷ややかな声で告げた。

笑美は瞬時に「気を付け！」をした。背筋をピンと張って、サイードの仕事の邪魔をしないようにただの壺と化す。ぺらりぺらりと、サイードが紙を捲る音だけが場に響く。

ただの壺の下に、ココルが戻ってきた。小柄な体で自在に馬を操り、ぱっかぱっかと揺れている。馬の両脇には、大量の食糧が吊るされていた。それは、肉をぎっちり壺に詰め込まねば満足できない体になってしまった笑美のためである。

「お、ココル。戻ってきたのか？　おかえり」

ココルが馬から飛び降りていると、冬馬が近づいてきた。ヴィダルが荷物を降ろすのを、笑美と冬馬はぺったんこになったお腹を押さえながら待つ。

ヴィダルとソフィアがものの数分で火をおこし肉を焼き始める。辺りにいい匂いが充満し始めた。

焼かれた肉や野菜を、コヨルがせっせと笑美の壺に詰めていく。ソフィアが水を注ぐと、笑美のご飯は完了だ。あとはカップ麺よろしく、数分間じっと待っていればいいだけである。

「南からの商船は、やはり途絶えているようです。一部商品は随分と値が上がっていました」

「シャトルーズほどの港でもか……」

「わかりました。商品については、詳細を後ほど報告するように」

コヨルが、街で仕入れてきた情報をサイードとヴィダルに報告する。腹が満たされてきた為か、うつらうつらし始めていた笑美は、続くコヨルの言葉に驚いて顔を上げた。

「――のため、シャトルーズ南門に大型の植物型魔物が出没。騎士と自警団が防衛中。魔防壁の再構築は終了していました。出立時には死者なし、負傷者五名」

「ソフィア！　今シャトルーズにはうちの兵がいたな」

「はい、ヴォルッカの隊が十七名――」

「財務長官に早烏を。それとは別にもう一羽、黄色のリボンを結び、我が家に飛ばしなさい」

コヨルの報告に、ヴィダルとサイードがそれぞれ指示を飛ばす。

突然の事態に呆気にとられていると、冷静に対応する大人達の背後に少年が立った。

「助けに行かねーのかよ」

ブルルン、と馬が鼻を鳴らす。サイード達が会話を止めて、振り返る。

「んだよ、あんたら……俺に世界を救えって呼び出しといて、自分達以外は見捨てるのかよ」

『冬馬』

名を呼び、笑美が袖を引っ張った。しかし冬馬は強く笑美の手を振り払う。

「自分じゃなきゃ、自分の家族じゃなきゃ、金払って終わりかよ！」

「召喚の齟齬《そご》については、改めて場を設けましょう」

冷静な声で応えたサイードに、冬馬は更に苛立ったようだ。

「んなこた今どうでもいいよ！　そうじゃねーだろ！　あんた等には感情がないのか！　自分の国が、魔物に襲われてんだろ⁉　なんでそんな冷静に話ができんだよ！」

「人にはそれぞれの役割がございます」

「感情を持てっつってんだよ！」

「はいはい、ほら勇者様、飯でも食おうや。せっかくの肉が冷めちまう」

怒鳴る冬馬を諌《いさ》めるように、ヴィダルが笑う。

「あんたも、騎士団の団長なんだろ⁉　国を守ろうって意志はねーのかよ！」

『冬馬、言い過ぎ！』

笑美は冬馬の口を背後から覆った。けれど、笑美にもその気持ちが全くないとは言えない。

街が襲われていると聞いて、当然助けに行くのだと思っていた。

なのに、サイード達は行かないことが当然のように会話を進めていた。そのあまりの衝撃に、冬馬が声を荒らげた気持ちも十分にわかった。

――だけど、先程の冬馬の言葉は、命を賭して国を守る騎士に向けていい言葉ではない。

『いたっ……冬馬、痛いっ！』

拘束していた笑美の手を、怒った冬馬は容易く外した。笑美の手首が強く握り込まれる。

痛みに顔を顰めて冬馬を見れば、冬馬は笑美を見ていなかった。

完全に無意識の暴力を、笑美は声を届けることもできずに耐えるしかない。

「魔物を倒せてないんだろ？　負傷者が出てるんだろ⁉　俺なら倒せるんだろ⁉　なんで行かないんだよ！」

「馬車だと往復で、二日はかかるな」

「二日ぐらい！」

「その二日の間に、幾つの街がこの国で襲撃されているとお思いですか」

いつの間にか笑美の背後に立っていたサイードが、ポンと冬馬の肩に触れた。

いきり立っていた冬馬は睨みつけるようにして振り返る。

だが、サイードが示す先を見て動きを止めた。笑美の手が、赤く鬱血《うっけつ》していたからだ。

「ごっ、ごめん壺姫」

大丈夫、と伝えるように笑美は首を振る。ひらひらと手首も振ってやろうかと思ったが、それは痛みのせいで無理だった。

サイードは笑美の手に恭しく触れると、手のひらを翳してきた。

冬馬に握られていた場所がじんわりと温まっていく。魔法で治してくれてるんだ、と笑美は初めて目にする治癒魔法に驚いた。

手はゆっくりと温まっていく。

感じていた痛みは、サイードの手が触れた場所からどんどんと引いていった。

「襲われた、その全てに救済を？　その間、尚も被害は増える一方です。ではまた、その全てを？」

「大義のためには、小さな犠牲もやむなしっていうのか」

冬馬の声が、震えていた。

「一刻も早く魔王を廃し、国を平らに導くこと。それが我々の使命です」

笑美は冬馬に駆け寄ろうとして、くんと引かれる手に気付いた。

サイードが手当てのために手を掴んでいるままだったのだ。

「街には衛兵も、青騎士団の第六隊長もいます。もう幾許《いくばく》もなく収束に向かうでしょう」

「不安だから、賠償金を払うんだろ⁉」

「金銭援助の目的は負傷者への支援や、再度の襲撃に備えての軍資金となります」

「まぁまぁ、本当に大丈夫だって。俺らだって伊達に国を背負って——」

「それで頼りないからっ——」

「——勇者様。我が同胞を信じ、この場は任せていただけないだろうか」

ソフィアが語尾を震わせながら冬馬に告げる。

冬馬は驚いて言葉を止めた。

怒っていたのは彼だったからだ。それに対し、怒り返された経験など——彼にはなかった。

自由だった。喧嘩するも、拗《す》ねるも引き籠もるも。そういう世界でしか生きていなかった。

友達と、先生と、家族にしか囲まれていなかった。自分の言葉の責任など、冬馬は考えたこともなかったのだ。

「これ以上の騎士団への侮辱は、我が首を差し出してでも、止めさせていただく」

これ以上と言われても、冬馬に侮辱したつもりはない。ただ感じたままを告げていただけだ。

初めて見せるソフィアの怒気に、冬馬は愕然とする。

――違う、俺が言いたかったのは、そうじゃない。

騎士団を馬鹿にした訳じゃない。襲われている街を見捨てていくのが非道だと思ったから。

自分ならすぐに倒せると思ったから。

沢山の考えが冬馬の頭を巡る。しかし、冬馬は何も言えなかった。言い返せなかった。

ソフィアの怒りを受け入れる覚悟を持っていなかったからだ。

「ソフ、鬼婆の顔になってんぞ」

ヴィダルがソフィアの背後から、彼女の頬をにょいーんと引っ張った。瞬間、ソフィアはハッとしてヴィダルを振り返る。

「その名前で呼ばないでいただけますか」

「おお怖い、ほら肉でも食って機嫌直せよ」

「貴方は、私を犬だとでも思っているのですか！」

「よっゴンザレス！」

「刺します」

怒気を収めたソフィアが、今度は殺気を迸らせながら腰にはいていた剣を抜き、ヴィダルを追いかけた。ヴィダルは笑いながらソフィアの剣技を避けていく。

その様子を見ながら、冬馬はいまだ動けない。

「俺は、ただ……」

笑美は冬馬へと歩き出す。

するりと、サイードの手から笑美の手が抜ける。

治療は終わっていた。

❖

「昼間は感情を抑えきれず、見苦しい姿をお見せしてしまい、申し訳ございませんでした」

夕の休憩時。皆から少し離れた茂みで、深々と頭を下げたソフィアを背後に感じたヴィダルが、ゆっくりと振り返る。

冷静なソフィアが感情的になるところなんて、ずっとそばにいるヴィダルですらほとんど見たことがない。それ程、ソフィアにとってもこの旅路は異例の事態であり、また勇者の存在に戸惑っていることが窺えた。

「何言ってんだ。お前が言ってなきゃ俺の手が出てたよ。助かった」

ソフィアは、自分が言わせた言葉にきつく目を瞑る。

「そう肩肘張るな。旅はまだ始まったばかりで、勇者とも知り合ったばかりだ。誰もが、最初から円滑にできる訳じゃねえよ」

「はい」

「新兵とは年の頃は同じでも立場が違うからなぁ。お前も扱いにくいだろ」

「……いえ、そのようなことは」

「俺に嘘ついてどうするよ。ふくちょーさん」

笑い飛ばすヴィダルに、ソフィアは薄い苦笑を浮かべる。

「勇者はお前に気を許し始めてるからな。言ったのがお前で助かったよ。俺が口なんか挟んでみろ。それこそ、勇者と騎士団、ひいては国の関係修復は不可能。……全くよ、それを危惧して俺が選ばれたっつーのに、情けねぇよなぁ」

「ご立派でした」

間髪入れないソフィアの言葉に、ガシガシと頭を掻いていたヴィダルの手が止まった。

目を見開き、パチパチと大仰に瞬きをすると、にやりと人を食った笑みを浮かべる。

「やだソフィアちゃん。それ以上俺を惚れさせちゃってどうするの？　抱いてくれる？」

「――ご命令であれば」

先程のショックが尾を引いているのか、固い顔のままいつもの憎まれ口の一つも生まないソフィアにヴィダルはため息を吐いて手を振った。

「真に受けんな。ほら、戻るぞ。俺は野営の方行くから、お前はそれ抱えて川に行って来い」

ソフィアがキャラバンを離れる理由のために抱えていた籠を、ヴィダルが指さした。その場を離れるヴィダルの背に、ソフィアは軍式の礼をして見送る。

馬車とは反対の方向に歩いていったヴィダルは、空を見上げた。

茜色の空は、何も遮るものなくヴィダルの前に広がっている。

「……はー。処女が粋がりやがって」

夕時を告げる鳥が鳴く。ヴィダルのため息が空に落ちた。

❖

夕方の野営準備を眺めていた笑美は、ソフィアと冬馬がいなくなっていることに気付いた。

昼のこともあり、いやな予感がした笑美は慌ててスケッチブックでコヨルに尋ねる。

「ソフィアは所用、勇者は行水」

コヨルはやはり把握しているらしく、すぐに答えをくれた。

一行は焚き火の傍で、ソフィアと冬馬を待つことにした。

目が眩《くら》むようだった夕焼けが、春の宵に包まれ始める。バチバチと火の粉を散らして炎が躍る。

二人はまだ戻ってこない。肉が焼けるのを待っている間にパンを咥《くわ》えていたヴィダルが、ピクリと耳を動かした。親指でパンを口の中に押し込むヴィダルに、サイードが声をかける。

「どうしました」

「悲鳴が聞こえた」

悲鳴？　笑美には何も聞こえなかった。冗談だろうか。それにしては趣味が悪すぎる。

ヴィダルは真剣な顔つきで立ち上がり、宵闇に目を凝らしている。

「どの方角かはっきりわからん。コヨル、わかるか？」

コヨルはヴィダルに問われると立ち上がり、一直線に木に向かった。

とんとんとん、と平地と変わらぬ程の身軽さで木に登る。

『……は？』

笑美が呆気にとられる間もなく、コヨルはてっぺんから辺りを見渡した。

「東南の方向に子供の姿。魔物が接近中――ソフィアと、勇者が向かってる」

ヴィダルとサイードは一目散に、その場から駆け出した。

取り残された笑美が慌てていると、ひょいっとコヨルが木から飛び降りてきた。その飛距離に目を剥く。コヨルの身長の何倍もあるような木のてっぺんから、ぴょんである。

『足は、体は、反動は⁉』

声もなく慌てる笑美を無視して、コヨルは火を足で素早く消した。

そしてそのまま動揺している笑美の手を引くと、強く大地を蹴って走り出す。

――運動は得意ではないが苦手でもない。……と、思っていた。

クラスで五番目だった百メートル走のタイムは、異世界ではなんの自慢にもならなかった。メイドですらこれ程走れるのになんて様だと、笑美は手を引くコヨルの後ろ姿を見つめながら思った。

それどころか早々に息を切らした笑美を、コヨルは物言わず背に担ぐと、先程と同じ――いやそれ以上に速く走り始める。

自分よりも小さな女の子に担がれ、自分よりも速く走られるこの敗北感と罪悪感。

コヨルの背で打ちひしがれていると、怒鳴り声が聞こえてきた。

「――んでだよ！　ざっけんな！」

冬馬が叫んでいる。笑美は縺《もつ》れる足で地面に降り立った。人影がくっきりと誰だかわかる程近づいた時、笑美は驚きのあまり固まる。

怒鳴っていたのは、冬馬ではなかったのだ。

「お前が勇者なら、なんで魔王が復活する前に、世界を守らなかったんだ！　なんで父ちゃんが死ぬ前にこの魔物を倒してくれなかったんだよ！」

冬馬は驚きに目を見開き、地面にしゃがみ込んでいる少年を見つめている。少年はソフィアに止血されながらも、威勢よく首を伸ばして冬馬を怒鳴りつけていた。

「落ち着きなさい。興奮すると、血が止まらないよ」

「お前が、お前が悪い！　全部全部全部全部、お前が悪い‼」

投げつけられる暴力に、冬馬はただただ突っ立っていることしかできなかった。

「一度深呼吸しなさい、落ち着いて」

ソフィアが優しく声をかけるが、少年は恐慌状態にあるようで、まともに会話がかみ合わない。

手慣れた様子で、ソフィアが少年の腕に布を巻きつけている。ろくな救急道具もないので、止血に適しているのは服ぐらいなものだった。

――川下で洗濯をしていたソフィアは、ヴィダルと同時刻に少年の最初の悲鳴を聞きつけた。

ヴィダルよりも少年に近い場所にいたため、より鮮明に聞こえた悲鳴に、ソフィアは辺りを見渡した。魔法使いも伝令もいないこんな暗闇では、悲鳴がした正確な方向がわからなかったのだ。

そんな時、手に明かりをともした冬馬が川上から走ってきた。冬馬は手に、探索用の魔法を展開していた。

数日の魔法の修練でそこまで会得していたのかと驚きつつも、ソフィアは冬馬を追った。

「こら小僧。なんでこんな時間に街から出てきた。夜は外に出ないよう通達しておいたはずだぞ」

ヴィダルが常にない鋭い顔で少年を睨む。少年は腹にたまった呪詛をヴィダルにも吐きかけた。

「あの魔物が、あの魔物が俺の父ちゃんを殺したんだ！」

叫んだ少年の背後には、虎程の大きさもある黒い生き物が横たわっている。

少年が遣いの途中に見かけた魔物。それは、父の仇だった。

我を忘れた少年は、魔物に襲い掛かるが逆に反撃を食らう。命からがら這《は》う這《ほ》うの体《てい》で逃げまわる内に、どんどんと街から遠ざかってしまった。ついには日も落ち、魔物にも追い付かれ、絶体絶命のピンチという時に、悲鳴を聞きつけた冬馬に助けられたのだ。

そこまではよかった。冬馬がただの通りすがりだと思っていた少年は、涙を流して感謝した。まるで勇者のようだったと泣きじゃくる少年を勇気づけようと、冬馬はつい口走ってしまった。

――おう、俺、勇者だから……と。

「それで？　魔法も扱えぬお前が一人で、魔物をどうしようと言うのです？　よもや大人が敵わぬ魔物を、自分一人でどうにかできるとでも？　街に魔防壁を張ってまで国が用心を促している旨趣《ししゅ》を了知《りょうち》していただけなかったと見える」

少年は何も言い返せなかった。サイードの言葉が途方もない真実だったからだ。

「命があっただけ儲けものでしょう。街まで送らせます。帰りなさい」

サイードは視線だけでコヨルを呼ぶ。笑美の隣にいたコヨルは、すっと少年を担ぎ上げた。米俵を抱えるように抱えられた少年を見て、笑美は彼女に随分考慮してもらっていたことを知る。

「くそったれ！　父ちゃんも助けてくれなくて、お前の何が勇者なもんか！　お前らなんか、さっさとくたばっちまえ‼」

少年の呪詛が暗闇の中に消えると、サイードは冬馬に向き合った。

「勇者と告げてくれるなと、そう申し上げていたはずです」

「それ以外に、言うことあるだろ……」

「いいえ、何も」

サイードは目を閉じて首を横に振った。ヴィダルが、馬車に戻ろうと撤退の合図を出す。

「勝手に行動して、悪かったよ！」

冬馬が、まるで泣くように叫んだ。

「けど、んっでだよ……なんで文句言われなきゃいけねえんだよ……あいつの父ちゃんの顔なんか、見たこともねえよ。その時俺は日本にいて、こんな世界のことなんか何一つ知らなかったんだよ！」

冬馬は栓が抜けたように濁流を身の内から押し出す。自分の身の中で暴れまわり、どうにもならない持て余した感情を、言葉にすることで何とか昇華しようと戦っていた。

「助けてやる義理なんてねえのにっ、助けてやってんだよ！　なのに、なんでだよ、なんで――！」

冬馬の怒りで草原が波打つ。激しい衝撃が木々を揺らし、森がざわめいた。

「なんで文句を言われる？　なんで感謝して貰えない？　なんのために助けたんだ俺は、俺は――」

冬馬は言葉を区切った。信じられない事実に気付いて、顔を蒼白にさせて口元を手で押さえた。

なんのために？

俺は――自分のために、助けたんだ。

冬馬の今にも身を引き裂かれそうな悲鳴に、笑美が堪らず蹲《うずくま》る。

冬馬は、震える自分の両手を見た。

俺は、何故駆けだした？　新しく覚えた魔法を試してみたいと、一瞬でも思わなかったか？

走っている間考えていたのは、習ったばかりの魔法の組み合わせ方じゃなかったか？

悲鳴の先に、人がいることはわかっていた。ただ、本当の意味でわかっていただろうか。

——この世界がどこか、非現実のようだと。

夢のようだと。お話のようだと。ゲームのようだと。どこかで感じていなかっただろうか……。

笑美は口元を押さえてえずいた。喉から何かがせりあがってくる感覚がするのに、口のない壺の顔では何も吐くことができない。

冬馬の気持ちは、笑美の気持ちそのままだった。

《街がモンスターに襲われている！　至急二十体討伐せよ！》

よくあるお遣いクエスト。なんて軽い、緊張感も現実味もない、読み慣れた文面。

ボタンを押せば忘れてしまうような、そんなありふれた文章の世界だと……どこかで笑美と冬馬は感じていた。聖女と勇者と奉《たてまつ》られ、突然やってきた大役に心の浮き立ちを抑えられなかった。

その無邪気な心が今、へし折れそうになっていた。

人が死ぬ。この世界では、人が死ぬ。

討伐隊の人達も、街の人も、会ったことがある人もない人も、そして自分自身も。

ゲームじゃない。夢じゃない。

寝物語に聞いていた「めでたしめでたし」で締めくくられた、お話の一つじゃないんだ。

「——二人とも、起立なさい」

厳しい声に、胃がすっと冷える。笑美はのろのろと顔を上げた。

「立ち上がり、足を進めなさい。立ち止まってはいけない。我々には、前を見る責務がある」

笑美はようやく足に力を入れた。よろけた体を、ソフィアが支える。

同性でも笑美とは違いしっかりと筋肉の付いた、人を守るための腕だった。

「国民を守りたいなんて高尚な意思など端から求めていません。魔王を倒す。それが勇者に課せられた義務です。些事にとられる時間はない。貴方はただ物言わず、魔王を倒せばいい」

サイードが雪よりも冷たく冬馬に言い放った。

冬馬は力の抜けた体で、小さな舌打ちを返した。

❖

悪いこととは重なるものだ。

馬車に戻り旅路を急いでいると、商人が数匹の魔物に襲われていた。孤立した幌馬車《ほろばしゃ》の幌の上で、親子が身を寄せ合って助けを求めている。

冬馬は躊躇した。助けることに、戸惑った。

まだ、先程から幾らも時間が経っていなかった。冬馬の心が落ち着くにも、傷が癒えるにも、十分な時間とは言い難い。

「商隊ならば護衛がいるはずです。先を急ぎましょう」

サイードが涼しい顔をしてそう言った。薄情にもその言葉に頷いたコヨルが、御者席のヴィダルに伝達する。彼はコヨルの話を聞くと頷き、片手を上げる。サイードの言葉を了承したのだ。

馬車は止まらない。スピードを落としもしなかった。ソフィアがすっと立ち上がり壁に近づく。

「――っ俺は！」

冬馬が、耐え切れずに吠えた。

「俺は、勇者だ‼」

冬馬が自分を奮《ふる》い立たせるかのように、大きな大きな声で咆哮を上げた。

びりり、とキャラバンが震える程の衝撃だった。

「うおりゃああああああ‼」

冬馬はキャラバンのドアを、まるで自分を勇気づけるように蹴破る。勢いをそのままに、雄たけびを上げながら、駆けている馬車から飛び降りた。

ぐるぐるぐる、とスタントマンのように地面を転がって、冬馬が落下の衝撃を和らげる。

『わあああああ‼　冬馬あああああああ‼』

転がり落ちる冬馬の姿を見た笑美が、腹の底から声を出した。ドア枠に手をかけ冬馬に手を伸ばそうとする笑美を、サイードが掴む。

一人大地に降り立った冬馬は、転がりながら魔法を組んでいく。

冬馬が飛び降りたことに慌てたソフィアが、急いで壁から弓を取り、窓から御者席に飛び移った。

ヴィダルは心得ているとばかりに、ソフィアが軌道を読みやすいよう、ただ真っ直ぐに同じ速度で馬を走らせる。

「異世界でも、ゲームでも、ラノベでも、魔法が使いたかっただけでも……やっぱさ！　目の前で人が、助けを求めてたら！　助けたいって思うのが、人間だろ‼」

冬馬は商人達まで傷つけてしまわないように、細心の注意を払って魔法を放った。先程の少年を助けた時と同じく、人を傷つけることなく魔物が倒れる。

不安定な姿勢のまま魔法を放った冬馬は、地面に転がっていた。

冬馬が倒した魔物とは違う個体に矢が刺さる。

――ザザン　ザン
ようやく冬馬が動けるようになった時には、矢の強襲は終わっていた。放心している冬馬が首を捻り、後ろを振り返る。

ソフィアが弓を下ろしてこちらに手を振っていた。彼女が馬車から援護してくれたのか。冬馬は暴れ出しそうな心臓を押さえて、安堵から湧き上がりそうになる嗚咽を飲み込んだ。

馬車がゆっくりと速度を落として近づいてくる。

『冬馬あああ馬鹿あああ心配したよぉぉおおお』

キャラバンから転がるように駆けてきた笑美を、冬馬が受け止めた。

泣き喚く笑美の声が冬馬に届くことはない。しかし、肩の震えから彼女が泣いていることを冬馬は悟った。だが、自らも放心していたため、冬馬も上手く笑美を慰めることができない。

ぼんやりしている内に馬車からソフィア達が合流した。苦笑しながらやってくる面々を見て冬馬は口を開く。

「なん……だよ、見捨てていくのかと……思って……」

「護衛の邪魔にならない程度に、助太刀するつもりだったんだよ。そのくらいならば、わざわざ馬車を止める必要はない」

「ソフィアは国一番の弓の名手だからな」

「二番です」

ぽつりと零したきり、冬馬は放心している。

『ちょっと冬馬！　大丈夫なの⁉　生きてる⁉　死んでない⁉　怪我は⁉』

彼に抱きとめられた格好のまま、笑美は涙をぬぐうこともせずに必死で冬馬に語り掛けた。身振り手振りで伝わらず、腕を引っ張り、胸の辺りを触り、怪我がないかどうか確かめる。

しかし、冬馬は何も反応しない。じれた笑美が、冬馬のみぞおちを殴った。ゲフッと〝く〟の字に体を曲げて咳き込む冬馬に、笑美は大丈夫そうだなと首を何度か上下させる。

魔物に襲われていた商人が、なんとか幌馬車の幌の上から降りてくると、慌てて頭を下げた。

「なんとお礼を申し上げればいいか――本当に、言葉もございません。ありがとうございます」

ふくよかな商人の後ろから、そろりと小さな影が顔を出す。

「護衛に商品を盗まれ途方に暮れていたところ、魔物に襲い掛かられまして……もはや打つ手もなく、せめて息子の命だけはと女神様に祈っておったのです……貴方様方は、命の恩人です！」

先程、冬馬が助けた少年も、魔物から助けてすぐは同じように感謝を冬馬に示した。

ありがとうと、眦《まなじり》に涙を浮かべながら、何度も何度もそう言った。

冬馬は震える唇で、呟く。

「助けたのは、当然だ――……俺、勇者だから」

再びの違反にサイードが冬馬を制するよりも早く、商人が大声を上げげた。

「なんと！　女神様に祈りを捧げたその瞬間、勇者様に救っていただけるとは……大したお礼はできませんが、少々お待ちください。旅のお役に立てるようなものを見繕《みつくろ》ってまいります」

商人は慌て者なのか、大きな腹を揺らしながら短い脚で荷台へと駆けこんで行った。大きな袋を抱え、手当たり次第に物を詰めていく。

冬馬は、細い肩を震わせる。

俯いた冬馬から、水滴が零れ落ちて地面に染みを作った。ぽとんぽとんと染みが広がっていく。

商人の息子が、冬馬の顔を覗き込み、首を傾げる。

「勇者様、どうしたの？　痛いの？」

鼻水をすすりながら、冬馬が途切れ途切れに息子に告げた。

「俺、頑張って、魔王倒すから。待ってて、待っててくれな。魔物に父ちゃん襲われないような、世界に、ちゃんとするから――ごめん、ごめんな」

笑美は手を合わせて祈った。

どこまでもどこまでも、冬馬の呟きが、風に乗って飛んでいきますようにと。

第三章：勇者と祈り

――ガタン　ガタガタ……ガタッ……


月明かりに照らされた馬車の速度は落ちない。魔王の待つ城に向け、ただひたすらに進む。

馬を替え、車輪を取り換え、馬車は進む。馬の嘶きと、蹄の音。そして時たま聞こえる御者が手綱を打つ音だけが、人が生きている空気を思い出させた。

灯《あか》りを落とした暗い車内で、眠っている影は二つだけ。

大きな影の背に流れる銀髪が月光で淡く輝く。体をくっつけている小さな影が寝言を零した。

『パパ……ママ……』

毎晩紡がれる愛の言葉を、起きている者は誰も拾い取れはしない。

ガタガタガタと揺れる馬車だけが、少女の雫を吸い取っていた。

❖

「無理はしなくていいんだからね」

『大丈夫！』

笑美は拳を握って頷いた。手には大きなたらいがあり、その中には洗濯物が積まれている。

「……私はもう少し川下で洗っているから、何かあったらすぐに来るんだよ」

笑美は『了解です！』と城にいた衛兵達の真似をして、敬礼した。その姿に苦笑を返すと、笑美の三倍近い洗濯物を難なく持ち上げたソフィアが、川下へと歩いていく。

この世界が現実なのだと理解してから、笑美にも少しばかり変化があった。現世のことを学び始めたのだ。手始めに文字から。次はソフィアの担っていた雑事の手伝いを。

今まで笑美はこの世界で、ずっと受け身だった。助けて貰う、恵んで貰う、手を取って貰う。当たり前の幸運は、けして笑美の功績の上に立つものではなかった。

尽くして貰えるのが当たり前だと、〝聖女〟という名前と周りの反応に思い込んでしまった。

それはこの世界を受け止めきれていなかったのと同時に、笑美自身の甘えからくるものだった。

できることは少ないが、一つずつを精一杯こなしていこうと、ソフィアの手伝いを買って出た。

あの寒い朝の川で洗っていた女達のように、何度も布を揉み、濯《すす》ぐ。

人が生活する限り汚れ物は発生する。今まで、どうにかなっていたのは誰かがやっていたからだ。

笑美は休憩時間にソフィアが度々いなくなっていた原因を知った。そして、それを知ろうともしなかった自分に落ち込む。自分が聖女でいるために、誰かに何かを強いていた。

『なんて厳しい世界だろう……』

笑美は小川の水で洗濯物についた汚れを掻き出しながら、指先の冷たさに凍えていた。痛む指先で懸命に洗濯物を擦り合わせる。たかだかこのぐらいで、悲鳴を上げそうになる程冷たい。痛い。

ここには洗濯機もないし、凍えた体で潜り込める炬燵《こたつ》もない。ソフィアに教えてもらった通りに洗ってはいるが、彼女程うまく汚れを落とすことができないから、どうしても時間がかかる。

知らぬ間に唇を噛みしめていた。流れる水の冷たさは、いとも容易く笑美の心まで冷やした。

この世界は怖い。自分では到底勝てない魔物がいる。それを簡単に倒す人がいる。思っていることを伝える手段がない。無条件に甘やかしてくれる人がいない。

私をこの世界に、と求めてくれた人は、私を求めていた訳じゃなかった。

何もできないくせに面倒ばかりをかける壺。

笑美の作る水の効果はサイードの魔法で賄《まかな》え、冬馬の機嫌もサイードとソフィアでうまくやっている。そのくせ旅が予定よりも遅れているのは、壺に必要な食糧調達のため、コヨルに毎日無理を強いて出かけてもらっているからだ。

ちゃんと皆、友好的だ。こっちの話にも耳を傾けてくれる。

だけど、だからといって仲間と同義ではない。

笑顔を向けてくれても、心は差し出してくれない。けれどそれは、笑美も同じだった。

互いに作っていた溝が見えて初めて、笑美は怯えてしまった。

手を伸ばしてもいいんだろうか。伸ばした手を、振り払わずに握ってくれるだろうか。

『――パパとママに会いたいなぁ……』

ポツリと呟いた自分勝手な言葉に驚いて、笑美は慌てて口を噤《つぐ》んだ。ギュッと食い縛っていなければ、もっとひどい弱音が出ると思った。

私って、こんなに弱かったんだ。

くしゃくしゃに顔を歪めながら、笑美は洗濯物を絞る。汚れは綺麗に落ちていた。

「なんでダメなんだよ！」

濡れた洗濯物を抱え、川から戻った笑美を待っていたのは冬馬の怒鳴り声だった。

「だから、勇者様が思ってる程、この棒っきれを振り回すのは簡単じゃねーって言ってんの。二つなんて極めなくていいんだから、おめーさんは魔法を頑張ろうや」

「魔法のやれることはやったって!! サイードが持って来てた本も全部読んだ！ なぁいいだろ、力自体はあるんだ！ 女のソフィアに教えてるんなら、俺にも教えてくれよ！」

冬馬とヴィダルのやり取りに、『またか』と呟きながら、笑美はキャラバンのステップに足をかける。一人で上れなかった階段も、自力で上れるようになっていた。

キャラバンの指定の場所に、笑美がぽんと洗濯物を突っ込む。あとで冬馬に魔法の練習がてら、乾かして貰うのだ。

「――なんだよ！ せっかく下手に出てんのに!!」

キャラバンから出ようとドアを開けると、まだ怒鳴り声が続いていた。ガタガタガタ、とキャラバンが冬馬の怒気で揺れる。最近は冬馬も安定していたため、こんなことはあまりなかった。揺れる木板を見て、そろそろ止めたほうがいいのかもしれないと感じる。

笑美は少しの疲れを感じて、ため息を吐き出した。

たった一人の、同じ日本人。

こんな感情を抱くのはよくないと思いつつ、どうしても一つの考えが頭から離れなかった。

なんで冬馬はもっと、みんなと協力して仲良くしようと思えないいんだろう。

「勇者様、どうぞ――」

「あんたらじゃ魔王は倒せないんだろ？」

冬馬が強い言葉を吐く。もう、落ち着いてよ。笑美は冬馬を止めるためにステップを一段下りた。

「じゃあ俺がやるしかないじゃん、俺が頑張るしかないじゃん‼　俺がやらなきゃ……だって俺は、勇者なんだから──！」

──パシャッ
空気を震わせる程大きな音が鳴った。え？　と思ったのは笑美だけではなかったらしい。

大声を出していた冬馬でさえ、こちらを振り返っている。その目が大きく見開かれているのを見た笑美は、大いに焦った。

次いで、ダパパパパと、何かを打ち付ける音がする。肩が濡れたのを感じ、雨だろうかと笑美が天を仰ぐ。しかし冴え渡る青空は雨どころか雲一つない快晴だ。

冬馬が無意識の内に生み出していた猛烈な風が止んでいる。

静かな場に、戸惑いを含んだ冬馬の掠れ声が響いた。

「つ、壺姫？」

「大丈夫かい⁉」

慌てたソフィアが、ステップで立ち止まっている笑美に駆け寄ってくる。その顔を見て、笑美は顔をひきつらせた。何か自分が、物凄く良くないことに陥っているのがわかったからだ。

近づいてきたコヨルが懐から小さな手鏡を取り出した。鏡の中を見て、笑美は固まる。

白磁の壺から、大量の水が噴き出していたのだ。

討伐隊の面々は、頭上に広がる青空よりも顔を青くして笑美を見ている。

「おいおい嬢ちゃん、大丈夫か？　干上がんねえか、それ」

頭から潮のように次々と噴き出している水で、既に笑美はびしょ濡れである。

『なななな何それ、何これ、なんで、こんなに水が⁉』

「気持ちをお鎮めください」

サイードの声が笑美の背筋を反射的に伸ばした。こんな時に何か皮肉を言われてはたまらない。

笑美は深呼吸を繰り返し、必死に落ちつこうと努めるが、いくらも足しになりはしない。

「何、何があったんだ、誰かになんかされた⁉」

ブンブンと大きく首を横に振る笑美の隣で、しれっとサイードが答えた。

「勇者様のお声は森の獣を寄せ付けぬ声量ですから。聖女様の下にも届いていたのでしょう」

冬馬はそこでようやく、笑美のこの奇妙な暴走が、自分が始めた仲違《なかたが》いのせいなのだと気付いたのだろう。虚を突かれ目を見開いた冬馬は、一息吐き出すと、大きな雄たけびをあげる。

「――んあああああっ！　っもう！」

その様子を何事かと見守る面々に向け、冬馬は顔を上げた。

ムンッと気合いを入れた冬馬は、意を決してヴィダルを振り返り、大きく頭を下げた。

「――っごめん！」

唐突な冬馬の言葉に、ヴィダルは片眉を上げた。

「色々悩んだり、あんた達騎士に申し訳なかったりで、焦ってた。頼りにならないって、思ってる訳じゃないんだ」

冬馬の言葉に、ヴィダルは笑う。

「馬鹿野郎、誰しも一度は通る道だ。何も気にしちゃいねぇよ。ただ今から二ヶ月ぐらいじゃ体力作りぐらいしかできねぇな。期待するような面白そうなことは何もねぇぞ」

「それでもいい！　やる、なんでもやる！」

輝く冬馬の顔を見て、笑美の胸が感動で詰まる。素直になれた冬馬。聞かれたこと以上の親切をかけてやるヴィダル。二人の関係は、明らかに変わり始めようとしていた。

嬉しくて、笑美が再び壺から大きく水を噴出させる。

握手をしていた冬馬とヴィダルが、大慌てで駆け寄って来た。

「嬢ちゃん、ほら、これ見えるか？　握手、あーくしゅ」

「これ以上どうしろっつーんだよ！」

詰め寄ってきた二人から隠れるように、笑美はサイードの背後に回った。

サイードの背に自分の背をつけ、地面を睨みつける。

甘えたがりな指先が、知らぬ間にサイードの衣装をキュッと握っていた。

「肩でも組んでみてはいかがでしょう」

首を捻り笑美を見下ろしているサイードの傍で、ソフィアが涼しい顔をしてそう言った。「その提案、乗った！」と、ヴィダルと冬馬は肩を組む。

「あー俺ちょっとかけっこしたくなっちまったなー！」

「お、俺も！　ちょっとそこら辺走ってみようかなー！」

「よしっ競争だ！」

「おー！」

「あ、逃げた」とココルが小さく呟いた。遠ざかる足音を聞きながら、ずるずるとしゃがみこんだ笑美をサイードが抱える。いつの間にか潮は止んでいたが、サイードは笑美同様びしょ濡れだった。

「二人は出発の用意を」

片づけをソフィアとココルに命じたサイードは、笑美を抱きかかえてキャラバンへと移動した。

サイードが魔法で濡れた二人の服を乾かす。行李から数枚の布を取り出し、いつもの場所に腰を据える。膝の間に笑美を座らせ、ぐるぐるぐると壺の口に布を巻きつけた。梱包された壺を、サイードは腕に囲う。

随分と間の抜けた恰好だったが、笑美はこれが何よりもありがたかった。本当に、ありがたかった。

笑美の体をローブで包むと、サイードは堪《こら》えていたかのように、ため息を吐き出した。

「いつまでそうしているのですか。しっかりなさい」

冷たい声に、笑美は身を縮こまらせる。サイードの服を握り、最近とみに嗅ぎ慣れてしまった匂いに顔を寄せる。腹の底まで吸い込んだ匂いに、笑美の肩が震えた。堪えていた涙が溢れ、壺を覆っていた布に染みを作る。

全身で息を吐く。今、壺でよかったと。笑美は心底思った。

——こんな顔も、泣き声も。誰にも知られたくない。今の私に、泣く権利はない。

笑美の体のこわばりを無視して、サイードは手を伸ばして書類を取る。笑美の背に手を回し、書類を見始めた。サイードが何も言わないことに安堵しながら、彼の肩に顔を押し付ける。

笑美は恥じた。己を、深く。

ここは異世界だからと何処かで浮かれていた浅はかさ。実際に魔物が人を傷つけている衝撃。人に助けられていることにも気付かない未熟さ。

そのどれもが、笑美を傷つけ落ち込ませるのには十分だった。しかし、だからと言って。

――なんで冬馬はもっと、みんなと協力して仲良くしようと思えないんだろう。

だからと言って、人を傷つけていい訳じゃない。

笑美は慢心していた。傷つき、現実を見つめ直した自分は偉いのだと。いつまでも同じ場所から動かない冬馬を侮っていた。笑美と冬馬では、立つ位置も、見る方法も違ったというのに。

――じゃあ俺がやるしかないじゃん、俺が頑張るしかないじゃん!! 俺がやらなきゃ……だって俺は、勇者なんだから――!

冬馬は。

何もできない笑美とは違い、強大な力を持っている。魔王を倒す役目を期待されている。ただ旅について回って、好き勝手ふらふらしていればいいだけの笑美とは、最初から何もかも違ったのだ。

焦って、当然じゃないか。傷ついて当然じゃないか。不安になって当然じゃないか。

冬馬は一度も笑美を責めなかった。お前がもっと役に立てばと、罵《ののし》られたこともない。

世界を知り、魔法を覚え、魔王を倒すと、そして笑美をも守ると誓った。だからこそ、冬馬は今、暗闇の中を必死に声を上げながら走っている。

最近は随分と冬馬もこの世界に慣れ、笑美への依存も薄まっていると笑美は感じていた。だが、もしかしたらそれすら、今回と同じように必死に取り繕っていたのかもしれない。

『冬馬、ごめん。ごめん……』

笑美は声を絞り出した。当たり前のように、その場に響かない懺悔《ざんげ》。冬馬に聞かせられない、しょうもない自己満足のための謝罪。

笑美がしなければいけないことは、暗い顔を晒して謝罪を口にすることじゃない。

いつものように明るく笑って、冬馬を笑顔にしてやることだった。

晴れ女でてるてる坊主。冬馬の悲しい心だって、晴れにできるはずだ。

笑美はサイードの服を掴んだままだったことに気付いた。離そうとした手は、ずっと力を入れていたためか、痺れて動かない。

『あれ、どうしよう……』

もうサイードから、離れなければ。平然とした顔で笑わなければ――わかっているのに笑美の体は動かなかった。

書類を読んでいたサイードが、壺の身じろぎに気付いたのか、そっと笑美の背を撫でた。

驚きに笑美の息が止まる。

信じられなかった。確かに感じた感覚を笑美は何度も反芻《はんすう》した。

この世界でサイードには、厳しい態度でしか接されなかった。

雪のような人だと思っていた。冷たく、美しく。降り積もれば降り積もる程、どう接していいかわからない気高い存在だと。

だから、こんな不意の優しさは想像していなくて――

「あれ？　壺姫どうしたの？」

キャラバンに入ってきた冬馬はすっきりした顔をしていた。一人で抱えていた重荷を大人に晒すことで、冬馬にも心の変化があったのだろう。

「聖女様は眠られたようです。出発しましょう」

戻ってきた冬馬達に、サイードが告げる。

笑美はなるべく皆に動きがばれないように、顔をサイードの胸に押し付けた。布が濡れているせいでサイードの服も湿っているのに、彼は一言も文句を言わなかった。それに、笑美が起きていることなど、彼は気付いているはずだ。なのに、笑美の心情を慮って眠ったことにしてくれた。

――手を伸ばしてもいいんだろうか。伸ばした手を、振り払わずに握ってくれるだろうか。

彼らの優しさを疑っていた自分に、悔しさが募った。皆から見えぬよう、ローブで隠しながら撫でてくれるサイードの手のあたたかさに、涙が堪えられない。

何も見えていなかった自分の未熟さと、今はただ向き合おう。

そしてここから立ち上がったその時は、いつものように笑っていよう。そう決めて。

馬車はゆっくりと動き始めた。夕日は赤く、溶けるように揺れていた。

❖

冬馬にとって「勇者」と呼ばれるその名は、ただの記号でしかなかった。

「トウマ」でも「ユウシャ」でも変わらなかった。だけど――

――俺は、勇者だ!!

自分を奮い立たせるために、宣言した時。冬馬はきっと、本当の意味で〝勇者〟となった。

それは、人を傷つけるためじゃない、自分を誇るためじゃない、守るための〝勇者〟の魔法。

涙が溢れた。

子供の頃から、魔法の世界や、勇者が旅するゲームが好きだった。

ゲームの中の勇者は正義心に溢れ、勇敢で、迷うことなく仲間と力を結び、前に進んでいた。

こちらに来てからの冬馬は、それにはまるで程遠い。

だが馬車を転げ落ちた時——冬馬は一歩近づけた気がした。皆を救う、世界を救う、〝勇者〟に。

勝手に連れてこられて、傷ついてばかりで、何度日本に帰りたいと思ったかしれなかった。

けど、魔王を倒すまでなら——

冬馬は強く前を見据える。

〝勇者〟として、頑張ってもいいんじゃないかって、そう思ったんだ。


「おう、勇者様。もうおしめえか？」

「……るっせえよ！　まだ、いけ……！」

ようやく彼らと屈託ない会話もできるようになった冬馬は、昼食を食べた後、雑事の隙間にヴィダルに体力づくりを指南して貰うようになっていた。

こちらに来てすぐの頃、無意識で発動していた怪力の魔法も、魔法の渦の制御を知ってからは発動しなくなっている。冬馬は地面に汗の染みを作りながら、ひょろひょろの体を持ち上げていた。

「隊長、お忘れのようですが——新兵とは違うんですからね」

「おっと、どこかで聞いた台詞だな」

ソフィアの言葉に、ヴィダルが太い喉を反らして笑う。

「まったく、ソフィアちゃんは勇者様に甘いんだから～」

「牛は頬肉が美味しいですが、人間はどうでしょうね。隊長、試してみますか？」

「ソフィアちゃんったら過激ぃ……俺にも優しくしてくれよ」

ヴィダルに何を言っても無駄と思ったのか、眉を顰《ひそ》めたソフィアが、冬馬を見下ろした。

「できるところから、やればいいんだからね」

ソフィアに「うっす」と返事をしたものの、冬馬は再び腕を持ち上げた。

「……そろそろ飼い葉を食べ終えるころかな。もうすぐ馬を繋ぐから、そしたら終わりだよ」

仕方なさそうにソフィアが冬馬に言う。冬馬はまた、「うっす」と返事をした。

傷つけた人々に、冬馬が送る言葉は何もない。

この世界の平和を、安寧《あんねい》を――皆が望んだ希望を。それだけが、冬馬にできる贖罪《しょくざい》だった。

❖

【壺　水　もっと　役に立つ　したい】

冬馬の焦りを目の当たりにした笑美も、そろそろなんちゃって薬師から卒業したいと思い始めた。

勉強しはじめたばかりのたどたどしい現世文字を、笑美はスケッチブックに書く。

揺れる馬車の中でサイードは、笑美に幾つかの実験を勧めた。

手綱を握るヴィダル以外のメンバーに見守られながら、用途の限られた薬を一つずつ作ってゆく。

効果は重複するのか。持続時間は変化するのか。作ってからどの程度の時間、効能があるのか。

――数々の実験の末、薬はできた。

笑美の念じる気持ちが強ければ強い程、効果として表れた。

しかし、殺傷系の薬はできなかった。誰かを強く痛めつけたいと、強く想像できないからだ。

薬師として一歩前進できたかと思ったが、問題も見つかった。笑美の作った水は、壺から離して保管するとただの真水に戻ってしまうのだ。

その間、約十分。小分けして活用できないかと考えていた笑美は肩を落とした。

『なんか、役に立つのか立たないのか微妙なスキルぅ……』

落ち込んで座り込んだ笑美の肩をソフィアが撫でた。

「壺姫、貴女の作ってくださった薬のおかげで、私のはねっ返りの髪もこの通り」

ソフィアがくるくるからさらさらになった自身の髪を見せる。実験の中でソフィアのストレートパーマ液も作っていたのだ。

「ずっと姉のような、まっすぐな髪に憧れてたから、凄く嬉しいよ」

「へえ、ソフィアも姉ちゃんがいるんだ」

「勇者様にも姉が？」

「うん。うちまぁちょっと変な家だけど……一緒に暮らしてる姉ちゃんだけで、四人いる」

「姉が四人！　それは多いね」

ソフィアの純粋な驚きに、冬馬が「そうなんだよ～」と答える。

「多過ぎだし強過ぎだし奔放過ぎだし、弟なんか奴隷としか思ってないし……」

言いながら、冬馬はどんどんヒートアップしていった。

「それに、着るもんもいっつも女物のおさがりでさー！　子供の頃なんか、腹が出なくて丁度いいってワンピース着せられてたんだぞ⁉　さすがに制服ぐらいは新品だろって思ってたら、これ。姉ちゃんの元カレのおさがりなの。ありえなくね⁉」

身につけている学生服を指す冬馬に、一人っ子の笑美が憐憫《れんびん》を寄せつつ共に手を合わせる。

笑美の行動で我に返ったのだろう。冬馬は一つ咳払いをすると、話題を戻してきた。

「ソフィアの姉ちゃんは？　鬼だった？」

「いや、私の姉は天使のようだったよ。七つ離れているのだが、私には過ぎた姉だった。いつも彼と共に、にこにこと微笑んで見守ってくれていた」

「……え、にこにこって……見守るって……そんなアニメの中の姉、実在すんの……？」

呆然と呟く冬馬の肩を、笑美はぽんと叩いてやった。

「あにめ？」

「いやいや。はは、こっちの話。な、壺姫」

うんうん、と首を振る笑美と冬馬を見て、ソフィアが柔らかく微笑んだ。

「二人は同じ常世の民だからか、空気が似ているね。二人といると、いつもほっとしてしまう」

笑美と冬馬は顔を見合わせると、「いやあ、それほどでもお」と照れたように頭を掻く。

笑美の薬でストレートになった髪が、ソフィアの頰に流れる。髪を結んでいないことに気付いたソフィアが、髪を纏めようとする。その仕草は、随分と手慣れてきていたのだが……。

「……あれ？　できない」

するすると、ソフィアの手から髪がこぼれ落ちていく。

さらさらのストレートになったせいで、癖が付けにくくなったのだ。

『やったげる。……ソフィアって大人のお姉さんって感じなのに、こういうとこ凄い可愛いよね』

ね、冬馬、とソフィアの髪を手伝いながら振り向いたが、当然のことながら冬馬には通じなかった。何故か突然自分を見た壺に、首を傾げている。

『……どうせならこう、しゃべれるようになる薬とか作るべきだったかな……』

けれどそれも、殺傷系の薬と同様に難しかっただろう。壺がしゃべっている姿を具体的に、想像できる気がしない。

【やっぱり　水　役に立つ　なかったね】

金色の髪を纏め終えた笑美が、落ち込みながら紙に文字を書く。いじいじガリガリと、スケッチブックに綴った文字をコヨルが読み上げる。

「壺の中の水は無能だったか、と」

既に書類仕事に戻っていたサイードが「何を寝ぼけたことを」と一蹴した。

一々舌を突き出したくなる言い方をする人だ。笑美はべっと舌を出した。

「国宝にすら勝るとも劣らない、素晴らしいお力です」

見え見えの世辞に『はいはい』と手を振った笑美に、サイードはしんしんとした声を降り注ぐ。

「聖水、毒薬、美容薬、媚薬、万能薬、不老長寿の秘薬――」

ぽかん、と笑美が口を開く。

すらすらと並べられた効能を聞き、顔を赤らめていいのか青ざめていいのかわからない。

「その価値は竜の眼にも匹敵する。お転婆も結構ですが、決して、かすり傷一つもつけることのないように」

すごむようなサイードの言葉に、笑美はぶんぶんと首を縦に振った。

第四章：勇者は死んだ

「照準を合わせて――」

サイードの声を聞いた冬馬は、動く馬車の窓から半身を乗り出すと片目を瞑って腕を伸ばした。

綺麗に伸ばされた腕の先には、大きな岩がある。

「行きます――旅立つ、鳥と、青い空、今は、闇と、共にあり」

サイードが区切る単語一つ一つのテンポに合わせて、冬馬が魔法陣を展開する。青とも白ともつかない魔法陣が、冬馬の周りにぐるりと浮かび上がっては消えていく。

冬馬は、魔法の早撃ちの練習をしていた。

道中でのサイードとの修行により、魔法の陣を覚え、瞬時に魔法を展開し、火力の調整ができるようになった冬馬は次の段階に入っていた。

離れた場所から照準を定める特訓だ。走る馬車の中から、同じ的を狙い続ける。

「天の、光に、選ばれし。六人の翼、羽ばたけて」

規模を小さく調節した雷がどんどんと撃たれていく。大きな岩だったのに、もう見る影もない。

バラバラに砕かれた岩を見て胸を撫で下ろす冬馬に、サイードが冷酷な声で告げた。

「では次は、今手にしている書の五頁から。魔法を順番に展開していきます――用意」

「え？　わっ！」

一息ついていた冬馬は、慌てる。既に粉々になっている岩に照準を合わせ、サイードの号令に間に合うように冬馬は記憶の本を捲る。

「五ページから⁉　五ページは確か探索の魔法で、六ページは調査、七ページは――」

「行きます――永い永い、冬も、終わる。青い、空に、鳥が飛ぶ……」

ぱっぱっぱっと浮いては消えていく陣の何がどう違うのか、笑美にはさっぱりわからない。することもないので、ただぼーっと冬馬の練習を頬杖をついて笑美は見ていた。

隣でコヨルが、同じポーズを真似ていた。

❖

これがおべっかでなければ、笑美は異世界へ来て以来、初めてと言っていい程大喜びされていた。

「う、うめぇえ！　うめぇ、嬢ちゃん、このスープめちゃくちゃうめぇ！」

「――これは、なんて素晴らしい……」

「……おいひい」

『あ、ありがとう……』

皿に注がれたスープを、がっつく四人を見て、笑美と冬馬は呆然としていた。

洗濯や雑用に慣れてきた笑美は、自分にできることの一環として食事の支度も手伝うことにした。

雑用の傍《かたわ》ら目にするソフィアの手際の危うさに、役に立てるかもしれないと思ったのだ。

思えば、今までの食事は肉や野菜を焼くばかりの簡単な調理品ばかりであった。パンに干し肉を載せただけ、というのも多かったようだ。

現世に来て以来食べ物とは縁が深いのに、味とは無縁の世界に生きている笑美は、あまり料理の内容を詳しく見ていなかった。

とりあえず簡単にできるポトフもどきでも、とスープを作ってみた笑美はお玉を持ったまま突っ立っている。

「う、うまいよ。壺姫」

これは自分も言わなければとでも思ったのか、冬馬が強張った笑顔を添えて笑美に告げた。

『無理しなくていいんだよ……』

笑美はやんわり首を振る。炭で炙《あぶ》るだけの肉に飽きた四人には至極の料理に感じられたかもしれないが、どこの家庭でも普通に作られるようなスープだ。

今までは何と言うかその――作り手が少しばかり不慣れだったに過ぎない。

日本で様々な調味に慣らされた舌の肥えた冬馬が、コクとうま味の足りないスープを飲み干す。

キャラバン市場は明らかな品薄状態だ。笑美は次の買い出しについて行きたいなと思いながら、スープをかき混ぜる。

「うまい酒に乾杯！」

という声が聞こえた時には、既に赤毛の男は杯を大きく傾けていた。どこかに隠し持っていたのだろう。もう一方の手には、分厚く茶色いボトルがある。

「隊長――っ！　こんな時に！」

「まあまあ、まあまあああまあ」

顔を真っ赤にしたソフィアが、今にもヴィダルの襟元に掴みかかりそうだった。彼女の説教には慣れているヴィダルは、まるで癇癪を起こした子供をなだめる親のような態度だ。

「俺は十分我慢した。そりゃあそうだろ？　世界の命運を分ける旅に出るってんだ。隊の長を任された俺が酔っぱらってちゃあ外聞が悪い。けどこんなうまい飯を食ったんだ、少しぐらい——」

「悪いのは、外聞ではありません！　職務中に酒を呷《あお》る馬鹿がおりますか！」

ヴィダルが手にしていたボトルを、ソフィアが奪い取る。

簡単に奪われた馬鹿は「あーあ」と言いつつも、この結果をわかっていたようだ。

「そう、悪いのは外聞ではありません。割りです」

すいっ、とソフィアの手から酒瓶が抜かれる。後ろに立っていたサイードが奪ったようだった。

そしてそのまま、注ぎ口に口を付けて一気に呷る。

「——⁉」

ソフィアは目を見開いてサイードを見た。ヴィダルが、笑顔で両手を叩く。

「いよっ、サイード！　さすがお前は話がわかる！」

「酒のちょっとやそっと、飲んだくらいじゃ手元に狂いなどないというのに——こんな禁欲生活では、英雄ともて囃《はや》されようとも割りが合わない」

「だからと言って、サイード殿……！」

笑美と冬馬は大人達のやり取りに、顔を見合わせ、目をパチパチと瞬かせる。意外だった。サイードは職務に対して厳しいのだと思っていたからだ。

「……案外サイードもちゃらんぽらんなんだな」

ちゃらんぽらん。その響きに笑美が笑う。うんうん、と頷いて、思い至る。

……そうだよ。ちゃらんぽらんじゃなけりゃ、いくら冬馬に言われたからって――腹いせのように、顔を壺になんか変えないに違いない。

「旅だぁつ～とぉきーは～、鳥が～教えて、くれえ～た～」

いつの間にか再びボトルを持っているヴィダルが、楽しそうに歌っている。

ソフィアが、額に手を当てて、眉を顰めていた。

どうやらソフィアは、ヴィダルには強く出られても、サイードには厳しく言えないらしい。

「青い空は～今はあなあくう～、漆ぃっ黒ぅの～闇ぃに～包まあれえる～」

酔っ払いの歌は、まるで小節《こぶし》がきいているようだった。

ヴィダルとサイードは腰を据え、コヨルが持って来た干し肉を炙りながら酒のボトルを傾けている。笑美も混ぜてもらおうとヴィダルの傍に行くと、ヴィダルが「おっ」と破顔する。

「よくきた。座れ座れ。嬢ちゃんも一緒に歌うか？　それ次は、舞い降りた聖女、だ。いくぞ！」

笑美の声が出ないことも忘れているのか、それとも気にしない程おおらかなのか。ヴィダルは太い腕で笑美と肩を組むと、体をゆすり始めた。

「舞いぃ降りた～聖女ぉ～」

『舞～い降り～た聖女ー』

ヴィダルの求めるテンポがわからなかったため、笑美も適当に揺られながら歌う。

「親戚の集まりに行くと絶対あやって、一番若いのがおっさんに絡まれるんだよなあ……」

冬馬の的確な例えに、笑美は『なるほど！』と笑って両手を叩く。いる、確かにいる。酒臭さも相まって、笑美は日本が懐かしくなった。

「おっさんだとお⁉　坊主、ちょっとこっち座れ！」

「やだよ。てかおっさん、その歌何？　昼間の魔法の号令にちょっと似てんだけど」

たき火を囲って座っている冬馬が、コヨルに「俺もちょうだい」と干し肉を強請《ねだ》る。

「ヴィダルが歌っていた下手な歌は」

「おーい、サイードさーん。目の前ですけどー？　俺」

「聖女伝説の起源――始まりの魔王を倒す勇者の物語を謳った原本です。最近では簡略化されたものが広まっているため、私はそちらを手習いに用いました」

鉄串に干し肉を刺し、火で炙りながらサイードが淡々と答えた。

串と肉が十分に熱されたことを確認すると、サイードはついとヴィダルに向けた。

「お食べなさい」

「……いや、あの、嫌がらせならもう少しマイルドにしてほしいっていうか……」

「お食べなさい」

「あーもうわかりました、わーかーりましたー。聖女様相手にふざけて申し訳ございませーん」

熱々の鉄串に齧り付けと脅されたヴィダルは笑美から手を離し、両手をあげた。降参のポーズだ。

「聖女伝説？　始まりの魔王？」

コヨルからもらった干し肉を、冬馬も炙りながら尋ねた。

「あん？　言ってねえのか」

片眉を上げてサイードをヴィダルが見る。サイードは、酒を飲みつつしれっと言った。

「忘れておりました」

「おいっ！」

あまりのすがすがしさに、冬馬も大きく突っ込んだ。拍子に干し肉が落ちそうになった。

「ご説明しましょう――その前にコヨル、北側の棚の奥にもう一瓶あります。持ってきなさい」

サイードに酒のおかわりを注文されたコヨルは、「はい」と二つ返事で馬車の方へ姿を消す。

男達の酒臭い呼気に頭が痛くなったソフィアが、冬馬の隣に移動する。

そして、ヴィダル、笑美、サイード、ソフィア、冬馬の順で、火を囲うように時計回りに座った。

「始まりの魔王は、記録に残らない程昔の話となります」

聖女伝説――それは、魔王により世界が脅かされる度に、この世界を救ってきた勇者と聖女様の話だと、サイードはいつもの淡々とした声で語り始めた。

「残っている歌は、魔王討伐に命がけで随行した吟遊詩人が作り出した歌です。真実に限りなく近いこの歌は、この現世に生きるものなれば、数え二つの赤子でさえ共に歌えるでしょう」

「今までに二回、魔王が復活したんだよな？」

確か、三百年前と二百年前だっけ？　と尋ねる冬馬に、サイードが「左様」と頷く。

「どちらも勇者を初めとした英雄達が屠ってきました。その英雄らに祝福をもたらしたのが――」

サイードはそこで一度区切ると、笑美を見た。突然視線を向けられ、びくりとする。

「聖女様です」

神聖なほど清らかな音でサイードが紡いだ。笑美と冬馬は、ごくりと生唾を飲む。

――が、話はそれで終わりらしい。サイードはゆっくりと酒を飲み始めた。

これからどんな話が始まるのかと固唾を飲んで見守っていた冬馬は、わざとらしくずっこける。どうやら大人達は聞き慣れ過ぎた聖女伝説などよりも、酒をいかに味わうかに心血を注いでいるようだ。

あまりにも簡潔な説明に留めたサイードを、ソフィアがフォローした。

「ははは……英雄の血は、生まれながらに数多の意味を背負う。称賛を受ける以上に、きっと色々とあったことでしょう」

笑美は『ふぅん』と腿の上に肘をつき、両手に壺を載せて頷く。

焚き火の炎を瞳に映したサイードが、笑美の様子を見下ろしていた。

「さっきサイードが言った通り、最近広まってるのは簡略版だがな。宮廷舞踏会で演奏されるのはまだまだ原本だ」

「へぇ……ってか、舞踏会？　まじで？　シンデレラみてぇ！　おっさんも踊れるんだ？」

冬馬の問いに、ヴィダルは片眉を上げた。

「ソフィア、勇者様のリクエストだ――」

「お断りします」

ヴィダルが何かを言う前に、ソフィアはにっこりと微笑んで彼の言葉を遮った。

「これだかんな。いい女っつーのは付け入る隙もねぇ」

ヴィダルは大きく笑って、酒を置く。

「だっせー。振られてやんの」

「んだとクソガキ。おい坊主見てろ。おっさんだってなあ、やる時ゃやるんだ――よっ！」

最後の一息で、笑美は浮遊感を感じた。驚いて息を止める。仰け反る背にヴィダルの手の感触があり、後ほんの数センチというところまで、彼の男らしく凛々しい顔が迫っていた。

「お嬢さん、お手を拝借」

ダンスに誘った強引さとは打って変わって、とろけるように魅力的な声でヴィダルが囁く。

ヴィダルは笑美の手を上に掲げると、彼女をバレリーナのようにくるりと回した。

てるてる坊主のようなローブが、ふわりと広がる。

ヴィダルが笑美の腰を抱く。笑美も彼の肩に手をかけると、ヴィダルはにやりと笑った。

「いくぜ、イチニッサン、イチニッサン、だ。——旅だぁつ～とぉきは～」

三拍子のリズムに合わせて、笑美は自然と足を動かした。

しかし、ヴィダルが一歩踏み出すと、笑美はもう自分で自分の体を制御することはできなかった。

ヴィダルの力強さも一因だが、何よりも笑美と彼にあまりにも体格差がありすぎて、足が宙に浮いてしまっていたのだ。

まるでお姫様のようだと夢見心地だった笑美は、ヴィダルに振り回されて目を回す。

『ヴィヴィヴィヴィ……ヴィダル～～！』

「……ん？　あ、おい。悪い聖女様。ポーズが取れてるから、いつも通りに踏み出しちまった。あんたとじゃ背が合わねえな」

悪かったな、とヴィダルは笑美を地面に下ろした。

「ポーズ取れてるって……え⁉　壺姫、踊れんの⁉　実はすげえお嬢様とか⁉」

目を見開く冬馬に笑美は慌てて首を横に振ると、スケッチブックを取り出して伝える。

【〝パパに内緒で、ママが社交ダンスを習ってるの。家でママが練習するのをよく見てたから〟】

「……母ちゃんが、ダンス習ってたあ……？　いやいやいや、一般的な主婦が、社交ダンス習いに行かねえだろ！」

【〝高校生とかもいるんだってよ！〟】

「えー……え、まじかあ。うちはまあちょっとズレた家だし、普通じゃねえもんな……しっかし、家族仲良いんだなあ」

笑美が冬馬と筆記で会話している間も、ヴィダルは笑美の腰を抱えていた。

「ほー」なんてわざとらしく言いながら、肩口から顔を覗かせている。酒臭い息が顔にかかった。

本当に、酔っぱらった親戚のおじさんのようだ。

「いつまで聖女様を拘束している気ですか。放して差し上げなさい」

笑美を助けようとするソフィアに、ヴィダルは脂下《やにさ》がった顔を向ける。

「なんだよソフ。やきもちか～？」

「そう呼ぶなと申し上げたはずです。っこの酔っ払い！」

笑美からソフィアに標的を変えた酔いどれは、ソフィアにがばりと抱き付いた。

すかさず顔面に、鉄拳を食らっている。

「踊れるのでしたら、私がお相手しましょう」

ソフィアとヴィダルのじゃれ合いをにこにこと見つめていた笑美に、声がかかった。

瞬間、真顔になる。声をかけてきたのがサイードだったたからだ。

『あ、足を踏んづけた瞬間に、壺を爆破されそうだから……』

いいです、と断ろうとしていたのに、サイードは笑美の細い手を取った。

「コヨル、音頭を」

サイードと笑美の腹が密着する。

いつも胸に寄りかかって眠っている時と違い、ダンスは彼の足を踏む危険性がある。極度の緊張から、笑美は一瞬で背筋を伸ばす。

「旅立つー時はー」

コヨルは何でもできるらしい。美しいソプラノの声が、夜の森に響く。

「行きますよ――いち」

にいさん、からは、笑美も心の中で唱えていた。

ヴィダルのような強引さはない。

体全体でサイードは笑美に次のステップを教えてくれる。

ゆっくりと笑美をリードする彼は、いつも通り無口なのに、いつもの何倍も優しく感じた。

「鳥がー教えてーくれたー」

笑美はサイードの手を握り、身を任せる。

いちにい、さん。いちにい、さん。

討伐隊一行が見守る中、笑美は束の間――憧れ続けたお姫様になっていた。

❖

旅立つときは、鳥が教えてくれた　青い空は　今はなく　漆黒の闇に包まれる
我らの求めに応えたのは　六人の英雄たち　舞い降りた聖女　白い光が　祈りの証
指さす先に　光が見える　闇の中を突き進む　一筋の淡い光

幾夜も越えた　試練の時　今こそすべてが　終わる時　強大な闇は　深く英雄たちを傷つけた
何度倒れても　起き上がる　守る者たちのため　待っている者のため
白い光　どこまでも広がる闇を　切り裂いた　風に乗り　遥かに響くその声は　春の訪れ
永い永い　冬を越えた　青い空が　傷を負い倒れた英雄たちを優しく癒す
苦しみも　痛みも　耐えられぬと感じた寒さも　すべては今　終わりを告げた
人々は　歌い踊り酔いどれた　世界が歓喜の　咆哮を上げる

乾杯だ　白い夢に身を包む女に　世界中が杯を掲げる
約束だ　帰ってきたら　愛をくれると
貴女のために　世界を救った　歌おう　笑おう　祈ろう
世界で一番の笑顔に　ポレアと共に　愛を捧げよう
そうして　勇者は死んだ　そして　そこに　一人の女を愛する男が　生まれた

（――初代勇者　英雄譚――）

歌い踊り、腹を満たした後は、片付けだ。

空《から》になった寸胴《ずんどう》を笑美は持ち上げた。野菜も皮ごと使ったため、ほとんどゴミは出ていない。

それでも出た少量の生ゴミを、酔い冷ましに付いてきたヴィダルの指導の下、森の中に埋める。

「ま、これでいいだろ。っかし、春とは言え夜はまだ冷えるなー。せっかくの酔いが醒《さ》めちまった」

生ゴミにかけた腐葉土を踏みしめながらヴィダルが笑った。

『丁寧にありがとう。次は一人でがんばるから』

ぐっと両手を握る笑美を見て、ヴィダルが真夏のような顔で笑う。

「こんな小せえのに、よく頑張るなぁ」

『小さいって、もう十六だよ』

森に落ちていた枝で地面に数字を書くと、ヴィダルは目を見開いて驚く。

「十六⁉　こんなちっこいのに？」

笑美はケラケラと笑う。ヴィダルと二人きりで話すのは、もしかしなくてもこれが初めてだ。

ヴィダルと笑美は基本的に、休憩時間ぐらいしか顔を合わせることがない。笑美が起きている時は寝ているか御者をしてくれているし、笑美達が寝ている時は反対に見張りのために起きていてくれる。

とは言え、さすが騎士団長。大勢の団員を纏めているだけあって、ヴィダルは人を輪に加えるのも上手かった。先程も、声も感情も表に出ないはずの笑美の希望を読み取り、手招きしてくれた。

頼りになる大人って、こういうことを言うんだなーと、先程まで笑美をお姫様にしてくれていた意地悪椅子を思い出す。

「はー……十六ねぇ……さっきの抱き心地と言い、とてもそうは……」

ヴィダルの視線の先を追うと、自分の胸にいきついた。頼りになる大人、という言葉を撤回すべきか悩むと同時に、自分の小皿分の山を両手で押さえる。

【魔法　ない？】

「魔法？　今ここにか？」

地面に書いた文字を読んだヴィダルは首を傾げた。『そうじゃなーい！』と言葉を付け足していく。しかし伝えようとすればする程、ヴィダルは首を傾げていく。

「大きな魔法？　攻撃魔法とかか……？」

「胸を膨張させるための魔法がないのかと、聞いている」

『膨張……』

ガサリと落ち葉を踏みしめてやってきたのはコヨルだった。真っ暗な場所から、真っ黒な衣装に身を包んだコヨルが姿を現したため、一瞬びくりと震えてしまった笑美をどうか許してほしい。

「わりぃな。んな魔法聞いたことがねぇわ。もしあったらコヨルこそかけてほしいよなぁ」

笑いながらヴィダルはサラッとコヨルに喧嘩を売った。

「必要ない」

「重宝しそうだけどねぇ。よし嬢ちゃん。サイードに頼んで作ってもらおうぜ」

「骨は拾ってやる」

「あ、やっぱお前もそう思う？」

ヴィダルがコヨルに向かって大きく笑う。なんとなく笑美も一緒に笑っておいた。

ヴィダルはふと、笑美を見た。もしかしたら、一緒に笑っちゃいけなかっただろうか。笑美はドキリとして、姿勢を正す。

いつもとは打って変わった真剣な表情で、ヴィダルは笑美の壺を見つめた。

「――この隊の隊長として、この国のいち民として。現世の火急の事態に駆けつけてくれた聖女様に、厚くお礼申し上げる」

手を胸と背に。この世界の礼を尽くしてくれたヴィダルに、笑美はにっこりと微笑んだ。

『どう致しまして』

どーんと胸を張った笑美が謙遜も卑下もなく、だが慎み深く自分のために受け取ったとわかったのか、ヴィダルは鼻から息を漏らしつつ笑う。

「いー女だなぁ」

『本当？　ありがと、もっと言っていいよ』

笑美はにこにことしながら、気持ちを伝えるために枝を取った。コヨルが手に持っていた灯りを地面に近づけて、土に書かれる読みにくい文字を拾おうとする。

笑美が枝を地面に這わせていると――何故か、枯葉が舞った。

『え――？』

それは森に落ちていた枯葉だった。ふわりふわりと、笑美の身長よりも高いところから降り注ぐ。

「……不覚を取った」

地面に転がった灯りがカランと音をたてた。

「何処を噛まれた！」

コヨルの低い呻き声に被せるように、ヴィダルが怒鳴る。

彼はいつの間にか腰の剣を抜き、木の幹に刺していた。

笑美はソレを、ぽかんとして見ている。自分の隣にいたはずのコヨルは、いつの間にか笑美の目前に躍り出ている。コヨルが移動した瞬間に、そのあまりの瞬発力に木の葉が舞ったのだろう。

笑美の前で、まるで何かから庇うようにコヨルは腕を突き出していた。

自らの二の腕を、コヨルがきつく紐で絞っている。

コヨルの肘には、蛇がいた。夜の森では見えにくい、黒い蛇だ。

蛇の胴体は、ヴィダルの剣によって幹に縫い付けられている。しかしその口は、しっかりとコヨルの肘を噛んでいた。コヨルは痛みにか、いつもは無表情な顔を顰めている。

「待ってろ、すぐに薬を――！」

「間に合わない。指先の感覚がもうない。片腕では落とせない。胴が腐る前に、切り落として」

何を？　笑美は目の前で繰り広げられている二人の切羽詰まった会話を、唖然と見ている。

片腕では？　切り落とす？　……何を？　まさか、

「……歯、食いしばってろ」

蛇に噛まれた――腕を？

ヴィダルが、幹に突き刺した剣の柄を握った。

この男は、自分の一瞬の判断の遅れがどうなるか、きっと身をもって知っているのだろう。だからこそ、決して決断を迷わないし、悔やまない。

笑美は背筋が凍った。

『駄目！』

悲鳴を上げた笑美は、ココルの腕を掴んだ。

蛇がくっついたままのその腕を、勢いをつけて自分の壺の中に突っ込んだ。

「っ――――！」

ココルが痛みにか、驚きにか、息を呑んだ。

笑美も、胃の中をぐちゃぐちゃに掻きまわされているような気持ちの悪さに、体がすくむ。

だけど、そんなことはかまっていられない。今すぐに、ただちに、何よりも早く。

この水がココルの体から毒を消しとってくれるようにと、笑美は強く強く念じた。

「――ヴィダル！　……何があったのですか？」

笑美が一心不乱に念じていると、ヴィダルの声に呼ばれたサイードが走ってきた。

珍しく血相を変えたサイードが、ココルの腕を壺に押し込んでいる笑美を見て、躊躇するようにヴィダルを見た。

「あー……なんつーか……」

「……壺姫。もういい」

宥めるように言うココルに、笑美は大きく首を横に振った。

諦めてほしくない。腕を切り落とす決断なんて、もうしてほしくなかった。

『待って、もう少しだけ！　きっと、すぐに、すぐに治るから――――！』

「もう、治ってる」

驚いた笑美が、ココルを掴んでいた手の力を緩めて顔を上げた。抜かれる瞬間、また気持ち悪さが笑美を襲う。ふらつく笑美を、咄嗟にサイードが支えた。

笑美の壺から抜いたコヨルの手には、真っ白な蛇がくっついていた。

先程とは明らかに色が違う。蛇の体内に残っていた毒までも、壺の水で解毒したらしい。

コヨルは、ぐっ、ぱっと拳を握ったり開いたりを繰り返すと、笑美に向きなおった。

「動く。落とす必要はない……助かった」

笑美は体の力を抜いた。サイードにしなだれる。

『よかっ、よかった……』

両手で顔を覆い、震えだす笑美をサイードが見下ろした。

彼の前で、コヨルが腕に噛み付いたままだった白い蛇の頭を引きちぎる。

「……ここらへんに、いくらでもいる種」

蛇をまじまじとコヨルが観察する。

「これがあんな毒を持つとはなあ。邪気が溜まる場所でもあったのかもしれねえな」

ヴィダルが答えると、サイードが眉を顰めた。いい加減に全貌を話せと言いたいらしい。

かいつまんでヴィダルがサイードに説明をする。力の抜けた笑美を抱いたままだったサイードは、壺を見下ろした。

「……では、壺の水が解毒の作用をもたらしたと？」

「切り落とすのを覚悟した毒だったんだ。上出来だろ」

ヴィダルが笑美の肩をポンと叩いた。

「よくやった。聖女様」

「ココルが大変世話になりました」

笑美の壺から水が噴き出す。目から出ない涙が、壺から出ているのだ。

『よ、よかっ……ココル、腕、切っちゃうかと……怖かった、よかった。ちゃんとできて……』

震えながら目の前の布にしがみ付いた笑美が『よかった』と繰り返す。夜の森にすら届かない声だったが、言わずにはいられなかった。

しばらくして気持ちが落ち着くと、肌寒いことに気付いた。自分が水を噴射したことを思い出す。

ハッとして、笑美は手を開いた。掴んでいた布は、自分の服ではない。恐る恐る顔を上げると、そこには――水も滴るいい男、もとい水に濡れた毒舌男サイードがいた。

『あああごめんなさい、せっかく支えてくれたのに、恩を仇で返すようなっあたっ！』

慌ててサイードから離れようとした笑美が、上手く立てずに尻もちをついた。その姿を、剣をおさめたヴィダルが笑う。

「全く、よくできたと思ったらこれだ。常世の姫さんっていうのは、ちょっとばかしお転婆すぎやしねえか」

笑美は立ち上がりながら、にへらとヴィダルに笑いかける。

「お手を」

サイードが笑美に手を差し出して、彼女を立たせる。立ち上がった瞬間、魔法陣がサイードの周りに浮かび上がった。ふわりと熱風が二人を包むと、濡れた服がカラリと乾く。

「周囲を見てきました。もう邪気に侵されたものはいないようです。突発的な変異体でしょう」

森の茂みから帰ってきたココルが、サイードに報告する。思えばココルが丁寧な口調で長々と話すのはサイードにだけだ。その様子はいつものコヨルで、笑美は安心する。

「他に異常は？」

「ありません。不覚を取り、申し訳ございません」

「でしたら問題ありません。以後も鋭意励むように」

それと、と続けたサイードがローブの中から小さな袋を出した。

「これを」

コヨルは袋を受け取り中を検分する。放置されていた寸胴を抱えたヴィダルが、コヨルの肩越しに袋を覗いた。

「おぉ、シャイロの実じゃねえか。嬢ちゃんには分けてやらねぇの？」

にやにやと笑うヴィダルに、サイードは鋭く冷たい視線を返す。

「返事をする必要が？」

わかりきっていることを聞くな、というような強い口調だった。

その通りわかりきっていた答えだったのか、ヴィダルは顔をにやつかせている。

「甘くてうめえのに、可哀想になあ。頑張ったんだぜ。それともなんだ、お前やっぱり――」

「……随分と口が回るようですが、その続きはご自分がついていながら、聖女様を頑張らせるような状況に陥らせたことに対する釈明でしょうか？」

「へえへえ、俺が悪うございました」

サイードとヴィダルの軽口は、笑美の心を滑って行った。

サイードによく思われていないことは知っていた。

向けられる冷たい言葉にも、建前の笑顔にも慣れているつもりだった。

なのに、ほんの少し。その甘くて美味しい実とやらを分けてやる価値すら、自分にはないのか。

仕方がない。ココルは先程大変な目にあったばかりだし、元々の信頼関係も火を見るよりも明らかだ。だから、サイードが大人げもなく、彼女にだけ木の実をあげたって、全然。

しょうがないしょうがないと割り切って笑おうと思っているのに、うまく笑えない。

ココルには、思いやり深いくせに。そんな詮ないことがふつふつと心に浮かぶ。

「聖女様？」

声をかけられて、笑美はハッとした。気付けば、全員がこちらを見ている。

「――聞いておられましたか？」

訝しげなサイードの声に、笑美はぶんぶんと首を縦に振った。ちゃぷちゃぷと音がする。

「では行きますよ」

衣を翻して歩き出したサイードに、何の話をしていたか聞く勇気はない。わざわざ聞いていたかと念をおしたぐらいなのだ。大事な話をしていたのだろう。

笑美は隣にいたヴィダルの腕をくいと引っ張った。

「ん？　本当に俺にするか？」

何を？　と首を傾げる笑美をサイードが呼ぶ。

「聖女様」

氷点下の声を聞いて、笑美は『はいっ』と背筋を伸ばした。

先に歩いていたはずのサイードが振り返ってこちらを見ている。彼の背後にいるココルまで振り返り、珍しく顔を顰めていた。小刻みに首を横に振るコヨルは、サイードから見えない位置で、何故か手を小さくパタパタとさせている。

「……行きますよ」

『ええと、ちょっとヴィダル隊長と話してから行くから……』

ヴィダルを指さし、バイバイと手を振る笑美に、コヨルが額を押さえ、ヴィダルは大笑いした。

場の空気が、三度程低くなった。

空気を凍らせたサイードは、そのまま物も言わず立ち去った。至極残念なものを見るような顔で笑美を見たコヨルも、サイードに続く。

『ねえ、何で⁉　何をサイードは怒ったの⁉』

二人が去った場で、笑美は巨体を揺すった。

ヴィダルは大笑いしている。目から涙が出そうな勢いだ。ヴィダルの陽気な姿に、笑美もいつもの調子を取り戻す。笑美がヴィダルの背中をバシバシと叩くと、彼は涙を拭きながら立ち上がった。

「わかってるよ、聞いてなかったんだろ？」

その通りだと笑美は首を縦に振った。

「どうすっかなあー俺もあの氷の目に睨まれたくねえしなあ」

わざとらしくもったいぶるヴィダルに、笑美はにっこりと微笑んだ。

笑美が木の棒で【残念】と地面に書くと、ヴィダルは全くだと頷いた。

【ご飯　作る　楽しい　しかしながら　ヴィダル　お願い　仕方ない　ソフィア　戻す】

言葉を読み取る力のないヴィダルのために、笑美はたんまり言葉を足してやる。

「……脅す気か、この俺を」

『滅相もございません。自己嫌悪でフライパンが握れなくなりそうというだけです』

笑美のほほほほほという高笑いが聞こえたのか、ヴィダルはぐっと奥歯を噛みしめた。

「……ソフィアは何かと忙しい。仕事を減らせるなら減らしてやりたい」

そう言いながらも、ヴィダルは今日の夕飯のスープの味を思い出していることだろう。

笑美は後ろ手で、ぐっとガッツポーズをとった。

笑美がキャラバンに戻るとサイードは月明かりで書類を捲っていた。そんなに暗い中で仕事をしなくても、と思った笑美はクッションを重ねた上で眠っている冬馬の姿を見つける。

冬馬も出発してすぐのころは、夜遅くまで魔法の練習をしていたり、昼寝をよくしたりしていたため就寝時間がずれていたが、最近は笑美達と共に夜に眠りにつく。

笑美は冬馬を起こさぬよう、そっとサイードに近づいた。

彼はこちらを一瞥もしない。笑美はおずおずと、結ったままのサイードの髪に手を伸ばした。

やはり、何も言われない。よほど頓着がないのだろう。

髪を解いた後も、笑美はサイードの髪の中に手を突っ込み、手探りでピンを探した。

このままご機嫌取りに、少しヘッドマッサージでもするかと笑美は頭を指圧した。頭全体を揉みほぐし、時に髪を、時にこめかみを、時に耳を、優しく、強く押していく。ママにもパパにも好評のマッサージだ。サイードもきっと喜んでくれるだろうと、確信していた笑美に残酷な声が下る。

「それ以上は、容赦しませんよ」

ピッと固まった笑美は、手をゆっくりサイードの頭から離した。

名残惜しそうに、サイードの髪は笑美の手にくっついてまわる。

「今夜はお役ごめんだと思っていたのですが」

先程「聞いていたか」と笑美が念を押された話。

――それは、今晩の安眠椅子を誰がするかというものだったらしい。

壺にヒビが入ってから、安眠椅子が変わったことはない。他の人間が名乗り出ることもなかったし、笑美がサイードを嫌がることもなかったからだ。勿論、サイードからもう無理だと言われたこともなかった。

サイードは、壺のことを大層大事にしていた。救世の象徴とでも思っているのかもしれない。

国宝と同じ程の価値があると言っていたし、相談を持ち掛ければ二つ返事でこちらを向くし、夜はこうして毎晩抱えて眠る。

そんなサイードであったから、壺の安眠椅子を嫌がっているようには見えなかったが……ヴィダルに話を振るほど、本当は嫌だったのだろうか。笑美としては、梱包材どころか衝撃材にしかならない汗臭い男よりも、座り慣れたイケメンの胸で寝たいものである。

帰りがてら、どうにか身振り手振りで答えた笑美に、息も絶え絶えという程まで笑ったヴィダルはアドバイスをくれた。

笑美はヴィダルのアドバイスにもならないアドバイスにのっとり、いつも通りサイードの膝に腰掛ける。サイードは書類から目を離し、ちらりと笑美を見た。

その目を離さなかった。笑美はぐぐっと眼力を込めてサイードを見つめる。

――膝に乗って、目を逸らすな。目を逸らしたら負けだと思え。そんでこう言え。

『乗るなら、こっちがいいな』

言ったところで、通じないんだった。笑美はサイードの手を取ると、言われた言葉を手のひらに書いていく。の、る、は、さ、い、ー、ど、が、い、い。

書き終え一息つくと、自分が「目を逸らしてはいけない」というヴィダルの言いつけを破っていることに気が付いた。

慌ててサイードを見上げる。サイードは笑美が握っていないほうの手で顔を覆っていた。

『サイード?』

どうしたのかと手を引く笑美に、サイードは、いいえと首を振る。

「早く寝てしまいなさい」

『はぁい……あ、でも待って。もう一つ』

笑美は再びサイードの手に文字を書き始めた。

【ありがとう】

眉間にしわを寄せて見下ろす彼は、何に対してお礼を言われたのかわかっていないようだった。

そんな彼に説明するのが気恥ずかしくて、笑美は見えないとわかりつつ、笑って誤魔化す。

あの後少しして、サイードとキャラバンに戻ったはずのコヨルが笑美達の下に戻ってきた。手に一杯の、ジュースを持って。

先程サイードが渡していたシャイロの実で、コヨルが作ったものだ。シャイロの実には、女性に必要な栄養価がバッチリ詰まっているらしく、体調が安定しない笑美のためにサイードが採っていたらしい。殻が分厚く取り扱いが難しいため、コヨルに渡したのだとも。

『……ジュース、美味しかったよ。ありがと、おやすみなさい』

早口でサイードにそう言うと、笑美は照れ隠しのように、彼の胸に頬を寄せて眠った。

❖

ここに来るまで、およそ一ヶ月の時間を費やした。

その間、魔物と遭遇したことは八度。その内の五度討伐している。

地を這いまわる植物、巨大な岩、獰猛《どうもう》な獣。魔物は様々な形態をし、様々な役割を果たしていた。

そしてどれもが、血の通った生き物であった。魔王が復活する前まで、人々は時に魔物の皮を剥ぎ、時に根を採取した。魔物はこの世界において、立派な食物連鎖の一部だったのだ。

冬馬は立ち止まらなかった。

討伐の号令がかかると必ず一薙《ひとな》ぎで魔物を倒した。

どのような個体でも、どのような群れでも。冬馬の持つ最大火力の魔法で切り刻んだ。

冬馬は敵も味方も、一切の追随を許さなかった。

出番のない隊長は「さすが勇者様はすげぇなぁ」と破顔する。

ソフィアもサイードも、順調に進む旅に安堵を感じているようだった。

笑美には冬馬がなぜ絶対に魔物に近寄らずに、絶対に一撃で倒すのか、わかる気がした。

近づくのが、怖いのだ。動物の吐息を聞くのが。

生き残られるのが、怖いのだ。それが生き物だと、実感してしまうから。

魔王討伐まで、立ち止まれない。振り返れない。

魔物達が、つい先日まで人間の良き隣人であったと。思い知らされてはいけないのだ。


馬車の中でガタンゴトンと荷物が揺れる。荷物の揺れを横目に感じながら、笑美はひたすら文字を書いていた。

日本語と現世語をどちらも聞き取れることを笑美は女神に感謝した。教えてもらった単語を覚えきれてなくとも、聞いたままに書き留めておけば、自分用の辞書を作れる。

笑美の横に腰掛けたコヨルが——こちらは日本語を覚えようと、首を伸ばして笑美のスケッチブックを覗き込んでいた。

「歌、声、寝る、聞く、愛、好き」

コヨルが鳥の鳴くような綺麗な声で、笑美の書いたたどたどしい言葉を読み上げていく。

「コヨル、可愛い、——好き？」

無表情で読み上げたコヨルが、不可思議な顔で笑美を見上げてきた。笑美はこくこくと何度も頷く。それに対し、コヨルは意味がわからないというように首を傾げた。

コヨルは笑美よりいくつか年下の可愛らしい少女だ。彼女を見て不器量だと評する者は、そうはいないだろう。同じく不細工と言われたことがない笑美は、幼い頃から褒められ慣れていた。近所のおじちゃんおばちゃんからの「べっぴんだねぇ」はもはや挨拶ですらあった。

なのに、同じく可愛らしい顔をしたコヨルは笑美の伝えた単語を見て、まるで珍妙な生き物を見るかのように笑美を見つめている。

この国と日本では美人の基準が違うのだろうか？　こんなに愛らしいコヨルに、可愛い、好きだよと伝えるものはいなかったとは、あまり思いたくない。

『コヨルはめっちゃんこ可愛いよ』

笑美はぎゅっとコヨルを抱きしめた。コヨルは無表情のまま、じっと笑美を見つめている。

「コヨル、ヴィダルにそろそろ昼の休憩を取ると伝えてきてください」

女子会の隣で仕事をしていたサイードが、紙をくるくると丸めながら言った。

瞬時にコヨルは立ち上がり、御者席へと向かう。

馬車は、開けている場所を見つけて数分もしない内に停まった。

「んあー！　馬車はやっぱ、体凝るなぁ」

冬馬がぐんと背伸びをする。彼は着々と、魔法の腕を上げていた。

サイードは冬馬の呑み込みの早さが気に入ったのか、書類仕事がない時は常に冬馬に稽古をつけている。特に最近の休憩時間などは、冬馬にかかりっきりだ。

今も、昼食の準備ができるまでと、サイードは冬馬に指導を始めていた。

「おう勇者様。間合いを覚えておいてくれねえか」

そこにヴィダルがやってきた。片手で持っていた大剣を鞘ごと持ち上げる。冬馬に向けて振り上げると、重い剣の切っ先をびくりとも震わせずに地と平行に構える。

冬馬から随分と離れた場所で剣先は止まった。冬馬は驚いて目を見張る。

「これが、俺の剣の間合いだ。ソフィアのは後で見せて貰え。この位置なら俺は踏み込める。この範囲は、俺のものだ。この中にはお前さんは入るんじゃねえ。いいな」

真剣な顔つきをしたヴィダルに気圧《けお》されて、冬馬はコクンと頷いた。

冬馬の顔を見たヴィダルは片眉を吊り上げた後、ニカリと笑う。

「まぁそう難しく考えるな。お前は基本的にサイードと後方からの援護となるだろう。よほどのことがない限り、前線に出てくるこたぁねえよ」

最も危険な前線に仲間を追いやり、自分は安全な後方からの魔法援護——そう受け取ったのだろう冬馬は、一瞬申し訳なさそうな顔をする。それをヴィダルは見逃さなかった。

「魔法使いなんてのは、そういうもんだ。それが卑怯な訳じゃない。お前にはお前の仕事がある」

まぁわかんねぇことはサイードに聞きな。と、ヴィダルは笑いながら続けた。

「こいつも魔法使いとしてははみ出しもんだ。家が退屈だっつって、傭兵《ようへい》の真似ごとなんかしに出かける魔法使い、後にも先にもこいつぐらいなもんだろうよ」

「酔狂《すいきょう》なら貴方もでしょう。ついてくるとは思わなかった」

サイードはヴィダルに向けてため息を吐くと、冬馬に顔を向けた。

「僭越ながら。模倣すべきは同業である私となるでしょう。これよりは、実戦も交えて進んでいきます。少しは勇者様にとって手ごたえを感じる敵も増えてきたことでしょうし」

笑美のせいで行軍が遅れているとはいえ、魔王城へあと半分というところまで来ている。

これよりは魔王の影響力も格段に上がる。魔物はどんどん強くなっていき、狂暴化しているという。今までのように、冬馬の魔法一発で済まないことも増えていくだろう。

これからの行程に少しだけ不安を感じた冬馬は、神妙に頷いた。

サイードの言葉を実証する時はすぐに訪れた。

「後方より魔物の群れ！　魔獣系かと思われます、足が速く追い払えません——応戦します！」

手綱を持つソフィアが、大きな声で御者席から叫んだ。馬車の中でサイードにもたれ掛かり、うつらうつらしていた笑美はソフィアの緊迫した声に飛び起きる。

寝ぼけ眼の笑美は咄嗟に状況が判断できなかった。その間にもコヨルは、窓からキャラバンの屋根に上り、敵を観測していた。

「的《まと》、大型三頭、中型六頭。今は二百メートル先にいます、百九十五、百九十、百八十五——」

馬車は速度を落とさない。魔法使いのため、少しでも距離を稼ごうとしている。

コヨルが一定の間隔で数字を数えながら、屋根から御者席へ飛び降りる。

ソフィアとコヨルが手綱と武器を交換した。屋根に上ったソフィアが弓を構え、片目を瞑る。

「目測変わります、百五十、百四十——」

コヨル程正確な数字をはじき出せないソフィアが、弦をしならせる。

「百三十！　放ちます！」

ソフィアが矢を次々と放ち始めた。いつの間にかキャラバンの後方部は開け放たれている。

壁にかかっていた大きな弓を構えたヴィダルが、ソフィアの号令にあわせて矢を放つ。儀式用かと思っていた大きく長い弓。あれはヴィダルの弓だったのか。弾丸のように鋭く速い矢が、次々と魔物を狙った。

魔物は矢によって興奮していた。幾つかの個体は沈んだが、幾つかは余計に張り切って走ってくる。攻撃のタイミングを合わせたソフィア達の意図を掴んだ冬馬だったが——動けない。

「俺は、どうしたらいい⁉　何をすればいい⁉」

実戦経験に乏しい冬馬は、今どの魔法を使えば効果的なのか瞬時に判断が付かなかった。

まず何より、冬馬には百メートル先にいる魔物の姿など、この月明かりの中ではっきりと捉えることができなかった。目を凝らして見ても、何もない平原が広がるばかりだ。

魔物が走る音も、馬車の走行音で打ち消されている。

覚えた魔法は幾つもあった。

しかし冬馬は、頭の中の魔法書のどのページを捲ればいいのか、全くわからなかった。

サイードは笑美を丁寧に床におろし、クッションで揺れぬように整える。

不安でか、はたまた恐怖でか、笑美はカチンコチンになって動けないでいる。

王城から出発して一ヶ月。襲われている人を助けたり、暴れている魔物を討伐したりしたことはあったが、魔物に追いかけられたことはなかったのだ。

「決して動かれぬよう。皆の気が散ります」

笑美は高速で首を縦に振った。

『決して、一歩たりとも、一ミリたりとも動きませんとも。壺、壺でございます。私は壺です』

笑美の様子を見たサイードが、ようやく前線に足を運ぶ。悠長なサイードにヴィダルが笑う。

「おい、頼むぜ大将」

「大将はそちらでしょう」

サイードは後ろで呆けていた冬馬を目で促して、隣に引きずり出した。

「〝いせかい〟でも〝げえむ〟でも〝らのべ〟でもなんでもいい。敵をただ倒しなさい。アレが生きていると、この地に生きぬ貴方は考えなくてよい」

冬馬の背中に定規を入れたサイードは、冬馬が小さく頷くのを横目で見ると声を落とした。

「行きますよ。永い永い、空に、冬も、羽ばたけて――」

しんしんとした雪のようなサイードの声が、慌ただしい場面に静かに降り積もる。冬馬はサイードの歌を耳にすると、反射的に魔法を練っていた。

「旅立つ、光に、鳥と、春の訪れ、約束だ、白い夢、君のため」

冬馬とサイードの周りに、青白い魔法陣が浮かび上がっては消え、暗闇の中に魔法が飛んでいく。

その様を笑美は唖然として見ていた。

いつも魔法の練習でサイードが歌っている歌と似ていたが、順番がちがう。使われる単語は同じだが、歌詞の流れが違った。サイードが状況によって歌い分けているのだと、笑美は気付いた。

歌が、魔法の号令になっている。九九算のように、年号の語呂合わせのように。

サイードは冬馬に早撃ちと照準の練習だと言いながら歌に魔法を擦り込ませていたのだ。

「近づいてきます。今後は照準を合わせ、ヴィダルとソフィアの矢を吹き飛ばさないように」

咄嗟の時に、冬馬への魔法の命令を下せるように。

「いきますよ。勇者は死んだ、勇者は死んだ、勇者は死んだ、勇者は死んだ――」

サイードさん、その単語、わざとっすか。

冬馬が頬を引きつらせながら魔法を連発する。

笑美は土埃の中走ってくる最後の一頭に手を合わせて、南無阿弥陀仏と呟いた。

サイードが加わった後、敵はものの数分で討伐された。

「これからも、このような状況は増えていくでしょう。身辺にお気を付け……如何《どう》しました？」

こちらに戻ってきたサイードに、曖昧に頷く笑美の態度に彼が眉根を寄せた。

『……どうもしていないよ。お疲れ様、みんなありがとう』

笑美は慌てて頭を振る。壺の中の水音が小さくなっているのに気付いて、ココルに駆け寄る。

『ココル、お水足して欲しいんだけど』

ココルに壺を指さすと、心得ているとばかりに水がピッチャーに注がれていた。

笑美はココルが入れやすいようにしゃがむと、目を閉じる。

――アレが生きていると、この地に生きぬ貴方は考えなくてよい。

サイードの雪が、笑美の心に積もっていく。

第五章：花笑み

「南から来ていた行商と運よくかち合ったので、購入してまいりました」

昼の休憩時間に、街に買い出しに出ていたコヨルが、大量の食材と共に帰ってきた。

「それは？」

「嗜好品《しこうひん》です」

コヨルから小さな箱をサイードが受け取る。

冬馬への素っ気ない回答から、笑美は何となくその中身の予想がついた。

「コヨル、よくやった！　ソフィアに荷物点検されて持ってこられなかったんだよ！　なぁサイードちゃん、あっちで大人の時間を過ごそうぜぇ」

「気色の悪いそのしなを、即刻消してください」

心底顔を顰めながらも、サイードとヴィダルはそそくさと林の中へ入っていく。呆れた目をして二人を見るソフィアに、冬馬が箱の中身を聞いた。

「なぁ、あれなんかまずい薬とかじゃないよな……」

パチパチと瞬きをしながら、ソフィアが「まずい薬とは？」と尋ねる。

「なんて言うか、気分が異様に高揚したり、幻覚が見えるようになっちゃったりするような……」

「あぁ、心配をかけたね。大丈夫。多少の中毒性があるだけで体への害はほぼないよ」

「えええ、何それ、大丈夫なのかよ」

ドン引きする冬馬に向かって、笑美は口元に指を二本添えた。見ようによっては壺が投げキッスをする姿勢にも見えるだろうが、中指と人差し指に何かを挟んだポーズに、冬馬は察したらしい。

「あぁなんだ、煙草か……」

「失礼した。名称を先に告げるべきだったね」

笑美達とソフィアは十も年が離れている上に、現世の人々から笑美と冬馬は天使扱いを受けている。穢《けが》れを知らない純白な天使様に、煙草のことをつぶさに説明したくなかったのだろう。

「南からの行商って、珍しいの？」

「魔王が復活してからは南からの商船も激減してるし、珍しい部類だろうね」

冬馬の問いにソフィアが答える。笑美は『ハイ！』と手を上げた。

「どうした？」

【私　共に　行く　したい。　ご飯　作る　もの　ほしい】

「あぁなる程。明日まだいるかな？　その商人。壺姫が食材の買い出しに行きたいって」

ココヨルとソフィアは目を合わせた後、すぐさま頷いた。どうやら即決だったようだ。

「でもまぁヴィダル隊長はともかく、サイードも煙草好きなんだ」

「主様、気分転換にたまに好む」

いつも吸うって訳じゃないんだなーと興味をなくした冬馬と違い、笑美はココヨルの言葉に引っかかり、スケッチブックをバッグから取り出した。

【〝主様って？　ココヨルはサイードが主なの？〟】

「おぉ、そうだな。ココルって城のメイドじゃなかったっけ。城のメイドなら、主は王様だろ？」

日本語で問えば、冬馬が訳してくれた。ココルはしばし悩んだ後にこくんと頷く。

「私は烏。烏は代々、主様の家に仕えている」

「何それ、忍者みてえ。そういえばココル、格好もちょっと忍者っぽくね？」

冬馬の言葉に笑美は大きく頷いた。笑美もそう感じていたからだ。

ココルは首を傾げている。忍者という単語はどうやら、現世では馴染みがないらしい。

――冬馬と笑美が感じたように、ココルは正しく諜報員であった。

ココルが所属する組織の名は、烏。代々レーンクヴィスト家に仕えてきた隠密組織だ。

ココルはサイードの命を受け、笑美の世話係兼護衛としてそばに控えている。

烏達は独特の文字を扱う。それは、この世界のどの国のものでもない、日本語だった。

永い間烏で暗語として使われ、王宮で保管される禁書にも使用される文字が、いつどうやって成り立ったかココルは知らない。その文字が常世で使われている文字だと察したサイードによって、通訳に抜擢《ばってき》されたこと以外は。

「まぁそれはさておき……遅いな。長時間の喫煙は彼の今後によくない。呼び戻してくるよ」

ココルが諜報員だと知っているソフィアはそれとなくを装い、かなり無理やり話を逸らした。

しかし笑美と冬馬は、大して気にすることもなく頷く。

「では私が」

ココルは端的にそう言うと立ち上がった。笑美もついていこうと腰を上げる。

笑美を容認したココルは林の中に足を進めた。

林の中は生い茂った木々とでこぼこな地面のせいで、平地より随分と歩きにくかった。こけて壺が割れてはたまらないと、笑美は慌ててコヨルにしがみ付く。コヨルはそんな笑美に無言で二の腕を差し出した。コヨルの二の腕を掴み、笑美はでこぼこな地面を歩いていく。

しばらく歩くと、コヨルが笑美の前にすっと手をやった。

素直に立ち止まった笑美は、木の陰に隠れたコヨルの背後に回る。

「――聖女を連れてきたこと、感謝する」

ヴィダルの声だ。笑美はコヨルの陰から顔を覗かせる。後ろを向いているせいでサイードとヴィダルの表情は見えないが、煙が見えることから、未だ喫煙中なのが窺えた。

「あんなでも親父だからな」

「閣下直々に礼を賜るなど、恐縮至極でございます」

「茶化すな」とすかさず制止した声はしかし、笑みを含んでいる。

笑美はこの話を聞いていいのか、コヨルに判断を仰いだ。大丈夫なのか、という意味で首を傾げる。コヨルは一度サイードを見つめた後、ゆっくりと、だがしっかり頷いた。

「爺には、親父も、じいさんも、そのまたじいさんも――みんな世話になってきた。親父に殺させるのは、さすがに酷だ」

「我が師です。弟子が尽力するのは、当然でしょう」

――閣下、親父、爺……殺す、命令。断片を拾い上げるが、足りない、まだ。何かが足りない。

穏やかでない単語に頭を抱えそうになった笑美に、コヨルがそっと耳打ちをした。

「ヴィダル・マイアは、現国王の第六子。現在は臣籍に降下している」

あぁ、そうなのか——そうだったのか。

笑美はころんと納得がいった。

サイードが聖女を現世に呼んだ理由に、笑美は最初から疑問を抱いていた。逆上した冬馬が脅していたとはいえ、サイードが冬馬ごときを丸め込めなかったとは思えずにいたのだ。現に彼は笑美の目の前で、何度も冬馬を手のひらで転がしていた。

では何故、私を呼んだの？　ずっと心の隅にあった疑問に、答えが降ってきた。

彼が屈したのは、冬馬にではなかったのだ。

——彼は純粋に、魔法使いだった。知を求め、知を貴び、知を繋ぐ。

サイードは、師匠である老師のために、笑美を呼んだのだ。

——……貴女様には、大変申し訳なく思っております。そちらの世界の人物が起こした騒動とは言え、謀るような真似を致しました。

世界の危機を案じた訳でも、王様を救助するためでも、冬馬の暴挙のせいでもなかった。

最初から最後まで、彼が告げた動機は全て——嘘だったのだ。

国王の威信が傷つけられた場合、けじめのつけ方は幾通りかあるだろう。

その最も単純でいて、とられることの多い手段は、責任者を処断すること。

——その偉い官長よりも更に偉い総統が、このような場所で何故油を売っておいでで？

あのまま、勇者を制御もできない国だと王様の顔に泥が塗られたままであれば、老師の首が物理的に飛んでいたに違いない。

王様の命《いのち》を危ぶんだのではない。王様の命《めい》を危ぶんだのだ。

サイードは、天秤にかけた。

違う世界に生きる見たこともない聖女の命と、師匠である老師の命。

そして寸分の迷いもなく、老師の命を取った。

宮廷魔法使いが王様の窮地を救ったという、誰もが目に見える証拠が必要だった。

宮廷魔法使い総統への懲罰どころか、褒章に変わる程の実績――それが、聖女降臨だ。

あぁ、なんでだろう。

知りたいことが知れた。なのに、どうして。

その場に留まることができずに、笑美は体を反転させて今来た道を戻った。その際にガサリと音が鳴り、サイードとヴィダルが振り返る。コヨルはぺこりと二人に頭を下げ、笑美の後を追った。

「――気付いていましたね」

苦虫を噛み潰したような顔をして、サイードは口に咥えていた煙草を地面に叩きつけた。

「遅かれ早かれ、お前がその調子ならいつか向き合う問題だろ」

「ご冗談を」

煙草をふかしながら「ちょーうーけーるー」と笑うヴィダルに、サイードは静かな声を返した。

「知っていますか、天上の花は空を舞う」

「なんだそれ、夢物語か？」

「ふふ……それは見事でしたよ」

サイードが肺に残った煙を吐き出すように、長く息を吐く。

「花は花瓶では咲き永らえない。土なくば、枯れるのを待つばかり」

「なら土ごと引っこ抜いちまえばいいじゃねえか」

「さすが王の子。恐れを知らない」

「まぁいいさ、俺の知ったこっちゃない」

好きにすればいい、とヴィダルが煙でわっかを作る。

「常世といや……勇者様はすげぇな。吟遊詩人の歌なんか本気にしちゃいなかったが——あいつを見てると、伝説も嘘じゃねえんだなって思うわ」

——勇者は果敢に立ち向かう。剣一振りで千の魔物を葬り、槌一振りで地面を割った。

ヴィダルがそらんじた一節は、この世界に住むものなら誰でも歌える歌であった。

「この一ヶ月、俺が討った敵の数どのぐらいだと思う？　両手にも満たねぇよ。有りえるか、ウイスタリアに来るまでに、だぞ。すげぇよな。何だよ、あの力は」

ヴィダルは明るい口調から一転、厳しい顔つきで木々を睨みつけた。

「あいつは駄目だ。——あいつは、この世界に災いを呼ぶ」

長居させちゃいけねえ。ヴィダルは王族の顔で、団長の言葉を告げる。

しかし、ふと隊長の顔に戻ると細く長い息を吐き出した。

「期待してるよ、惨敗だ。この青騎士団団長様が手も足も出ねぇ。子供に頼らなきゃなんねぇのか——悔しいなぁ……」

弱音を吐くヴィダルを、サイードは横目で見た。

「自分達の半分程しか生きていないような、この世界には何の関わりもない子供に救ってもらってまで、この世界が存続する意味があるのかはわからねえ……」

けどなぁ、とヴィダルが続ける。

「常世の天使様でも、なんでも、使えるもんは使わせて貰う。……俺も帰したい奴がいるんだよ」

青い空に煙が吸い込まれていくのを、サイードは物言わずじっと見つめていた。

❖

「壺姫！」

コヨルの大きな声に促され、ようやく笑美は体を動かすことができた。

ゴロンと転がり、敵の鞭を避ける。泥だらけになっても気にせずコヨルへ走った。

ぽっかりと胸にあいた穴を持て余し、森に駈け出した笑美の前に現れたのは数体の魔物だった。

コヨルが笑美を背に隠すと、長靴《ちょうか》から短剣を取り出す。腰を落として短剣を構えるコヨルの背で、笑美は体を震わせる。魔物から注意を逸らさないまま、ちらりとコヨルが笑美を見た。

咄嗟に震える体を手で押さえたが、その時にはコヨルは魔物に短剣を投げ付けていた。

魔物の鞭が木に縫い止められる。

「少しの足止めにはなる」

笑美に視線も寄越さぬままそう言うと、コヨルが笑美の手を掴む。

風のように走り出した。笑美の体が浮く。足が地面についている時間のほうが少ないのではないかと思うほど、走るスピードは速く、腕を引く力は強かった。

何とかついていっていたが、足のもつれがどうにもならなくなってきた。こけそうな笑美を、走りながらコヨルが脇に抱える。目を白黒させる暇もなく、コヨルは更に加速して走り続ける。

大木を見つけたコヨルは重力などものともせず、笑美を抱えたまま片手で木を登っていく。そして座れる程度に太い枝の上に笑美を降ろすと、追いかけてきた魔物を見下ろしながら告げた。

「ここにいて、すぐ終わる」

バッ――と。笑美はコヨルの服を掴んでしまった。

『あっ、ごめんっ！』

慌てて手を離したが、コヨルは目を丸くして笑美を見つめている。狼狽《ろうばい》して手をバタバタと振ったせいで木から落ちそうになった笑美を、コヨルが咄嗟に掴む。

「……軟弱ぅ」

心底嫌そうな顔をして呟いたコヨルに、面目ありませんと笑美は肩を落とした。

年下の女の子が自分を抱えて走り、尚且つ一人で魔物の群れに立ち向かおうとしているのに、笑美はその勇気を応援するどころか引き留めてしまった。申し訳なさに頭が上がらない。

コヨルの手が笑美の服から離れる。笑美はバランスを保つために幹を掴んだ。

それにしてもコヨル、凄まじい運動神経である。靴からナイフが出てきた時は、流石に驚いた。

いくらなんでも笑美も気が付きはじめていた。コヨルは、普通のメイドじゃないのだと。

鳥を扱えて、靴から短剣が飛び出して、自分よりも大きな人間を抱えて木の枝に飛び移れるメイドなんて、絶対に普通じゃない。

「主様も、どこがいいんだろう」

ポツリとコヨルが息を零した。なぜ急にサイードの話になったのだろうと、笑美は首を傾げる。

しかし、一瞬後には綺麗さっぱりなかったことにした無表情のコヨルが隣にいた。

「すぐ戻るから」

『わあああ‼　嘘おぉおおお駄目ええええ』

そう言って枝からぴょーんしそうなコヨルの服を、笑美は再び掴んだ。首をキュッと絞められたコヨルは「何？」と不機嫌そうに振り返る。

ローブの中に隠しているバッグにスケッチブックはあるが、今両手は塞がっている。

笑美はコヨルの体を強く揺さぶり、必死に伝えた。

『いくらコヨルが強くても、見て！　魔物！　イッツア魔物！　しかも複数！　イッツザ魔物ズ！　女の子一人じゃ危ないのわかるよね⁉　大人しく皆を待とう⁉　なんか狼煙《のろし》とかないの⁉』

「聞こえない」

『あああああもう伝わらないって面倒くさいいいい‼　こんな体にしたサイード、呪う。まじで呪う！』

笑美はサイードがいないのをいいことに、普段は面と向かって言えない暴言を天に向かって大きく叫んだ。ちゃぽんと大きな音が鳴る。

ムンッと気合いを入れた笑美に言い知れぬ不安を感じたのか、コヨルが若干体を引いた。しかし笑美は躊躇せず、コヨルの小さな体を引き寄せる。枝の上で重心を動かしたことで思った以上にバランスを崩した笑美が、抱きしめたコヨルにしがみつく力を込めた。

『ひぃいいいい！　めっちゃ怖かったあああ』

笑美の腕の中で硬直しているコヨルは、声を発するどころか、瞬きをすることさえ忘れている。

コヨルが動かなくなったことで安心した笑美は、とりあえずこのまま救援を待つことにした。物言わず置物と化したコヨルを枝の上で抱きしめていると、その温もりに笑美はついうとうとし始めてしまった。

カクン、と笑美の首が揺れた頃――木の下で大きな音が鳴った。

めちゃくちゃに腹を立てた人間が乱暴に魔法を発射したような、恐ろしい地響きだった。

枝の上で声なき悲鳴を上げた笑美は、咄嗟にコヨルを抱きしめる。体が小さく細っこいコヨルが、木から落ちてしまうと思ったのだ。

さりとて、木の上で……しかも下に魔物がいる状態でまどろむような大物は笑美だけだったらしい。コヨルを見るとパッチリと丸いお目々をきちんと開いていた。

真ん丸お目々に見つめられ、笑美はえへへと頬を掻く。

しかしコヨルはそんなことはどうでもいいとばかりに、笑美を真剣な顔で見つめ返した。

「――壺姫、主様、好き?」

突然のコヨルの質問に、笑美は声をなくす。

「早く答える」

『え、えええ？　好き⁉』と笑美が驚いている間に、コヨルはカウントダウンまで始めた。

笑美は大慌てで、ぶんぶんと首を縦に振る。

その答えに満足したのか、コヨルはよしと頷いた。そして笑美に下を見ろと視線で促す。

コヨルを抱えたまま、笑美はそっと地面を見下ろした。魔物はすべて息絶え、炭と化している。

そして、その消し炭の横には――般若《はんにゃ》がいた。

「コヨル、申し開きがあれば聞きましょう」

地の底を這うような声は、サイードから発せられている。

密会を覗き見し、更には迷惑をかけた笑美に対して、髪が逆立ちそうな程怒っているようだ。

監督不行き届きでコヨルが先に詰問されているが、次は自分の番だろう。笑美は眩暈がした。

何故かゲラゲラと笑っているヴィダルの横で、冬馬とソフィアがそっと目を逸らしている。

あ、人生終了したな——笑美は己の短命を嘆いた。

「主様にご満足いただける情報を、お渡しする心積もりがあります」

「……応じましょう」

コヨルの申し出に、サイードは怒気を鎮めた。そしてサイードの周りに陣が展開したかと思うと、木の根付近に圧縮された風の塊が出現する。

「飛び降りなさい、今すぐに」

サイードの命に従い、コヨルは飛んだ。ぴょんと。無責任にも笑美を置いて。

トランポリンのように、風の塊で一度バウンドする。『十点!』と点数を上げたいほど綺麗な着地だった。

枝の上に取り残された笑美は、サイードが生み出した風の塊とコヨルを交互に見やった。

難なく飛び降りたコヨルは、一度もこちらに視線をくれない。ちくしょう、結局みんな我が身が可愛いのかと笑美は舌打ちをする。

「聖女様もお早く。一秒無駄にするごとに、木を蹴って差し上げましょうか」

『鬼! おにちく! 何その情け容赦ない方法! 私カブトムシじゃないんですけど!?』

「早く飛び降りなさい」

『無理です、無理、高すぎる、むーりー』

サイードに向かって気丈に笑美が叫ぶ。サイードは物言わず、ただじっと笑美を睨みつけていた。

その顔を見て、笑美は次第に元気をなくしていく。

コヨルがいなくなってしまったせいで、笑美の味方が誰一人いないように感じていた。

笑美の空元気は、もうここら辺で限界だった。震える唇を噛みしめ、ぎゅっと両手を胸で結ぶ。

先程のサイードの言葉を思い出し、ジワリと涙が浮かぶ。

何気ない風を装っていたが、本当はあの時からずっと、一人で泣きたかったのだ。

『……早く降りて来いなんて、嘘つき。私がいなくても、本当は全然、かまわないくせに』

サイードどころか、下にいる誰も笑美の言葉に反応をくれない。

『適当な子に適当な壺被らせて、可愛いおべべ着せて、聖女だって公表したらよかったじゃない。ままごと程度の水しか作れない、てるてる坊主引退間際の私を日本から呼んでくる必要なんて、本当はなかったくせに。聖女っぽければ、それでよかったんでしょ。どうせ私なんていいとこなしの、うじうじ壺虫よ』

老師と出会った時のサイードを思い出す。

サイードはあの時、じっと老師を見下ろしていた。笑美の視線になど、全く気付く気配もなく。

――癒しを求めれば聖水に。毒を求めれば毒水に。

ただ一心に、笑美の水を叩った老師の、皺の動き一つ見逃すまいとしていた。

信頼があるとは思っていない。育まれているはずもない。疑われるのは仕方がない。

――私が先に。

けれど、わかっていても、傷ついた。

彼が毒味を買って出たなんて、思ってもなかった。

老師に毒を盛るかもしれないとまで疑われていただなんて……。

サイードは、自分の顔の使い道を、よく、よぉくわかっていた。

耳触りのいい言葉と綺麗な顔で、こんな小娘呼びに行くのなんて朝飯前だったに違いない。

さぞや笑美のちょろさ具合に、心の中で手を打ったことだろう。

笑美は歯がゆくて、歯がゆくて。

『何よ、私じゃなくても、いいくせに。そんなこと、もっと早く気付いていても、いいだろうに、馬鹿。こんなことぐらいで傷ついて、馬鹿。私の、馬鹿野郎ぅ……』

木の幹にしがみついた笑美は、ついに泣き出してしまった。しかし泣き声も聞こえず、表情も見えない面々には、笑美が何を思っているのか通じることはない。

突然木の幹にしがみ付く暴挙に出た笑美を見て、仲間達は呆れたように笑う。

その中でサイードだけは、厳しい顔をして笑美を睨みつけていた。

「しっかりしなさい。聖女がいつまでも情けない姿を晒すことは容認できません」

いつまでたっても優しくないサイードの言葉に、笑美はぐっと唇を噛みしめる。

「早く降りてきなさい――誰を待っていると思っているのです」

息を詰める。

優しくもない、突き放した言葉に、笑美は信じられない気持ちでいっぱいだった。

噛みしめていた唇が戦慄《わなな》く。

『……本当?』

笑美はポツリと呟く。

『本当に、私を、待ってくれてる?』

サイードは大きくため息をつくと、風の塊に突っ込んだ。大きく手を広げて笑美を見上げた。

「早くなさい」

枝の上で、心臓が高鳴ったのに気付いた。

笑美に向けて両手を広げるサイードを見て、どうしようもなく涙が滲む。

迷う笑美を急かすようにサイードは眉間に皺を寄せる。そんな彼目がけて、笑美は思い切ってぴょんと枝から飛び降りた。

もわんとした風の塊のクッションを感じた一瞬後には、笑美はサイードの腕の中にいた。

既に嗅ぎ慣れた香りは、笑美に安堵しか与えない。

サイードの胸に顔を押し付けて、辛かったと叫びたかった。ありがとうと、ごめんなさいと。声を大にして伝えたかった。しかしどれも、壺のままでは敵わない。

サイードは胸にいる笑美の顔を掴むとつぶさに観察を始めた。頬を両手で包み込まれ、鼻がくっつきそうな位置にあるサイードの美しい顔に、笑美は息を止める。

いつもは湖畔のように静けさをたたえた瞳が、揺れている。

汗ばんだ手のひらが、サイードが笑美を捜し回って森を彷徨ったことを伝えていた。

しばらくの間観察していたサイードは、笑美の顔から手を離すと小さく息をついた。

「囀《さえず》るのなら木の上でなく、腕の中になさい」

遊んでた訳じゃないんですけど。心でそう反論しながらも、心底不貞腐れている訳ではなかった。手のひらが汗ばみ、額がくっつく程近くで無事を確認しなければ気が済まない程、サイードが自分を心配していたのがとても心地よかったからだ。

雪のような響きの言葉は人の体温を伝えない。しかし、笑美を見つめる瞳の熱だけは雪を溶かす太陽のようであった。どれ程笑美を心配していたか、言葉よりも雄弁に語るその瞳に――

あれ？　と思った時には、もう心が冷えていた。

「サイード、あんたさぁ……」

冬馬の声が聞こえる。笑美はその言葉の先が、彼に言われるまでもなく想像できていた。もう何度、これを思えばいいのだろう。

「壺も大事だろうけど、それ以外も心配してやれよ」

――私の顔は今、壺だった。

笑美の体から力が抜ける。どうしてこれ程まで落胆しているのか、笑美には理解できなかった。わかっていたことじゃないか。

サイードにとって、何よりも大事なものはお師匠様。その次か、その次の次ぐらいに、きっと世界。その世界を守るのに必要になるかもしれないものは、私の首から上だけだ。

待っていたのは、私じゃない。

私の首の上にくっついてる、壺。

わかっていたことなのに。どうしてだか笑美の心は笑えない程、冷えてしまったのだ。

❖

食材の買い出しについて行きたいと告げると、サイードは驚く程あっさりと許可を出した。

「王都を出発して一ヶ月。馬でさえ、褒美をやらねば走りませんから」

こうしてサイード最高審判の判決により、ヴィダルと冬馬、ソフィアとコヨル、そしてサイードと笑美に分かれ、街へと繰り出した。

ソフィアとコヨルの組み合わせに珍しさを覚えたが、彼女達は普段目が行き届かない些末な用事を済ませて来るらしい。笑美は二人に下げた頭が上がらなかった。勿論水は零れた。

『ねえサイード、あれ何？　こっちのは？　向こうにあるのは？』

ファンタジーな街並みに心躍らせた笑美は、見事にはしゃいでいた。街におりるため、いつも以上に深くフードを被ってはいたが、視界の不明瞭さをものともしない機嫌のよさだ。

サイードに手を引かれ街を見物する。はたから見れば、仲睦まじく見えるだろう。

活気ある街並みは人で溢れていた。道端に並んだ露店の数に驚く。皆元気のいい笑顔と張りのある声で、自分の店を自慢していた。魔王が復活したなんて冗談としか思えないような平和な街。

しかしそれが、人の努力の上に成り立っていると、短い旅の間に笑美は知った。

笑美とサイードは、コヨルに教えられた場所で調味料を吟味したり、魔法具屋で乾燥させた何かの干物を手にとったりした。笑美は片っ端から露店を覗き、空気を震わせぬ歓声を上げ続けた。

『サイード、こっち、こっちにもなんかある！』

道すがら、ふと気になるものを見つけてサイードの服を引っ張った。満面の笑みを浮かべた笑美が、色ガラスを使って作られた綺麗な看板を指さして首を傾かせる。

「貴婦人の衣装を仕立てる店ですね。入りますか？」

少しの興味をそそられたが、笑美は首を横に振った。乾燥魔法さえあれば、制服は毎日着られる。ドレスは着てみたいが、せっかくならやはりセーラー服を着ておきたい。

「ではそちらの宝石店へ？　神秘的な黒髪にはラピスラズリなどが映えると思いますが」

『わあああ!!　いらんいらんいらんいらんいらん』

買うことが決定になっていそうなサイードを、笑美は慌てて引き留めた。

『プレゼントはお付き合いしてる人からしか貰わないことにしてるの！　えーっと……ちょっと待ってて』

【宝石　服　ほしい。　愛　する　人　のみ】

通じるかな？　覚えている単語を並べただけのスケッチブックを見て笑美は唸った。

贅沢《ぜいたく》は好きだが、それは甘えられる環境での話だ。そしてそのターゲットはものすごく狭い。

生まれながらにしてそこそこ整った顔立ちを手に入れている笑美は、ちやほやされることも少なくなかった。ランドセルに溢れたリボンや花を見る度に「気軽に男性からの贈り物を受け取ってはならない」と父にお説教されたものだ。その甲斐あって、笑美は無闇矢鱈に人から好意を受け取らない。プレゼントには責任が付随すると、厳しく教育されたからだ。

貰いたくない訳ではないが、この世界に生きない笑美には重荷にしかならないだろう。

豪快に拒否する笑美に自尊心を傷つけられたのか、サイードは一度強く目を瞑ると、大きなため息を吐き出して、宝石を見送る。

サイードに申し訳なくなりながらも、笑美はまたウィンドウショッピングに戻った。

「いらっしゃい！　見ていくだけでも、どうぞお気軽に！」

元気よく呼び込みをしている露天商に釣られ、つい笑美は足を止めた。売り場には、色とりどりの髪飾りが並べられている。布や糸、金属や宝石で飾られた、どれも目に美しい飾り紐や簪《かんざし》だった。

「お兄さんいい男だねぇ、隣はお嬢ちゃんかな？　顔は見せてくれないのかい」

「彼女は異性に顔を見せられない戒律のため――」

「おお、あんたら海の向こうの人か？　恋人？　妹さん？　気に入ったものはあったかい？　髪や目の色を教えてくれれば、似合うものを見繕うよ」

愛想のいい露天商に、フードで顔を隠したままの笑美はサイードを指さした。

「兄ちゃんと同じ色か？　流れる雲色の髪に、星をちりばめた夜空の瞳だな」

ローブから覗く指の白さと美しさから、これは上玉だと目を輝かせた露天商は、にやりと口の端を上げた。そして、宝石のちりばめられた自慢の品々を次々と二人に勧める。

「ならこれ、ガーネット。雫の形が連なって美しいだろう。動くたびに揺れて、どんな男でもイチコロさ。おっと兄ちゃんに睨まれちまったな――ベルベットのリボンも人気だ。この隅っこに水晶がついてるだろう。高い位置に結ぶとこれが光に反射して、そりゃあ綺麗なもんさ。こっちは隣国名産のエメラルドだ。ティガール王国の王族の瞳の色と同じだろう？」

あれもこれも、と説明する露天商に、笑美はほうほうと頷く。

しかし笑美は、素っ気ない組み紐を手に取った。例えばこの世界が類い稀《たぐいまれ》なる宝石産出量を誇っていたとしても、何の味気もないただの組み紐よりも安いということはないだろう。

露天商ががくりと肩を落としたのがフードの隙間から見えた。

よく練られた墨のように、艶やかな黒に染められた組み紐だった。金糸が織り込まれた上品なそれを指で摘み、しげしげと見つめる。

明らかに愛想をなくした露天商が値段を告げた。サイードを見上げれば、彼は瑠璃色の瞳で笑美を見下ろしていた。

「――ほしいのですか？」

サイードの声は固かった。緊張の混じったその声に、強請る声を笑美は持たない。

それ程高いのだろうか。恐れた笑美がそっと置こうとした組み紐を、サイードが素早く摘む。

「店主、これを」

サイードは銅貨を幾つか差し出した。店主が明るい声で受け取る。

それを見て、笑美は安堵する。どこそこのやんごとなき職人の一点物の織物で、などと法外な金額を請求されていたらどうしようと不安になっていたからだ。

代金を支払い終えたサイードは足早に露店から離れる。小走りで近寄った笑美はサイードに腕を引かれた。

『わ、ちょ、サイード！　引っ張んなくてもついてくって！』

人の邪魔にならない場所でようやく足を止めたサイードが振り返る。

組み紐を持ったまま、サイードは笑美の顔を覗き込んだ。

「……これを？」

なんだ、わかってたんだ。笑美はこくんと頷いた。その様子を見たサイードが、息を呑む。

「貴女は——ご自身が何をなさっているのか、認識しておいでで？」

熱にのぼせた瞳はぶれることがない。艶めいた光が笑美を貫いた。

『うん。それ、似合うだろうなと思——って』

サイードの滑らかな手が、笑美の首に伸びる。つい、と触れられ、笑美は体を硬直させた。

首を絞めるつもりなのだろうか。明確な意思を持ったように触れる指に、戸惑いを覚える。

至近距離に寄せられたサイードの顔に息を呑む。わかっていたが、美しい。

春の桜でさえ霞む男に、笑美は一歩足を後退させる。

けれど、まるでそれを許さないとでも言うかのように、サイードが距離を詰めてきた。

サイードの指が笑美の首を撫でる。夏でもないのに、全身に汗をかいてしまいそうだった。

だめだ……このままじゃ、殺される。

笑美は胸に詰まった息を思いっきり吐き出すと、腕を伸ばした。

彼が、息を呑む。

「——」

身動《みじろ》ぎ一つしないサイードが、喉を震わせる。

サイードに抱き付いていることさえ、笑美の頭には今はない。ただ、抱き付くように伸ばした手で彼の後頭部にある目的のものを見つけると、もたつきながらもそれを引き抜く。

ぱさり、と花の簪で留められていたサイードの銀色の髪が広がった。

その美しさに見とれる前に、笑美はすかさず、簪を握る手とは反対の手でサイードの手から組み紐を抜き出した。

サイードが胡乱《うろん》な目をして笑美を見る。しかし、笑美はそれに気付かずに慌てて言い募った。

『これ、買ってくれてありがとう。お代になるかわかんないけど、媚薬でも若返りの薬でも育毛剤でも、なんでも言ってね。できる限り頑張って念じるし！』

伝わらないとはわかりながらも、笑美は一息にそう言った。

未だにドクドクと鳴る胸と、浅い息。それを懸命に押し殺しながら、笑美はサイードの髪に組み紐を括り付ける。

指先が震えるせいで時間がかかるのをカモフラージュするように、蝶々結びにした。

「――聖女様、これは？」

静かなサイードの声は、艶やかさを尚も失わない。ぞくりと悪寒がしそうな程の怒りを湛えた声を吐き出したサイードに、笑美は再び後退した。

鞄から取り出したスケッチブックに、震える手で必死に文字を書く。

【似合う　綺麗　サイード　の　もの。　金　私　いつか　払う　したい】

蝶々結びの黒い組み紐が、可愛らしい花の簪よりも不服だったのだろうか。サイードはスケッチブックを穴が開くんじゃないかと思う程睨みつけると、むっつりと黙り込んでしまった。

『……あの、サイード？』

笑美が見上げると、不機嫌な顔をしたサイードが見下ろしてきた。氷点下の瞳だが、先程までの、息もできない程の沈黙ではない。むせかえる花の中心にいるような、荒れる波の中一人取り残されたような、心許《こころもと》ない気持ちにはならなかった。

『ええー……とー……？　……花の簪に戻す？』

髪を触ろうとすると、高速で撥《は》ね落とされた。もう何が何やらである。

引きつらせる笑美の顔は見えずとも、戸惑っている空気は感じたのだろう。サイードが何かを諦めるように一つ息を吐き出す。狼狽える笑美の手を、サイードが無遠慮に引いた。

『え？』

ポスン、と笑美の頬がサイードの胸にあたる。

「人目が――こちらへ」

先程の空気を思い出し、笑美は咄嗟に息を呑み体を硬直させた。

しかし笑美を抱くサイードは、悲しい程にいつも通りだ。顔を胸に押し付けているため、サイードの顔は見えない。こんな格好をしているというのに、信じられないぐらい平常通りだった。これが彼の本意ではなく、あくまでも壺を隠す行為なのだと、笑美を抱く腕の隙間が伝えている。

笑美は居心地の悪いそこで、しばらくの間サイードの胸に顔をくっつけていた。彼の匂いには慣れ、安らいでいたはずなのに。いつものようにサイードの髪をいじっても、明るい場所のせいか、うまく安心できない。

サイードの髪が見事な編み込みに仕上がる程長い間待っていても、中々解放されない。業を煮やした笑美が、サイードの腕をちょんちょんとつつく。

『あの、まだ……？』

「まだです」

何の感情も滲ませない淡々とした声が、笑美に告げる。

抱きしめられている感覚に、徐々に足元が覚束《おぼつか》なくなってきた。頼りない脚は、きちんと地の上に立っているという自信さえ、笑美から奪う。

ふわふわと漂っているような浮遊感に、何故か泣きたいくらい気まずい。

『ねえ、まだ？』

我慢できなくなるたびに、笑美はサイードの腕をちょんちょんとつついた。

笑美が見上げる度にサイードは見下ろし、真剣な表情を保ったまま小さく首を横に振る。

「もうしばらく」

そんなに人がいるのだろうか。誰かこちらを疑って見ているのだろうか。

振り返れない笑美はただただ縮こまって、この責め苦に耐えるしかない。

この奇妙な居心地の悪い空間は、サイードの許可が下りるまで続いた。


笑美&サイード組は、約束の時間にキャラバンへと戻った。ソフィアとコヨルは床下収納に大量の荷物を詰め込んでいる。ちらりと見た中には魚介や海藻の干物もあった。二人が笑美を期待の眼差しで見つめている。笑美は料理好きの父に『パパ、助けて……』と心の中で助けを求めた。

「おーう！　揃ってんな！」

キャラバンに向かって歩いて来る大柄な男は、鎧を隠すように大きなマントを羽織っている。

眩しい笑みを広げながら手を振るヴィダルと、冬馬が帰ってきた。

「わりぃな、待ったか？」

「ただ今合流したところです」

「荷が積み終わりました。行きましょうか」

「そうだな」

いつも通りのヴィダルの横で、冬馬は何故か今にも泣き出しそうな顔をしている。

まさか、二人きりの時に何か言われたのだろうかと不安になった笑美が、冬馬の顔を覗き込む。

『冬馬、どうかしたの？』

優しく声をかけて肩に手を置くと、冬馬は地面から浮く程飛び跳ねた。

「――おおおおおお俺は、勇者だ」

お、おう。それ前にも聞いたな、と笑美は親指でポーズを取る。

「勇者様の伝説の剣が抜剣されたかどうかなど、至極どうでもいい話です」

ヴィダルと会話を終えたサイードが、いつも通り素っ気ない塩辛《しおから》対応をとる。

剣？　武器屋にでも寄っていたのだろうか。冬馬は顔を真っ赤にして、首を横に振る。

「やましいことは！　やましいことはしてない！　ちょっとしか！」

「ちょっとって……お前、手握っただけで逃げ出してたじゃねーか。あんなんちょっとに入るか。

気晴らしにと思って奮発してやったのによー」

「勇者様、使わねば名剣すらいずれ錆びますよ」

「ぬぐぉおお！　ぬぐぉおおお!!」

何故か悶える冬馬に笑美がきょとんと首を傾げる。

既に興味を失ったのか、サイードはキャラバンに戻るため体を翻す――が、ふいにサイードの足がふらついた。

「主様！」

「おいっ、サイード！」

地に伏す前にヴィダルが受け止めたが、サイードはそこで意識を失った。


そっと、雪色の睫毛《まつげ》が震える。

『よかった……目が覚めて……大丈夫？』

診療所で目を覚ましたサイードを見て、ベッド脇の椅子に座っていた笑美が立ち上がる。

額に濡れた布を置いたサイードが、不思議そうにこちらを見た。

笑美が椅子から立ち上がった音を聞きつけたのか、隣の部屋と繋がっているドアが開く。

「あぁ起きたのかい」

笑美は慌ててフードを深く被った。部屋に討伐隊の面々と、壮年の医者が入ってきたからだ。

――何の前触れもなく突然倒れたサイードを見て、誰もが驚愕した。

コヨルは辺りを見渡し、見たこともないような形相で、サイードを守るように短剣を構える。

ソフィアも同じく、武器を取りキャラバンから飛び降りるとまず敵の存在を警戒した。それ程に、サイードの倒れ方は突然だったのだ。

驚きのあまりサイードの体を揺すろうとする笑美を冬馬が止め、ヴィダルが担ぐ。コヨルとソフィアが、敵の気配がないことを確認し、ヴィダルは医者へと走ったのだった。

痩身の男性がサイードの手を取り脈をとる。サイードの胸に手を当てて、ふむと頷いた。

「うーんまぁ、まず間違いなく十魔病《とおまびょう》だろうなぁ」

冬馬病？　と笑美は首を傾げる。

「南特有の病だな。最近、南にでも行ったかね？」

「――市に南の商人が来ております」

「じゃぁそれだろうな。保菌者の傍に寄るだけで罹《かか》っちまう」

領主に伝えておかんと、と医者は独りごちつつ、サイードの服の上から腹を指さした。

「海を越えた遠い地では当たり前にある……まぁ、はしかみたいなもんだ。魔法使いだけが酷くなる病気でな。ここにある魔力の渦を止めてしまう。誰にだって魔力の渦はあるが、普通の者じゃ病気という症状までは出ん。せいぜい体がだるいとか、便秘になったとか。その程度だ」

しかし、と言いながら医者は指を動かし、サイードのへそを中心にぐるぐると円を描く。

「魔力の大きい者にとっては、致命的な病気だ。今まで知らぬ内に魔力に頼っていた体が、一切魔力の供給を受けられなくなる。倦怠感、下痢、頭痛、吐き気、食欲不振。命に別状はないが、まず動くことは無理じゃろう。まぁ何、十魔病というだけあって、十日過ぎれば病魔は去る。その間、魔力の強い者は、傍に寄らんように気を付けなさい」

入院したけりゃ言ってね、と言って医者は出て行った。領主の家に行ったのだろう。

瞬時に、コヨルによって米俵《こめだわら》のように冬馬が担ぎ上げられる。ヴィダルが「キャラバンから一歩も出すなよ！」と声をかけるころには、既に姿は見えなくなっていた。

「壺姫もどうぞ馬車へ」

コヨルと冬馬が消えていったドアを呆然と見つめていた笑美を、ソフィアが誘《いざな》う。笑美は緩く首を振った。感染しているのなら、サイードと共に行動していた自分もとうにうつっているだろう。それに笑美のできることはたかが知れている。

十日〝酔いトメール水〟と〝健康祈願水〟を飲めなくても、きっと旅には何の支障もない。

――〝健康祈願水〟、効かなかったなぁ。

笑美はサイードが起き上がった拍子に落ちた布を取ると、横においてあった盥《たらい》の水で濡らし、キュッと絞った。

「次の魔法使いの手配を致します」

掠れ、熱の滲んだ声でサイードが告げると、ヴィダルが呆れ顔を向けた。

「あほたれ。お前以上の魔法使いがいるかよ」

「渦の止まった魔法使いなど、くそ程の価値もない」

サイードの放った言葉に笑美はギョッとした。サイードは見た目や所作の綺麗さもさることながら、言動も一貫して美しかったからだ。しかし今、不調のせいかその美しさに綻《ほころ》びが出ている。

彼がそれを向ける相手は、きっとヴィダルだけなのだろう。そう思うと笑美は、なぜかサイードの方を向くことができなくて、絞ったはずの布を、手慰みにまた桶につける。

「拗ねんなよ。十日ぐらい待っててやる。王都から呼び寄せるほうが時間かかるだろ」

「領地にいる弟を呼びます。馬を飛ばせば七日とかからぬはずです」

「落ちつけ。あいつが来る七日を待つより、お前が回復する十日を待つ方が合理的だ」

サイードはいつもの冷淡な表情に憤りを滲ませた。唇を噛んで口を噤むサイードに、ヴィダルがため息を吐きかける。

「嬢ちゃん、ここでサイードのこと見ててくれな。俺達は用事済ませてくるわ」

サイードの額に布を載せながら、笑美がこくこくと頷く。ソフィアを伴いヴィダルが部屋を出て行くと、サイードと笑美だけが残った。サイードはいつも以上の無表情で天井を睨んでいる。

笑美はサイードの髪に触れた。慌てて横たわらせたため、結んだままの髪が窮屈そうだったのだ。

「聖女様がいらしても、ここに用はないでしょう。ココルを」

その言葉に、何故か笑美は返事ができなかった。

組み紐を解き、編み込んでいたサイードの髪をゆっくりと梳いていく。

「いないのであれば結構です。聖女様もお疲れでしょう。どうぞお休みになられてください」

初めて受け取った、笑美の身を案じる言葉に、へたくそな笑顔しか返せない。

純粋な労《いたわ》りのはずの言葉は、頑《かたく》なに笑美の存在を拒否する。

そうか、そんなに、私はいらないか。

きっとおじいちゃんどころか、ココルにさえなれないのだと震えそうになる指に力を入れて、笑美はサイードの頭を撫でる。

『おじいちゃんを、助けるんでしょう』

頭を撫でられたことに驚いたのか、サイードの体がピクリと揺れた。

『王様よりも、世界よりも……冬馬や、私なんかよりも、ずっと大事なおじいちゃんを、助けるんでしょう？　今ここで、サイードが倒れたら、おじいちゃんの面目はたつの？』

自分の言葉が聞こえないことは承知していたが、笑美は今、サイードに語りかけたかった。

『貴方の弟は、貴方よりも強いの？　違うんでしょ？　貴方が一番、強いんでしょう？　ならこんなとこで負けてないで、貴方が頑張るしかないじゃない』

――立ち上がり、足を進めなさい。立ち止まってはいけない。我々には、前を見る責務がある。

そう言ったサイードの言葉の意味が、笑美はようやくわかった気がした。

あの言葉は、突き放したんじゃない。現実を突きつけたんじゃない。きっと――

『病気に負けるなんて、情けないぞサイード・シャル・レーンクヴィスト。前を見る責任があるんでしょ。ちんくしゃ魔王を、一緒に倒しに行こう』

壺が大事だったのかもしれない。支えなければ立てないような面倒な重荷を増やしたくなかったのかもしれない。けれど、それだけじゃないと、信じたい。前に進む勇気を、導く手を、差し出してくれたんだって。

頭を撫でていた手を止めると、笑美はサイードの手をギュッと力を込めて握った。

『〝健康祈願水〟は残念ながら効かなかったみたいだけど……今度はちゃんと渦が動きますようにって念を込めるからね。大丈夫、きっとすぐ動くようになるよ。だって私、万能薬なんでしょ？』

どーん！　胸を叩いて任せろと伝える笑美を、サイードがいとけない顔でぽかんと見つめた。その表情の珍しさに、笑美も同じくぽかんと見つめ返す。

見つめ返した笑美を、急にサイードが強く睨みつけた。

「――貴女は何故、私に毒を？」

急展開した話に、笑美は目を見開く。

「殺してやりたい」

立ち上がる力もないくせに、サイードは震えながら手を伸ばした。その指で喉を引っ掻けば、満足するのだろうか。笑美は驚きに固まってしまい、サイードの言葉に反応することさえできない。

「殺してやりたい程に、愚かしい」

何かに抗うように、怒りを抑えるように。サイードは忌々しいとばかりに吐き捨てた。

穏やかでないその言葉は欲望に濡れていて、笑美の背筋に痺れをのぼらせる。

震える手は、そのまま床《とこ》に落ちた。力なく横たわるサイードの手は白いシーツの上で、まるで飼い慣らされた犬のように行儀よく待っている。

「息をせねばいい、笑わねばいい、温もりを感じさせねばいい。さすれば私の安寧が再び訪れる」

熱に浮かされた言葉は、サイードの唇をすり抜けていく。

広げた手のひらでサイードがシーツを掴む。まるで、藁《わら》のように。

投げかける言葉に反して、沈んでいくのはサイードの方であった。

笑美は戸惑いの表情を浮かべたまま笑っていた。あまりの内容のひどさと、息をすることさえ許して貰えない自分がかわいそうでならなかったのだ。

しばらくの沈黙の後に、全てを諦めたかのようにサイードが呟く。

「……花が咲いたあの時に戻れるのなら、私は貴女を殺している」

殺している。物騒な言葉に、今度は眩暈がした。

「貴女が私を望むなら、水を注ぎましょう――それが絶望だとしても」

いじめ続行宣言を聞いて、悲しむどころか何故か嬉しくなってしまったのだから、もう何もかもが、しょうがないのかもしれない。

❖

「えっ、あれ。サイード、十日は戻らないんじゃなかったっけ⁉」

次の日キャラバンに舞い戻ったサイードに、冬馬が驚きのあまり叫んだ。

「さすがは聖女様。この身をもって聖なる雫の効力をご教示くださりました。これで旅の安定は約束されたも同然。先を急ぎましょう」

笑美の水で回復したサイードはしれっとのたまうと、いつもの場所に座った。笑美もまた、いつものようにサイードの上に座る。

その様子を見てヴィダルが笑う。

「昨日は格好悪いとこ見せたぐらいで拗ねてたくせになぁ」

「ヴィダル」

「へいへーい、出発すんぜ紳士淑女の諸君どもー」

ヴィダルのやる気のない号令に、「おー」とコヨルが無表情で答えた。

第六章：知りたくなかった

むぎゅむぎゅと、コヨルが笑美の壺に食事を詰めていく。

サイードの病気を治した褒美《ほうび》にと、特大の肉を買ってくれたのだ。

せっかくこんなに立派なブロック肉なんだからと、笑美は自分の分以外を丹精込めて調理した。

買ってきた香辛料を惜しげなく塗り込み、ローストビーフもどきを作る。味見をした冬馬が叫んで喜んだところを見ると、上出来だったのだろう。

『いいなぁローストビーフ。私も食べたーい。お腹空いたー食べたい。お腹空いたー』

笑美は皆のために、既に何枚目かわからなくなる程、肉を包丁で切り分けていた。

「ありがとう。壺姫、疲れてないかな？　代わろうか」

『ソフィア、うん。じゃあお願いしようかな』

肉を切り分けるのにも力が必要だ。ソフィアの申し出に、ありがたく交代する。

「ただいま帰った」

ローストビーフを切り分けているソフィアの後ろから、いつの間にかいなくなっていたコヨルが現れた。どうやら森に山菜を取りに行っていたらしい。

『あ、おかえりコヨ……』
ル、と続けられなかったのは、笑美が噴き出したからだ。

そばでローストビーフを盗み食いしていた冬馬も、ココヨルを見た途端大笑いする。

ココヨルがきのこを持って、ちょこんと立っていたのだ。

と言っても、ただのきのこではない。ココヨルの背丈程も大きなおばけきのこであった。

『またおっきいの採ってきてくれたね。何にしようかー。炒めものと、スープにも突っ込むとして
……あと天ぷら……だめだ天ぷら油なんてさすがにない』

「ん」

「なぁそれ貸して」

大きなきのこの調理方法を考える笑美の隣から、冬馬がココヨルのきのこをもぎとった。

冬馬でさえ両手に抱える程大きなきのこだが、異世界マジックとは恐ろしいもので特に違和感もなくなっている。

どうしたの、と笑美が聞く間もなく、冬馬が笑美の頭にきのこを挿しこんだ。

『えっ……』

「んなっ⁉」

唖然としている笑美に、冬馬が悲鳴を上げる。

そうか。頭にきのこが刺さってる人間が、そんなに面白いか。

『今日の昼食、冬馬はローストビーフ抜きでいいんだね』

憤慨するポーズを取った笑美の前で、冬馬が絶句している。そのあまりの表情に笑美はこてんと首を傾げた。気付けば周りのみんなも、驚きに目を見開いて笑美を見つめている。

『どうしたの』

一番意思疎通ができるコヨルの裾をちょんちょんと引くと、無表情なままではあるが珍しく声に動揺を滲ませたコヨルが笑美の頭上を見つめながら呟いた。

「……消えた」

『……ん？』

「きのこが、消えた」

消えた？　笑美はきのこに触ろうと、頭上に手を伸ばす。

だがどれだけ手を動かしても、きのこに触れることはなかった。

『え、え……？』

笑美の顔が蒼白になる。勿論、壺の色は白いままだ。

『だって、え、え⁉　今、冬馬が挿したじゃん……？　なんで⁉　本当に⁉　ないの⁉』

巨大きのこは、コヨルの身長と同じ程の大きさだった。柄は細くとも傘は広かったはずだ。

そのきのこが一瞬にして消えたとは、いくら何でも流石に考えられなかった。

「突っ込んだ先から消えてって……ひゅんって。ただ一つの吸引力の掃除機みたいに……」

掃除機は吸い口より大きなものを吸いません。冬馬に心で突っ込むと、笑美は自分の壺に触れた。

「……壺姫、お前、腹空いてたんだな……」

確かに、お腹はいっぱいだ。

しかし、だからと言って。あんな巨大なきのこを瞬時に消化する乙女がいてもいいというのか。

いやよくない。断じてよくない。お腹が空いているにも程がある。笑美はどんどん人外になっていく自分に泣きそうだった。

少し前までは、パンや果実を入れてから消化するまで、数分の時差があった。

それがどういうことだ。消化器官が発達したとでも言うのか。ただ一つの吸引力の、壺？

『前にコヨルの腕を入れた時は消えなかったのに……あっ！　もしかして、食べ物だから……!?』

思えば、壺の中に腕を入れると気分が悪くなるが、食べ物は入れても気分が悪くならない。

『私がきのこは食べ物だって認識してたから、消化しちゃった……ってこと……??』

辿り着いた答えに納得よりも衝撃が勝る。

だって、なんかそれって、それじゃあ。

『そ、そんなに食いしん坊じゃないもん……』

涙声で呟いたが、コヨルにあれだけ買い物に行かせているのだ。今更のような主張だった。

「きのこを飲み込んでしまって放さない壺かぁ。中々の名器だな嬢ちゃん」

感慨深げに壺を見つめていたヴィダルが、口笛を吹きつつそう言った。

よくわからずに笑美が首を傾げると同時に、彼の後ろでサイードとソフィアが殺気を放った。

「聖女様のお手を煩《わずら》わせるまでもありません。減らず口を利けぬように、毒きのこを先に切り落としておきましょう」

「さぁ、遠慮せず。介錯《かいしゃく》ならお任せください」

「申し訳ございませんでした」

深々と頭を下げたヴィダルに、笑美はポカンと口を開く。

訳がわかっていない笑美の肩を叩いた冬馬が、気にするなというように首を横に振った。

王都出発から一ヶ月以上が過ぎている。

ということは、顔は壺だが、一応女子である笑美にも、当然アレなソレもやってくる。

笑美はズキズキと痛む腹と腰に死んでいた。緊張やストレスでなんやかんやと遅れていたソレも、異世界パワーで消し去ることはできなかったらしい。嘆かわしい現実に涙も血も駄々漏れである。

当人の笑美よりも先に生理に気付いたのは、コヨルだった。

「壺姫、こっち」

野営でいつも通り昼食の支度を終え、背伸びをしているとコヨルに声をかけられた。コヨルは近づく時に全く足音がしないので、いつも驚く。

林の奥へ連れて来られ、常より丈の長いローブをコヨルから渡された。

『え、何？　夜逃げでもするの？』

身を隠してどうするのだろうかと焦りながらも、笑美はコヨルの指示に従い、ローブを羽織る。

「召し物に穢れが」

ひとまずこれに着替えろとコヨルが押し付けてきたものは、着替えのスカートと見慣れぬ物体だった。それが何かを、王城での旅支度の最中にメイドから説明を受けていた笑美は知っていた。

現世の生理用品だ。笑美は息を呑む。

『え？　なんでわかっ……あ、服が汚れてた？　嘘、どうしよ……他の人も気付いたかな⁉』

「後ろを向いてる。着替えて」

あまりにも恥ずかしくて蹲ってしまいたかったが、コヨルに急かされローブの中で汚れた衣類を着替えた。隠れてごそごそと着替える様子は、プールの更衣室を思い出させる。

汚れた服をどうしようかと迷っていたら、「洗ってくる」とコヨルが手を突き出してきた。

『ちょっと待って。流石にこれは自分で洗わせて』

笑美は全力で首を振る。意図を察したのか、コヨルがこくんと頷く。

コヨルの案内で辿り着いた泉で、笑美は汚れた衣類を洗った。スカートの色は濃いため、血の跡もよほど注意して見ない限り気付かれないだろう。

離れた場所で待ってくれていたコヨルが、笑美が洗い終わったことに気付いた。

【女の子大変　コヨル　も　辛い　言う　してほしい】

「私にはこない。平気」

駆け寄ってきたコヨルにスケッチブックを手渡すと、きっぱりと告げられた。

こない、って……初潮がまだ？　笑美は驚いてコヨルを見る。確かに幼く見えるが、笑美とそれ程までに年が離れているとは思えない。それとも忍の秘薬とかを使ってるんだろうか。

『……うーん、異世界七不思議？　いやむしろ、コヨル七不思議？』

不思議に思いつつも制服の皺を伸ばしている笑美の下に、洗濯籠を持ったソフィアがやってきた。

「おや、壺姫。どうしたんだい？」

『ソフィア！　洗濯物洗うの？　手伝おうか？　コヨル、いい？』

ボディランゲージも加えつつ、コヨルに尋ねる。コヨル相手だと、このくらいの意志の疎通は紙なしでもできるようになっていた。

コヨルはソフィアを一瞥すると、キャラバンへと戻って行く。

「汚してしまったのかい？」

手にしている制服を見て、食事の支度中に汚したと思ったのだろう。ソフィアが柔らかい笑みで尋ねて来る。笑美はあえて心配させる必要もないだろうと、こくんと頷いた。

二人で横に並び、泉に手を入れる。泉の水は、まだ冷たい時期だ。

この世界にきたばかりの頃は、この姿勢さえ維持できなかった。けれど今は、こうして長時間座っていられる。自分の成長を感じ、喜びが湧く。歌えるものなら鼻歌でも歌いたい気分だ。

そんな風に洗濯物を洗っている笑美を見て、ソフィアが目を細めた。

「壺姫は、本当に聖女のようだ」

『どんな感じ？　清楚ってこと？』

うふっと両手を合わせた笑美に、ソフィアは柔らかい笑みを向ける。

「聖女とは、人を導き、喜びを与え、悲しみを吸い取る。女神の手であり、足であり、心である」

『やだー大層なお役目ーお恥ずかしい』

身をくねらせる笑美に、ソフィアは笑みを深めると空を見上げた。

「その慈しみ深いお姿に、貴女が聖女だということをたまに忘れてしまいそうになる……壺姫がもし、高貴なだけの姫君であれば、馬車の移動を拒み、用意した食事をつっぱね、このように洗濯物を共に洗うことなんか、考えもしなかっただろうからね――」

まさしく聖女だ、と続けるソフィアに、笑美はどう返していいかわからなかった。

笑美も最初から、聖女たらんとしていた訳ではなかったからだ。

ソフィアが笑美を聖女だと言うのなら、それは、この旅の間に彼女達が笑美を聖女にしたのだと、笑美は思った。

「――決して手の届かぬ、常世に住まう明朗なる聖女よ」

声の質が変わったことに気付いて、笑美はソフィアを静かに見つめた。

「この旅が終われば、私は家と家を結ぶ役目を果たすことになるでしょう」

晴れ渡った空は青く、ソフィアの憂いすら吹き飛ばしそうな快晴だった。

『騎士団はどうするの？』

笑美は、ソフィアのネックレスに描かれている騎士団のマークを指さした。

何とか察したのか、ソフィアは苦しそうに笑う。

「そうなれば無論、騎士団も辞さねばなりません――随分と長い間、逃げ続けておりました。しかし、これ程の大任を果たし帰還したとなれば、私の拙《つたな》い言い訳など誰も鵜《う》呑《の》みにしてはくれないでしょう」

なぜ結婚が嫌なのか。親に決められた縁が嫌なのか。騎士団にいたいのか――その理由は？

幼さゆえの傍若無人《ぼうじゃくぶじん》さで、全てを興味の赴くままに聞いてみたい衝動が笑美を燃やした。

しかし、一瞬の内にその火が消える。

ソフィアの頬を流れる星が快晴の空に反射し、光っていたからだ。

「――懺悔させてください、聖女様。愚かな私はこの旅がいっそ、終わらなければいいなどと……」

掠れた切れ切れの声に笑美はソフィアを抱きしめた。

ソフィアの震える肩は鎧の中にすっぽりと収まっている。

その鎧は、身と心のどちらを守っているのだろう。笑美は目を瞑りながら考えていた。

日が沈むにつれ、生理痛は酷さを増した。早めに就寝したせいで、笑美は夜半に目を覚ましてしまった。既に馬車の中の明かりは落とされていて、真っ暗闇にガタガタパカラッパカラッと馬車を動かす音が響くだけだ。

僅かに身を捩《よじ》ると、瞼を閉じているサイードの顔がある。彼は眠る時、仏像のように動かない。寝息だって、とても静かだ。本当に椅子みたいに、ただただ静かに笑美を抱きしめて眠る。

規則正しく上下する胸に、笑美は体重をかけた。見かけよりもしっかりしているサイードの体は、笑美の体重一つで傾くことはない。

辺りを見れば、ヴィダルと冬馬は眠っているものの、コヨルはしっかりと夜番をしている。ソフィアは御者席だろう。

サイードの髪には、先日贈った組み紐が結ばれていた。髪型や気分によって、笑美が装飾を選ぶが、やはりこの黒色の組み紐を結ぶことが多い。

笑美はまた目を閉じて、サイードに寄りかかる。

『パパ、ママ……ごめんね。でも私、ちゃんと救って、帰るから』

夜のせいだろうか。それとも生理のせいだろうか。いつもより気持ちが塞ぐ。笑美はサイードの首に顔を寄せた。

安心するようになったサイードの匂い。異世界で、笑美にとってここが帰る場所だった。

温もりに縋りつくように動きすぎてしまったのだろうか、サイードの瞼が開く。

「起きたのですか」

笑美はこくんと頷いた。彼の辞書に、寝ぼけるという文字はないらしい。寝起き一発目からいつもと変わらない様子だ。しかし、声は抑えられている。顔を寄せて低い声で話すため、自然と顔が近い。

あぁけれど今は、壺だった。壺に遠慮するような繊細さを、彼は持ち合わせていないだろう。

「痛みの程は？」

『……大丈夫、眠ったおかげか、もうあんまり痛くない』

頷く笑美に、サイードは「それはよかった」と、平坦な声色で返事を寄越す。

「住まう界が異なるということは、住まう病も異なります。進軍に乱れを呼びますので、今後は些細な不調でも独断なさいませんよう」

平坦な口調で、冷ややかな言葉を放つサイードに、笑美は胸を押さえた。

……サイード、それじゃ駄目だよ。壺以外も、心配してるように聞こえる。

笑美は驚く程の浮遊感に襲われた。胸が詰まって呼吸が苦しい。

高ぶる興奮を口から漏らそうと、薄く唇を開いた。声にならない声を吐きだし、せり上がりそうになる涙を堪える。

気持ちが落ち着くのを待つと、笑美はサイードにもたれ掛かり目を閉じた。

サイードの心音を聞きながら、暗く暖かな闇へと、再び落ちていった。

二日目は見事に死んでいた。屍《しかばね》だった。いいや、ただの壺だった。

壺で製薬を試みたものの、『和らげ』という思いよりも『痛い！』の方を強く念じてしまい、味見してもらったコヨルの舌を痺れさせるだけだった。

「はっはっは、嬢ちゃんちっこいし細っこすぎるから心配してたが、障《さわ》りがくるっちゃいいこった。子供を孕《はら》めるってことだからなぁ。子種の予定は――」

ガチンという音と共に、御者席から何かが吹っ飛んできた。見れば、ソフィアの水筒である。水筒が頭に命中して九十度首を傾げたセクハラ大王に、笑美はため息を吐いてペンを持った。

【〝こんなんが王子様とか、ティガール王国は大丈夫なの？〟】

「はっ⁉　おっさん、オウジサマなの⁉」

日本語で書いた文面を読み上げた冬馬が驚きに声を上げる。投げられた水筒の水を飲んでいたヴィダルが、口から水を吹き出した。

「っ――どこでっそれをっ」

咳き込みながら聞いてくるヴィダルに、笑美はつーんと顔を逸らす。

「はー……オウジサマねぇ……おっさん、年いくつ？」

「あ？　年？　三十四だけど」

身分の詮索でなく年を気にされたことに動揺したようで、ヴィダルは素直に答えていた。

「三十四！　マジおっさんじゃん！　三十四でオウジサマ！　きっついなー！」

勇者様、まじ勇者。

筋骨隆々としたおっさんヴィダルを指さし大笑いする冬馬に、笑美は心の中で親指を立てた。常世に生きる冬馬にとって、身分制度なんて毛程の縁もない。そんな冬馬が、ヴィダルの身分が王子と聞いたところで、媚を売ったり、頭を下げたりする対象にはなりえない。

ただ、「おっさんが王子様」というその状況が面白い。シンデレラの靴を拾うのも、白雪姫にキスをするのも、全部三十四歳のおっさん。冬馬は挿し絵を思い浮かべて噴き出したのだろう。

「若さは、人生において美徳ばかりではありません」

現実で親指を立てなくてよかった、と笑美は胸をなでおろす。冬馬の勇者発言は、こちらのおっさんの逆さまの鱗も撫でてしまったらしい。

「へぇ？　っていうと？」

「少なくとも私は女性に手を握られただけで、尻尾を巻いて逃亡することはありませんよ」

サイードが淡々と告げる。十六歳の男子高校生は、ギャアと悲鳴を上げてぶっ倒れた。「マジおっさん」と言われ泣き崩れているヴィダルの隣に綺麗に並ぶ。

それを見ていた笑美の下にコヨルがそっと近づくと、痛む腰を撫で始めた。笑美はコヨルの手の心地の良さと、傍に近づいてきてくれた可愛さにへにゃりと顔を緩ませ、コヨルの頭を撫でる。

その笑美の手を、白く大きな手が掴んだ。

「ご無理なさらぬよう。ごゆっくりと体をお休めください」

腕を引っ張られ、元の位置に戻される。コヨルはぺこりと頭を下げて移動した。

マッサージチェアーが笑美の腰を摩《さす》り始める。笑美は見えないことをいいことに、サイードに向かって赤い舌をべっと突き出した。腹を立てているため、サイードから離れようと体に力を入れるが、背に手を回されているせいで立ち上がることができない。

「――ご無理なさらぬようにと、昨夜告げたばかりのはずですが？」

冷たい視線に笑美は負けなかった。けれど、暴れて抜け出すのもなんだか悔しくて、つんと顔を逸らして唇を噛む。

しかしやはり涙が滲んできてしまい、顔を隠すようにサイードの胸に壺の額を押し付けた。

——サイードからのわかりやすい気遣いの言葉を、笑美は一度だけ受け取ったことがある。

あの時の労りは、ただ笑美を部屋から追い出したいがための方便だった。今度はなんだろうか。

サイードは、嘘ばかりつく。この言葉もきっと嘘なのだと思う半面で、きっと少しは本音も混ざっているはず……なんて、馬鹿みたいな考えに縋りそうになった。

サイードがさらに顔を近づける。

「余程きついのであれば、横になりますか。抱き上げておきますが」

サイードの絹の髪が頬にかかる。座位が辛くなってきたとでも思ったのだろうか。サイードは常にない優しい声で笑美に語り掛けた。

これも嘘だと、思いたくない。けれどこれが本当なら、笑美はもっと辛くなってしまう。

壺だから大事にしてくれるのが嬉しいのに、壺しか大事に思っていないのかと思うと苦しい。

なのに、今だけは壺だと思っていてほしいだなんて、ひどく馬鹿げてる。

これが女扱いなのであれば、女性の手を握り慣れているという先程のサイードの発言を、自らの身をもって肯定することになるからだ。

慣れてなくていいの。不器用でいいの。辛辣《しんらつ》でいいの。

いつもの澄ました顔で、壺程の価値のない人《おんな》を切り捨てて。

こんな優しい言葉をかけるのは、私が女の子だからでなく、壺が大事だからってことにして。

もう全部、全部生理のせいだ。こんなに不安定なのも、人肌恋しいのも、サイードの言葉が次々と心に刺さってきてしまうのも。全部、全部女性ホルモンのせいだ。

「抱き上げますよ」

質問に答えなかった笑美に、サイードが判断を下した。だが最後の矜持《きょうじ》で笑美は首を横に振る。

今が壺で。泣き顔が見られなくて、よかった。

笑美の拒絶に驚いているのか、少し目を見開いたサイードの瞳と、笑美の視線がぶつかる。

窓から差し込む月明かりが、よそよそしく二人を照らしていた。

❖

馬車が魔物に襲撃されてから更に二週間が経とうとしていた。

魔王城に近づくにつれ、魔物達は強くなっていく。

馬車を止めて対応することも増え、冬馬の魔法一撃で沈めることが難しくなってきていた。

冬馬はサイードに誘導されながら、魔物の特徴や、魔法の展開を少しずつ覚えてきた。

時にサイードが、時に冬馬が歌いながら、二人は魔法使いとして連携をとっていった。

また馬車を降りての戦いは、前衛がいる戦い方の練習にもなった。

魔法の到達範囲の確認。前衛との魔法発動のタイミング。接近戦に持ち込まれた場合の対処法——勿論なことながら、大掛かりな魔法は撃てない。火力や軌道にも調整が必要だ。

冬馬はサイードの言葉をありがたく受け取り、目の前の魔物達がかつて人間にとって良き隣人であった事実に目を瞑る。ひたすらに、ＲＰＧ攻略のように、シューティングゲームのように、敵を狩っていった。

――皆が敵を討伐している間、馬車の中にいる笑美にできることと言えば、祈ることぐらいだ。

手を合わせ、聖女らしく天の女神様にお祈り申し上げる。

どうかどうか、皆無事で帰ってきますようにと――

以前は物の数分で戦闘から帰って来ていたのに、少しずつその間隔が長引いていく。

それほど、魔王の城に近づいてきたということだが……それに恐怖を覚えるよりも先に、笑美と冬馬の胸を躍らせるものがあった。

「この近くには温泉が湧くこともあるんだよ」

ほらあそこ、煙が見えるだろう？　馬車の窓から、ソフィアが指さす。

『温泉――温泉⁉』

「温泉……」

超高速でそちらを見た笑美と冬馬は、湯煙を見て爛々《らんらん》と目を輝かせた。二人は窓にしがみつくようにして外を見つめる。

「……寄るかい？」

あまりの笑美と冬馬の反応に、ソフィアは若干引き気味に尋ねた。

笑美は考えた。三秒真剣に考えた。そして、最高司令――サイードの前に正座した。

【お願い　入りたい　水　頑張る　作る】

書きあげた文字をサイード大明神にご高覧いただいている間、笑美は仏様に祈る時のように神妙に両手を合わせていた。

「……当然魔物は出ますが、どうなさるおつもりで？」

ぬぐ、と出ない声を喉に詰まらせた。笑美に魔物を退ける力などないことはサイードだってわかっているだろう。

笑美はサイードを見上げた。サイードは涼しい顔で笑美を見下ろしている。

『非常に申し訳ございませんが、守っていただく他ありません……』

「聖女様？」

笑美にサイードが返事を催促した。笑美に差し出せるものは水ぐらいしかない。その水だって、今サイードの髪を結んでいる組み紐分、借金しているのだ。

『でも、私、温泉、入りたい』

そりゃあもう、ついカタコトになってしまう程、入りたい。

どうしていいのか困り果て、笑美はサイードをじっと見つめた。

サイードも物言わず、笑美をじっと見つめ返している。

笑美の後ろで冬馬が応援している。身振り手振りこそ小さいものの、笑美にはその熱がダイレクトに伝わっていた。

壺の笑美と違い、きちんと頭がある皆はさぞや湯を使いたいだろう。水や風の魔法でどうにか髪を洗っているらしいが、ソフィアやコヨルのように髪の長い者になると、スッキリ爽快とはいかないに違いない。

その時、スッと笑美は背中に体温を感じた。コヨルが背にくっついてきたのだ。サイードはそのことに気付いていないらしい。背中越しに、小さな声が聞こえる。

「一歩近づいたら首を傾げて。両手は合わせたまま――」

笑美は慌ててコヨルに言われた通りに行動する。

二歩も近づいたらサイードにぶつかってしまう距離だ。しかしサイードは膝立ちでにじり寄っていく笑美から逃げようともせず、また振り払いもしない。

いつも眠る時の格好とは違い、真正面から向き合う気恥ずかしさに笑美は顔を俯かせた。目だけでサイードを見上げると、サイードはまだ笑美を見下ろしていた。そんなに真剣に見られても、手札はもう見せてしまっている。

やけっぱちに、コヨルに言われるがまま両手を合わせ、首を傾げた。

『お願い、守って』

あまりにも至近距離だったため、サイードの肩にこてんと頭が乗った。ちゃぷんと跳ねた水がサイードの肩を濡らしてしまったかもしれない。やばっと恐れ戦《おのの》く笑美にサイードは口を開いた。

「コヨル、ヴィダルに合図を」

コヨルはわかっていたとばかりにすっと立ち上がった。

笑美と冬馬は歓喜のあまり、両手を上げて馬車の中で跳び跳ねた。


さほど時間もかからずに、馬車は湯煙に包まれた。

『おおお温泉だあああぁ』

「やべええ風呂だ、風呂だ――!!」

山々に囲まれた小川の端で、温泉はひっそりと湧いていた。石や泥から蒸気が湧き、もくもくと辺りを包んでいる。懐かしい硫黄のにおいを、ない鼻が嗅ぎ取った。

『ひゃほ――――！』

馬車を降りた笑美が両手を上げて走った。冬馬もそれに続く。それをソフィアが穏やかな顔で見守っていた。

警護と時間の都合により半数ずつの入浴だ。男女で分かれるには戦力差に不安が残ったため、今から入浴するのは、笑美、冬馬、ソフィアとなった。

全員肌を隠すローブを羽織っているとはいえ、その下は裸だ。セクハラ大王は最も遠くの場所へ配置され、コヨルが近辺の警備に当たる。

そんなことよりも、風呂である。それも温泉である。

さぁ！　いざ！　飛び込もうとしている笑美を、冬馬が押し止めた。

「待て壺姫隊員！　まずはかけ湯といこうではないか！」

『へい隊長！　ラジャー！』

テンションマックスである。ビシッと敬礼する笑美にソフィアが慌ててローブを押さえる。

「じゃあ温度検査だ！」

『サーイエッサー！』

冬馬がハイテンションで温泉に手を突っ込んだ。その瞬間、真っ赤になった手が抜き出される。

「あっちー!!　熱い！　熱い!!」

叫びながらも冬馬は笑っていた。完全にネジが飛んでいる。その様を見て笑美も大笑いしていた。

『あはは!!　熱い、熱い！　熱いお湯！　温泉！　温泉！』

おーんせん、おーんせん！　歌う笑美と冬馬のそばで、ソフィアはドン引きしている。

とそこに、警護のために岩場の裏に立っていたサイードから、つららが飛んできた。

間一髪避けると、つららは温泉につきささった。じゅわじゅわと音を立てて溶けるつららに冷や汗を流しながら、冬馬は再び手をお湯に突っ込んだ。

「て、適温です」

「それはようございました。時間はそうありませんが、どうぞお楽しみください」

サイードのつららよりも冷たい声が届く。笑美と冬馬は静かに温泉に沈んだ。


いいお湯であった。

着替え終えた笑美は、湯上がりのほかほかな体にほくほくとしながら、キャラバンの扉を開けた。既に着替え終え、外で見張りとして立っていた冬馬が振り返る。

「おう、出たか。じゃあおっさん呼んでくるな」

「では、私はコヨルを」

『じゃあ、私はサイード呼んでくるね』

三方向に分かれて警護してくれている皆の下に、それぞれが散った。

サイードがいる場所は、つららが降ってきた方向からして、こちらのはずである。笑美はサイードを捜し、岩場を登る。笑美の予想通り、見慣れた後姿はすぐに見つかった。

『サイー……』

声をかけようと手を上げ――止める。

サイードの陰にコヨルがいたのだ。

二人は密着して何か会話をしている。ここからではその内容までは、さすがに聞き取れない。

何を話しているのだろう。笑美がそう思っていた時に、コヨルの手がサイードの髪に伸びた。

『あっ』

髪、触らせるんだ。

笑美は不思議と胸に痛みを感じる。何故か苦しくなり始めた喉元に手を当て首を傾げる笑美の目に、信じられないものが飛び込んできた。

髪に触れたコヨルが、背伸びをする。

それは、刹那の出来事だった。

サイードの首に手をかけたコヨルが、背伸びをしてまで何をしたのかは、サイードの背が隠していたため笑美には見えなかった。

笑美の想像したことをしたのか、していないのか。サイードの背は語ってくれない。

呆然としている笑美の目の前で、サイードの背から出てきたコヨルが、彼に何かを告げる。

サイードは笑美を振り返り、片方の眉を上げた。

「どうしました」

どうしました、も、こうしました、も。ない。

サイードが怪訝《けげん》に顔を顰め、近づいてきた。身動きしない笑美を、不審に思ったのかもしれない。

笑美のいる場所まで裾を引きずったローブで登ろうとするので、笑美が親切にも下りてやる。コヨルはぺこりと頭を下げると、カエルのようにぴょんぴょんと跳ねて行ってしまった。

俯きがちな笑美の顔を、いつも通り落ち付き払ったサイードが覗きこむ。

笑美はサイードからは見えていないと知りながらも、目線を合わせられずに目を泳がせた。

「何故、このような場所まで？」

ここなら誰も来ないと思っていたから、ココヨルと二人きりでいたのか。笑美は拳を握りしめた。

『聖女に女手が必要だとか、いい方便だね』

笑美自身は必要とされてなくても、聖女としては意味を持たれていると思っていた。丁重に扱われていると思っていた。その根底を覆され、笑美は低く唸る。

『ココヨルを連れてきた本当の理由って、さっきのアレ？』

笑美は少なからずサイードに失望していた。そう、失望しているのだ。この胸のつっかえと喪失感は、サイードに寄せていた信頼を裏切られたと感じているのだと、笑美は結論づけた。

それ以外には、何もない。

『何、逢い引き？　いいご身分だよね。皆必死に頑張ってるのにさ、サイードにとっては、この旅はピクニックと一緒？　また私は、貴方に嘘をつかれたの？』

「聖女様？」

『答えてよ。なんで、声が聞こえないの！』

笑美はなおもサイードを詰《なじ》った。

自分でさえ、話した言葉は覚えてはいても、耳に届くことがない、そんな声で。

サイードに聞こえるはずがないとわかっているのに、次から次に口を衝《つ》いて出た。嫌な感情がふつふつと湧き起こって、どうしても自分を止められそうにない。

『ココヨル可愛いもんね。私だって骨抜きだよ、あんな不愛想な顔で、あれだけ懐《なつ》かれちゃあ――』

本当にサイードに伝えなければいけないことは、もっと他にあるのに。

向こうへ行こう。温泉空いたよ。皆が待ってる。どれも、身振りさえする気になれない。

「――呼びに来られたのですね？　わざわざご足労をおかけして申し訳ございません。コヨルが伝えに来たので問題ありませんよ」

『あぁ、そう。それも、コヨルが。私はお邪魔しちゃったのかな。随分おモテになるんですね。ほんとは毎晩、私なんかじゃなくてコヨルを抱いて寝たかったんじゃないの。ごめんね私なんかで』

反応しない笑美に焦れたのか、サイードが笑美の手を引いた。笑美はサイードの胸にすっぽりと収まる。

嗅ぎ慣れた匂いに、いつもの場所に、笑美は体に入っていた力を抜いた。ふるふると唇が戦慄く。

『馬鹿やろぉ……見せつけるなら、よそでやれぇ』

ポロリと零れた涙を感じて、笑美はサイードの胸に顔を埋めた。

お願い、今だけは、涙が壺から出ないで――彼に泣いていると、知られたくなかった。

『失望させないで。サイードはちゃんとしてて。私がこの世界を救いたいって思う人のままでいて。水を濁らせないで』

壺から溢《こぼ》れずとも、肩の震えから、笑美が泣いていることにサイードは気付いてしまったのかもしれない。

背に、遠慮がちな手が当てられる。

まるであやすようなその行為に、笑美は更に涙腺を緩ませた。

「――可憐な花には毒があり、いとけない花は簡単に見る者を酔わす」

サイードの大きな手が、笑美の壺を包む。涙を滲ませた眦に触れるように、親指が添えられた。

驚きに目を見開く笑美の目と、サイードの目がカチリと合う。

今すぐ噛みついてきそうな程獰猛な瞳のきらめきが、笑美の頭を一瞬にして冷静にさせた。

「そうは思いませんか」

見えていないはずの笑美の目の位置を知っているかのように、サイードは顔を覗き込む。

サイードの掠れ声に、背筋が泡立つ。狂暴な獣が今、自分の首筋に唇を寄せ、牙を突き立てているような感覚に侵された。

笑美はよくわからないまま、カクカクカクと必死に頷く。胸に吹き荒れていた醜い怒りなど、驚きでどこかに吹き飛んでしまった。

その様子を見てサイードが舌打ちをする。

「無知に対して私は常に寛容でした――ですが今、こんなにも腹立たしい」

手を取られる。

サイードの手は、不自然な程に冷えていた。

「行きましょう。花の毒に酩酊する前に」

サイードの手は力強く、笑美が振り払うことはできなかった。

笑美は引っ張られるがまま岩場を登り、皆の下へと帰っていった。


サイード、ヴィダル、コヨルが湯につかっている間、警備をするのは笑美達の番だ。とは言え笑美は戦力になりはしない。冬馬と共に、キャラバンからそう遠くない場所に配置されていた。

先程のサイドの態度に頭をふわふわとさせていた笑美の後ろで、茂みが音を立てた。

気付いた冬馬が振り返ると、濡れたローブのまま髪も拭かずに歩いてきたコヨルがいた。

「つ、壺姫！　コヨルが！」

美少女の濡れたローブ姿に、冬馬が動揺したような声をあげる。冬馬に肩を揺すられ、笑美は正気を取り戻した。

『コヨル？　どうしたの』

コヨルに笑美が駆け寄る。先程微妙な感情を抱いたと言っても、コヨルは大事な旅の仲間だ。

自分でも説明の付かないような曖昧な気持ちで、不和を生じたくなかった。

『慌てて来たのね。葉っぱがついてる』

笑美はコヨルのローブについていた葉を、しゃがんで取り除く。

「壺姫」

『ん？』

顔を上げた瞬間、コヨルがローブを広げた。

笑美の目の前に、プラン、と。見てはいけないものがぶら下がっている。

もう一度言う。ぶら下がっている。

笑美は声を上げることもできずにその場で固まった。後ろの冬馬も、あんぐりと口を開けている。

「さっきのは、主様の髪についていた塵《ごみ》くずを、取っただけ」

コヨルは「じゃあね」と言うと、用は済んだとばかりに再び茂みの奥に帰っていった。

使い物にならなくなった冬馬と笑美を残して――

笑美と冬馬がショックから立ち直るよりも早く、ヴィダルが放心している二人を呼び戻しに来た。

なんとかキャラバンに戻った笑美は口から魂を飛ばしつつ、コヨルの背を撫でる。

そのコヨルと言えば、まるで先程のことなどなかったかのように、いつも通りの顔をして笑美のそばに控えている。

その隣で、冬馬も笑美に負けず劣らず思考を手放していた。男の子である冬馬は、笑美以上に思うところがあったのかもしれない。

そして、笑美より一足先に正気に戻った冬馬が、苦渋の決断を下した。

「とりあえず、見なかったことにしようと思う」

笑美はこくんと頷いた。――これ以上色々考えてはいけない気がする。

そっと、自らの膝に寝そべっているコヨルを見下ろした。

きめ細やかな白い肌には、桜色の頬がよく映える。熟れたさくらんぼ色の唇はぷるんと瑞々しく、零れ落ちそうな程大きなお目々はふさふさの睫毛で縁どられている。

その可憐さもあり、自分と違う性別であるなど、笑美は一度たりとも疑ったことがなかった。皆無である。こうして膝に乗られている今さえ、コヨルについていた物体はミノムシかなんかだったんじゃないかと思う程だ。

――しかしもうとりあえず。全てを忘れる。忘れた。ハイ、カンリョウ!!

笑美は記憶を体の外に掻き出す。その間も、笑美の手は無意識にコヨルの背を撫でていた。

その様子を見ていたソフィアが、くすりと柔らかい笑みを溢す。

どうしたの？　と手を止めて首を傾げる笑美に、ソフィアは慌てたように首を振る。

「申し訳ない。仲睦まじくて——懐かしいな、と」

コヨルが笑美の膝に肘を立てる。

『いたたっ』

手を止めるなと言うことらしい。身を捩る笑美に、コヨルはまるで笑美が勝手に一人で遊び始めたとばかりにふぅとため息をついた。コヨルは最近、笑美に容赦ナシという名の愛をくれる。

じゃれ合うような笑美とコヨルの隣で、冬馬がソフィアに尋ねる。

「懐かしいって？」

「私も幼い頃、姉の膝に乗ってはよく困らせていた」

「へぇソフィアが？　想像つかないなー」

冬馬の笑い声に、ソフィアは言葉なく微笑んだ。

それ以上は話したくないのだろうかと、珍しく空気を読んだ冬馬は追及をしなかった。

ソフィアはその場から立ち、壁に掛けられてあった弓を取る。

キャラバンの後部に移動したソフィアが、素引きを始めた。

❖

ソフィアが初めて弓に触れたのは、六つのころだった。

ソフィアと七つ年の離れた姉には、更に二つ年上の婚約者がいた。

二人は絵本の中のお姫様と王子様みたいにお似合いで、ソフィアにとって憧れの存在だった。

大好きな姉と、自分の頭を撫でてくれる姉の婚約者。それから大切な家族と使用人達。何不自由ない幸せの中で、ソフィアは育った。

真夏のような笑顔を携え、我が家を訪れる姉の婚約者。

彼は、なんでもできた。木登り、かけっこ、ダンス、詩。武術から芸術まで。

彼は最上級の指導を、幼少のみぎりより受けていたのだ。特に幼いながらに武に秀でていると、もっぱらの評判だった。

その中でも、弓が一番の得手だった。

散歩中、木の上になっている実が食べたいと強請ったソフィアに、彼は落ちていた枝で即席の弓を作ってくれた。

今にして思えば、おもちゃにもなりはしないお粗末な弓だ。上下で太さの違う枝は、木の性質を知らなければ弦《つる》をかけるだけでパキリと折れただろう。しかし彼は手慣れた様子で器用に弓をこさえると、これまた落ちていた枝を矢にして、木の実を取ってくれた。

あの時から彼は、ソフィアにとって絵本から抜け出した英雄だった。

英雄と名高い救世の王子と同じ、翡翠色の瞳。

その瞳は真っ直ぐに、姉だけを見つめていた。

ソフィアは幼さからくる実直さで、その目に映りたいと必死に背伸びをした。

興味がなかったかけっこも、弓も、木登りも。全て彼の視界に入りたいがために覚えた。

——凄いぞ、ソフ！

彼は自分の後ろをついてまわるソフィアを、随分と可愛がった。

自慢の姉と、大好きな姉の婚約者と過ごす日々は、当時のソフィアにとって何よりも大切な時間であった。

その幸せが壊れたのは、ソフィアが十を数える時。

彼が、姉の婚約者ではなくなったのだ。

あんなに仲が良かったのに、あんなにお互いを尊重し合っていたのに。

ソフィアは姉を問い詰めた。姉は苦く笑いながらこう言った。

――私では、彼の止まり木にすらなれなかったのよ
彼は自由だった。何者にも縛ることはできなかった。

駆ける足は長く、飛ぶ翼は大きかった。

ソフィアは絶望した。

浅ましい自分は姉の気持ちを思いやるどころか、ならどうすれば彼の止まり木になれるだろうかと、それればかりを考えていたのだ。

金には興味がない。愛では縛れなかった。

家の――国の定めた婚約すら、彼にとっては些末だった。

数年後。風の噂で、彼が臣下に降りたと聞いた。

この国で上に立つ者を探す方が難しい程の身分にすら未練のない彼を、どう引き留めればいいのか。どうすれば彼の目に留まるのか。ソフィアにはわからなかった。

――小さなソフィアの手にあったのは、あの日彼がくれた、おもちゃの弓だけだった。

「ソフィア、休憩だぞ」

いつの間に馬車が止まっていたのか。ハッと気付いたソフィアは弓を下ろした。無意識の内にも体は動くもので、ずっと弦を引き続けていた腕は軽く筋肉が震えていた。

「あーあ、お前どんだけ引いてたんだよ……先によく揉んどけ」

「はい」

「考え事でもしてたのか?」

その翡翠色の瞳を覗かずとも、気遣ってくれているのがわかった。

死地へと向かうためだけの旅に同行する自分を、彼が心底心配しているのは最初からわかっていた。そして勅命を受けたあの時、副長という立場を重んじ騎士団に残って指揮を執るべきだったことも、ソフィアは重々わかっていた。

それでもソフィアは、恥知らずと言われようとも、他の何よりも、自分の願いを優先した。

——長い脚に、広い翼に。追いつけるだけの力を身に付けてきた。

「ええ、少し」

笑顔は必要ない。愛も恋も彼にとっては重荷になる。

決して、気取《けど》られてはならない。

「お待たせしました。行きましょう……隊長」

できるならば、肩を並べられるこの幸福のまま、死にたいから。

第七章：かけがえのないもの

ついに魔王城まで、あと一日足らずという場所まで来た。

ティガール王国を出発してすぐは、荒地よりもずっと緑が多かった。しかし、この辺りには草木すらほぼ生えていない。川があっただろう場所も随分と前に水が枯れたのか、乾いた土の表面が剥き出しになっていた。

『もうこんなに被害が……？』

「かつて二度も魔王が復活した地――その影響は何処よりも深く濃い。この地を忌み嫌い、人々が住み着かなくなったのも必然と言えるでしょう」

遠くを見ながら、サイードがそう言った。

今回の魔王の影響だけではないのだ。

この川が、大地が、これ程枯渇しているのは、もうずっと――三百年も前から。

「これから先は、備蓄を補充することも難しいだろうね。計画的にいこう」

ソフィアが食材を馬車から下ろしている。数日前にコヨルがまとめて食材を仕入れてきてくれたのだ。だがその残量も、ずいぶんと減っている。

「壺姫、ご飯」

『ありがとう、コヨル』

貴重な材料をやりくりしつつ炊事する笑美に、せっせとコヨルが笑美の分のご飯をつぎ込んでくれている。味よりも質量、と笑美は、肉や干し果実を水で戻して食べていた。

壺に入れると瞬時に吸収する。こんな雀の涙ばかりのご飯じゃ壺の足しにもなりゃしない——が、文句を言える状況でもない。

「こっからは魔物の出現率も上がってくる。気張ってくぞー」

『おーっ……』

ひもじいよう。あの巨大なきのこの満腹感が恋しかった。

休憩を終え馬車に戻っても、笑美の空腹は続いていた。キャラバンを引く馬が松坂牛のように見える前にどうにかしなければと思っていた時、馬車が急に止まった。

異変を感じたのだろう。コヨルが小さな体を器用に曲げ、窓から屋根に飛び乗る。馬の手綱を引くヴィダルが、御者席でどうどうと馬を宥めていた。

「どうした」

「やべぇなぁ。多分だが、魔王の気にあてられてる」

魔王城が近づくにつれ、瘴気の影響が濃く出ているのだろう。

馬はよほど落ち着かない様子なのか、繋がれたキャラバンまでガタガタと揺れ始める。

「一度降りてくれ」というヴィダルに従い、全員が外に出た。興味本位で馬の様子を見に行こうとした笑美を、サイードが止める。

馬車の先では一頭が体の色を黒く変え、涎《よだれ》を垂らして飛び跳ねていた。その目は焦点が合っていない。尋常ではない馬の様子に、笑美は怯えてサイードの衣を握った。

最後の街からともに走っていたもう一頭の馬が、じっとその馬を見つめている。

馬が暴れるため、一旦馬とキャラバンを離してはいるが、自我をなくしている馬が激突しないとは限らない。既に馬は制御さえできなくなっていた。

「こうなったらもう駄目だな」

「一思いに楽にしてやりましょう」

ヴィダルの声にサイードが続く。ソフィアとコヨルが応えるように武器を構えた。

笑美に迷う暇はなかった。慌ててソフィアとコヨルの前に立ち、二人に抱き付く。

「邪魔」

「壺姫、危のうございます」

笑美はぶんぶんと首を横に振った。

「このままでは、頭を打って自死するか、骨折して立つことすらままならなくなるだろう。苦しみを与える間もなく、楽にするから」

ソフィアの真剣な声に、笑美は道を譲りそうになった。しかし、両方の足に力を入れる。

『だめだよソフィア。私、聖女なんだから』

ね、冬馬。とアイコンタクトを送るが、冬馬は反応してくれなかった。目の前で起こっていることを、何一つ洩らすことなく心に留めようとしているかのように、真剣な目で馬を見つめている。

笑美はソフィアとコヨルから離れると、そっと両手を組んだ。

『聖女ってね、癒しの力と、浄化の力がセオリーなの』

きっとできる、大丈夫——大丈夫。笑美は自分に言い聞かすと強く祈った。

邪気を祓《はら》えますように。元に戻りますように。力を尽くしてくれた彼らに、どうか救済を……。

——ありったけの祈りを込めて。

祈り終えた水をコップに移したが、これ程暴れ回っている馬にこの水を飲ませるのは一苦労だ。どうしたものかと悩んでいると、またコヨルがやってくれた。勢いよく水を馬にぶちまけたのだ。

コヨルの思い切りの良さはどうやって育まれたのだろうかと、笑美はたまに真顔になる。

水をかけられた馬は、それまで暴れていたのが嘘のように落ち着きを見せた。目の焦点が合い、黒かった姿も元の栗毛色に戻っていく。

『コヨル、さすが〜!』

笑美がハイタッチをねだれば、コヨルも両手を上げパンッと手を打った。

ハミを噛んだままのもう一頭の馬が、暴れていた馬にすいとすり寄った。首を寄せ合い、何かを話しているかのように見つめている。

馬は賢い生き物だ。暴れる相棒の未来をきっと察していたに違いない。

彼らには今、きっと聖女の奇跡が降り注いでいる。

「おーすげえ、聖水じゃん、壺姫」

こちらへ来た当初憧れ続けたファンタジーな言葉に、笑美は思わずはにかんだ。

❖

荒野を駆ける。馬車は真っ直ぐに、魔王城へと向かう。

逞しい蹄が土を蹴り、砂埃を舞わせた。太陽は燦々《さんさん》と、無慈悲に荒野に照り付ける。

馬が突如大きな嘶きを上げ、前足を上げて取り乱す。突然の馬の暴挙に、馬車は大きく揺れた。

「なっ……んだっ、わっ、ととと、わっ⁉」

何重にも重ねられた絨毯を突き破り、鋭いドリルのようなものが床から天井に突き抜けた。あまりの勢いに負け、キャラバンが浮く。斜めに傾いた馬車はそのまま横転した。

――ガランドンガラガシャン
もの凄い音を立てて行李や、壁に立てかけてあった武器が転がった。クッションにもたれ掛かっていた笑美も、何事かと飛び起きる。

『なななななな何、何何何！』

ぐい、と手を引かれたと思った次の瞬間には、骨が軋みそうな程きつくサイードに抱きしめられた。横転するキャラバンの流れに逆らわぬよう、だるまのように身を丸くして、二人は床を転がる。

混乱した頭で現状を把握しようとしたが、サイードが覆いかぶさっている笑美には、彼の胸しか見ることができない。

「旅立つ鳥と白い夢」

サイードの号令を受けた冬馬が、瞬時に魔法を展開する。サイードはサイードで何かの魔法を開いたのが、一瞬だけ光った魔法陣でわかった。

「地中から敵！　大型のサソリ、〝悪夢割き〟です‼」

御者席からソフィアの切羽詰まった声が、キャラバン内に届いた。

キャラバンの床を地面から突き抜いたのは、禍々《まがまが》しく黒く光るサソリの尾。固い外殻《がいかく》は木も布も、まるで空気のように切り裂いた。

サイードの腕の隙間から笑美が覗くと、既にキャラバンにコヨルとヴィダルの姿はなかった。外から、固い金属同士がぶつかり合う音がする。ヴィダルが大剣を振るっているのだと、今までの経験で笑美は察した。まだ馬車内にいた冬馬とサイードも、応戦するため外へと出るらしい。

「くれぐれもお出でになりませんよう」

いつもの減らず口もない。本当に緊急なのだとわかるサイードの固い声。笑美は彼を安心させるために、何度も首を縦に振る。

戦闘の音が響く中、物が散乱し、横転したキャラバンの中で笑美は背筋を伸ばして正座する。

――どうか、どうか、どうか。

彼らが皆《みな》、無事でありますように。天の神でも、全てを慈しむ女神でも、伝説の魔法使いでも、仏様でも、救世の王子でも、ママでも、もう誰でもいい。

どうか、彼らを助けてくれますようにと……ただそれだけを笑美は祈った。


激しく響いていた衝撃音が止む。

笑美は居ても立ってもいられずにキャラバンを飛び出した。

黒く光るサソリの外殻に、ヴィダルが大剣を突き刺している。ゾウよりも大きなサソリの上に座り、「明日の昼飯にでもするか」と皆で談笑していた。

『ひぃふぅみぃよぉいつ』

全部で五人。しっかりと生きている。

笑美はもつれる足で地を蹴った。

走ってきた笑美を受け止めたのはソフィアだった。いつもならよろめき一つないはずなのに、ソフィアは駆けてきた笑美の体重に耐えられずに、バランスを崩す。

『わ、ごめんソフィ――』

トスン、と尻もちをついたソフィアに謝罪しようと、慌てて立ち上がった笑美が見たものは、顔面を血で化粧したソフィアの姿だった。

呆然と目を見開く笑美に、ソフィアが微笑みを浮かべる。

「安心して。出血量が多い場所を切っただけだよ。大事《だいじ》ないから」

ソフィアの血がぽたりと地面に染みを作る。その姿を見て固まってしまった笑美の手を、誰かが強く握った。

『いたっ』

「お怪我を」

笑美の手を持ち上げたのはサイードだった。鋭い目つきで笑美の腕を睨みつけている。笑美はサイードにつられて自分の腕を見た。肩から肘まで、ぱっくりと肉が開いていた。

いつ怪我をしたのだろうか。サイードに抱えられ、キャラバンの中を転がった時だろうか。笑美は今まで全く感じなかった痛みを強く感じ、蹲りそうになる。

「お静かに、すぐに治療します」

サイードが笑美の腕に向けて手を翳す。笑美は慌ててサイードから体を離した。

目を見開くサイードに、笑美は『やめて』と言って首を振った。

両手を合わせて目を閉じ、痛みを追いやって祈る。

今祈らないで、何が聖女だ。

笑美は祈った。

できるなら、どうか。一瞬でも早くこの痛みを取り除いてほしかった。

その思いを全て、全て、水に溶かす。

痛い、と痛みに泣くのではなく。痛みよ早く立ち去れと。

子供の頃、母がそうして撫でてくれたように。

『いたいのいたいの、とんでいけ』

自分だけが痛い時には気付けなかった。ただ、痛みに泣くばかりだった。

だけど、今はソフィアの痛みを早く取り除きたい。

一心に祈ると、笑美はコヨルを呼んだ。笑美の手招きに、コヨルはすぐに飛んできた。

『掬って』

コヨルの手を取り、壺に近づけると「承知した」とコヨルが頷いた。コヨルは懐から木のコップを取り出すと、しゃがんだ笑美から恭しく水を掬う。壺の中に手を入れられる感触はやはり慣れず、腕の痛みに気分の悪さが加わった。

ふらついた笑美をサイードが支える。今度は離れることは許さないというように、ぐっと笑美を抱く力を腕に込める。

「ソフィア」

ソフィアは戸惑いつつも、すぐにコヨルの差し出したコップに口を付けた。

ここで笑美に先に勧めたとしても、サイードの手当てを断った彼女がすんなり飲むことはないと判断したのだろう。

薬を飲み干したソフィアの傷が、みるみる癒やされていく。

ソフィアはくしゃりと顔を歪めて、笑美の前にしゃがみ込む。

「壺姫、いえ。聖女様。大変立派な聖水でございます――もうどこも、痛くない。血まで湧き出るようだ……ありがとう」

笑美の手を握ったソフィアは、熱いものを堪えているかのようだった。

ソフィアの潤んだ瞳を見た笑美は、ほっと体の力を抜く。

「さぁ次は壺姫の番だ」

ソフィアの声でコヨルがコップを壺に差し込んだ。コヨルは水を掬い取ると、問答無用で笑美の負傷部分にかける。みるみるうちに変化していく自らの体に、笑美は驚いた。

『凄い、本当に効くんだ』

笑美は傷が癒えた安堵と、自分の作った薬が役に立ったという事実に浮かぶ涙を抑えられない。役に立てた。

笑美は、ぎゅっと握った手を、胸に抱き寄せる。

「――急ぐか。ここは元々魔獣の多い地域だ。加えて魔王の影響で活性化してる」

「馬車の損壊もこれ以上は避けたい。できるだけ体力を温存して、魔王城に挑みたいところです」

ヴィダルに頷きながら、ソフィアが遠くを見つめる。

その視線の先には、きっと魔王城があるのだろう。

『馬にも飲ませて、お願い、サイード』

笑美を腕に抱き、見下ろしているサイードに、笑美がもたつきながらも望みを口にする。

もう大丈夫だから、離してくれてもいいんだけど……。

それもどう伝えていいのか、腕のあたたかさに笑美はわからなくなった。

まごついているうちに何故か皆が一斉に武器を構えた。サイードが何か魔法を使いながら、笑美のフードを深くかぶせる。目をパチクリさせる笑美を抱く力を込めると、サイードは慎重に前方を見つめた。

砂煙と共にやってきたのは馬に乗った人間だった。

魔物ではないと警戒を解いた冬馬とは違い、ヴィダルは大剣を構えたまま前方を見据えている。

既に息の根を止めている大サソリを前にすると、馬が屈撓《くっとう》して止まった。砂埃の中から人の輪郭が浮かび上がっていく。

帽子を被りマントを羽織った男性を中心に次々と馬が止まっていった。先頭の男性が顔を覆う程大きなゴーグルを外す。

キラリと、ゴーグルが太陽に反射して光った。

「おーっと、狩り終わってたかな。こりゃ結構。ここいらの〝悪夢割き〟は魔王の影響でそこそこの難易度になってたんだが――まぁここまで来る手練《てだれ》だ。そんぐらいでなきゃあなぁ」

カカカと声を上げて男は明瞭に笑う。渦巻いていた緊迫した空気を吹き飛ばすようだった。

「――と。ありゃ。まさか、お前さん、ヴィダル……そっちはサイードか？」

額にゴーグルを載せた男は、目を見開いてサイードとヴィダルを見た。

知っている人物なのだろうかと笑美はサイードを見上げる。

サイードはいつも通りの表情をしているが、笑美を抱きしめている腕の力が抜けていた。安心しているのだろうと笑美は感じ取った。

「お前は……火竜のホセか」

「おーっと。そんな素晴らしく懐かしい名で呼んでくれた礼はしねぇとなぁ。業火のヴィダルに、白雪の貴公子サイード」

とんだとばっちりですね、と呟いたサイードの声は届かなかった。ヴィダルの大笑いにかき消されたのだ。

「久しぶりだなぁ！　何年ぶりだ、え？　年とったなぁおっさん！」

「おっさんにおっさん言われたかぁないのう」

カカカと笑ったホセは一行の状況をぐるりと馬上から確認した。

転がったキャラバン、倒れている馬、血を流している女。

状況はホセにとって中々興味をそそられるものだったのだろう。

「どうすんだいホセ」

走り出したいのか、足を動かす馬を馬上で宥めつつ、ホセの後ろの男が口を開いた。ホセはカカカと笑って指示を出す。

「サソリ狩りは奉迎《ほうげい》に変更だな。勇者様ご一行、村総出で歓迎だ」

ホセ達の協力の下、転がったキャラバンを起こし、馬車を引く馬を替える。

「……なあ、これ詐欺集団とかじゃないよな……？」

冷や汗を流しながら、冬馬がコッソリと笑美に耳打ちする。

冬馬が不安になるのもわかる程、彼らは親切だった。いつも以上にキッチリとローブを羽織らせられている笑美は、サソリに裂かれた制服をコヨルに縫ってもらいながら『多分……』と曖昧に頷く。

笑美と冬馬はホセ達に引率され、荒野を進んでいた。大サソリの被害にあった馬車は、大きな穴が開いたものの、走行には支障ない程度の損壊だったようだ。

馬車の周囲にホセの仲間達が散らばっているので、引率というよりも、収監されるために移送されているようだ。彼らは善意で警備を買って出てくれているのだろうが、馬車の中ではソフィアが武器を携《たずさ》えたまま警戒しているため、笑美達は未だ緊張していた。

サイードとヴィダルは、先ほどまで馬車を引いていた馬に乗りつつ、ホセと会話をしている。お礼や、この辺りの状況について詳しく聞いているのだろう。

破れた箇所は勿論のこと、縫い目さえわからないほど完璧に仕上げてもらった制服を、ローブの中でゴソゴソと着替え終えた頃、彼らの町に着いた。

村と言うよりも小さな集落のようで、笑美の想像していたそれとはずいぶん趣が違った。

遊牧民が暮らすゲルのようなものを、有り合わせの素材で作り居住地としているらしい。その住居が、ぽつんぽつんと点在している。

村の入り口には見張り台があった。タイミングよく大サソリ出現後に現れたのも、そこから魔物を監視していたからしい。

笑美はキャラバンに揺られながら、窓から顔を覗かせる。

ホセの指示で先に戻っていた男が、村の入り口で両手を振っていた。その後ろには、わらわらと人が集まっている。

その様子を見てサイードは怒るどころか、何故か少し安堵しているようだった。

こんな目立つこと、今までなら絶対に許さなかったくせに。

笑美はサイードを見て、一抹の不安に取りつかれた。

村に着き、キャラバンから降りると、わっと人垣ができた。サイードはごく自然な動作で、もみくちゃにされる前に笑美を自らのローブの中に仕舞う。

「ホセが勇者一行を連れてきたって⁉」

「でも、城を出たって速報が出てから、まだ二月近くだよ」

「しかし、ティガール王国の青騎士団団長と王宮魔法使い官長がいるらしいぞ」

「なら本物か……」

人々が半信半疑な目で、サイード達を見上げる。皆何処か武骨で、勲章のように体中に傷を負っていた。

『馬車飛ばしたもんねー』

笑美が頷くと、サイードのローブがもぞもぞと動く。笑美の動きが揺れでわかったのか、サイードが諌めるように肩を抱く力を強くした。

「まぁそう焦りなさんな」

カカカと笑いながら、ホセが馬から飛び降りた。馬車の中でコヨルから聞いた話によると、ホセは、サイードとヴィダルが放浪の旅に出ていた時の仲間だったらしい。

当時十代だった二人は、そこそこにやんちゃだったという。若い二人を諫め、戦い方を教え、そして勝たせてきたのがホセだ。二人にとっては、頭が上がらない存在なのかもしれない。

「さぁ歓迎の宴でもしようじゃないか」

魔王城への挑戦は明日でいいだろう？　ホセは、まるで当然のようにそう言った。

「ホセ、話があります。招待していただくか、受けてほしいのですが」

サイードの言葉にホセは振り返った。

「駄目だ。宴はせんといかん。お前らは、明日誰が死んでもおかしくないんだ」

「ええ。そのことで折り入って相談があるのです。ぜひ、聞き入れていただきたい」

涼しいサイードの言葉にホセは笑う。彼はサイードがせっかちなことも、頑固なこともよく知っている様子だ。

しょうがないと言って、ホセはゲルの一つに入っていった。笑美は前が見えないにもかかわらず、サイードのエスコートにより、躓《つまず》くことなくそれについていく。

ゲルに全員が入ったのを確認すると、ホセが両手を大きく広げた。

「ようこそ、最果ての村へ」

「最果ての村？」

今まで静かについてきていた冬馬がついに口を挟んだ。ホセは小さな冬馬に今気付いたというように片眉を上げると、鷹揚《おうよう》に笑った。

「そう。ここから先、魔王城まで。村どころか人っ子一人いないだろう」

ホセは明るく続けた。

ここは魔王城に挑み、敗れたパーティが集ってできた村――と。

笑美は、大いに納得した。

今まで他の魔王討伐隊を考えたことはなかったが、自分達の世界の危機に立ち上がる者が皆無なはずがない。皆、各自で立ち上がっていたのだ。ティガール王国よりも近い場所から出発した人間は、より早く魔王に挑んだことだろう。

「最初はこの倍いたなぁ」

なんでもないことのようにホセが言う。

「傷を癒して再び魔王城へ挑んでも、帰ってくる奴は、五人に一人。更には魔王に到達する前に、門前払い」

明るく笑っているが、その心情は計り知れぬものがあるだろう。彼にとっても、大事な仲間を失っているに違いない。

「悔しいからな。滅ぼされるくらいなら、その前に滅んでやりてぇ馬鹿の集まりだ」

「よくぞ持ち堪えてくださいました」

サイードは敬意を表して頭を下げた。片手を前に。片手を背に。丁寧に丁寧に腰を折る。

その言葉の意味が、笑美にはよくわかった。

ヴィダルが先ほど言っていた。ここは元々、魔物の出現率が高いと。

なのに、笑美達はほとんど、魔物とかち合うことはなかった。

彼らが、魔王城へ挑む傍ら、魔物達が人の住む里まで下りぬよう鎮静していたのだ。キャラバンが通ってきた道には、溢れる緑も、流れる川も、何もなかった。こんな人が見捨てた地で、彼らはただ自分の大切なものの為に、魔王に挑んでいた。

――物語では語られぬ場所に立つ英雄達に、サイードは心からの賛美を送ったのだ。

深く頭を下げるサイードを見て、ホセが息を詰まらせた。一瞬だけ止まった言葉の後は、またカカカと笑みを浮かべる。

「そんで。勇者様と聖女様をお前らが引率してるのは聞いてるぞ。物見遊山にはちと厳しい道行きであっただろうが……勇者様は――その坊主として。聖女様は？　そっちのべっぴんさんか？」

ホセがソフィアを上から下までじっくりと見た。ヴィダルが『やにさがってんぞおっさん』と言ってホセを蹴飛ばす。蹴られたホセは腰を擦りながら立ち上がると、サイードににたりとした。

「お前が後生大事に抱えてる掌中《しょうちゅう》の珠《たま》、興味があるなぁ」

サイードは涼しい顔でホセの目線を受け止めている。

「ええいかにも。このお方が聖女様です。しかしながら、ご尊顔を拝す光栄も、玉音を拝聴する名誉も、全て敵わぬこととご承知おきください」

しれっとのたまったサイードに、ホセはカカカと笑った。

「おっかないこった。なぁそう思わんかヴィダル」

ホセに釣られてヴィダルも笑う。

「なんともまあ、人間のような顔をするようになったものだ」

「頼みがあります」

ホセの軽口にも取り合わず、サイードはホセに真剣な声をぶつけた。

サイードのローブの中で、笑美がびくりと震える。

「高くつくぞ」

「何でも、いくらでも、望むだけ」

「なんだつまらんのぉー。何だ」

「聖女様の御身を預かっていただきたい」

笑美は顔を上げた。

「そちらが切迫した状況だということは十二分も承知。先だっての街で援助の交渉は済ませております。食料、水、薬、馬、全て今頃揃っているでしょう。いくらもしない内に届くはずです。ぜひ、役立てていただきたい」

「そりゃあ助かるな、こんな僻地《へきち》じゃ食事一つままならん」

しかしいいのか？　ホセがサイードのローブの中を透視するかのように凝視する。

「ここまで連れてきたんだろう」

何を、とは、誰も聞かずともわかっていた。

「実力は大したことない癖に、肩書きばかりが立派でこれ以上はとても持て余す。ここで世話役を放棄できるのならば僥倖《ぎょうこう》」

掛け値なしの事実を立て続けにサイードが並べる。ロープの隙間から覗くサイードの顔はいつも通り涼しく、何を考えているのか笑美に思惟《しい》の隙を与えない。

「ですが、腐っても聖女。もし我々が帰還しなかった場合は、王城へ無事に送り届けてほしい。聖女は女神の御使い、世界の道しるべ。万が一失ってしまうことがあれば凶兆です」

サイードは、深く息を吸った。

「――けして、その誇りを汚さぬよう」

『……サイード？』

今まで静かに聞いていた笑美が、震える唇で言葉を紡ぐ。

「ココルも残りなさい」

「――承知しました」

サイードの声に、一拍置いてココルが返事をした。いつも通りの、従順な返事だった。

『どういう、こと？』

笑美がサイードのローブをぎゅっと掴む。

『ここまできて、どうして。私ちゃんと、役に立ててたじゃん。役に、立ったじゃん』

掴んだサイードを揺らした。ゲルの中は不気味な程静まり返っている。サイードは揺すられるばかりで、笑美に説明の一つも落とそうとしない。

笑美はサイードのローブから抜け出した。冬馬に駆け寄る。

冬馬ならきっとサイードの暴挙に否を唱えてくれると笑美は信じていた。サイードは冬馬の言葉なら聞き入れるだろう。魔王への挑戦は、冬馬なくば達成しない。この村がそれを証明していた。

『冬馬』

笑美は冬馬の手を取った。

冬馬はふいと、視線を逸らす。

『とう、ま……？』

「壺姫は、ここに残るべきだと思う」

笑美は雷に打たれたようなショックを受けた。

もう、てるてる坊主じゃないのだと冬馬の視線が、冬馬の言葉が、告げる。

冬馬は感情のコントロールを覚えていた。即席の付け焼き刃ではない。もうこの世界の人間を見境なく恨むことはないし、台風のように荒れることもなくなっていた。

冬馬はしっかり仲間と連携し、絆を深めていっていた。

冬馬にてるてる坊主は、必要なくなっていた。

『何、それ。なんで、なん、で？』

――冬馬も、私を置いていく気だ。

「壺姫は俺と違って、あんまり魔法、得意じゃないだろ」

するり、と冬馬を掴んでいた笑美の手から力が抜けた。

『何よ、それ』

冬馬が、私をこの世界に望んだんじゃない。声なき声が、笑美の口から零れる。

勝手だ、勝手だ！　冬馬がいるんだと、言ったんじゃない。だから私はここにいて、冬馬の親鴨を引き受けていたのに、なのに。

私にこの世界に来いって言った、冬馬が。

私に世界を救えと言った、サイードが。

私を、置いて行くの？

笑美は助けを求めて皆を振り返った。しかし、その視線から逃れるように、皆顔を逸らす。

『なんで、だめよ。待って、だって、じゃあ、じゃあ――』

……じゃあ、誰がこの人を守るの。

言葉が浮かんだ瞬間に、笑美は愕然とした。体に力が入らずに、ずるずると地面に座り込む。

何それ。大事なのは、魔王でしょう?

魔王を倒して、世界を救うために、ここまで来たんでしょう?

私にとってはお伽噺のような、ゲームのような、修学旅行みたいなノリで。けど実際はもっと怖くて、ひどくて。大変で。

皆で力を合わせて戦おうねって。世界を救おうねって。魔王を倒そうねって。

――なのに、なんで一番最初に考えたのが。

すました顔でこっちを見てもくれない、あんな男のことなの。

愕然とする。絶望する。

私の中で、この世界に来た理由も意味も、何もかもが、変わってしまっていたのだ。

――あぁなんだ。

私、

『サイードのこと、好きだったんだ』

絶望に、笑美は顔を覆う。笑美の絶望に反応したのか、壺から大量の水が溢れ出た。

吹きこぼれる水を前に、サイードが目を見開いている。

背後でホセが頭頂部から水を吐き出す少女を目にし驚愕していたが、誰も彼もそんなことに頓着している余裕はない。

笑美を宥めようと近づくソフィアを振り切って、笑美はゲルを飛び出した。

ゲルの入り口には多くの人がいた。

幸いにも俯いていたため、フードを被ったままの笑美の顔が、壺だとばれることはない。笑美は今来た道を戻り、キャラバンへと縋った。

最後の味方であるキャラバンは、いつも通りの顔をして笑美を迎えてくれた。

大サソリの襲撃のせいで散乱した荷物に分け入りながらいつもの場所へ行き、クッションを抱き込んだ。

笑美の旅の防具達。大きなキャラバンに、柔らかいクッション。

笑美はそのまま泣き崩れた。

第八章：烏

笑美が夢うつつの扉を開くと、既に夜が明けていた。

いつの間にか眠ってしまっていたのだと気付いたのは、体にかけられた布を見てからだった。窓の隙間から覗くやわらかい朝の光に、もう朝なのだと驚いて、笑美は起き上がる。

笑美の動きに反応して、隣からスッと影が伸びた。

「どこへ」

笑美の腰にへばりついたのはコヨルだった。コヨルの腕に手を置きつつキャラバンの中を見渡すが、コヨル以外は誰もいない。

がらんとした空間に笑美の心が沈む。

あのまま置いて行かれたのだと、考え付かない程愚かではなかった。

――サイードは、追って来てくれなかったのか。

あの後、サイードが追いかけて来てくれると笑美は信じていた。期待していた。

しかしそれは、笑美が一方的に自覚した恋心が見せた、淡い幻でしかなかった。

冷たい人だって、わかってたはずなのに。どうしても期待を止められないのは、彼が見せる気まぐれな優しさのせいだろうか。

しかし笑美には、自覚したばかりの恋に打ちひしがれる時間も余裕もない。

笑美は腰に巻き付くコヨルを、常にない乱暴さで払う。そしてローブの下に隠しているバッグからスケッチブックを取り出すと、大慌てで文字を書き連ねた。

【皆　行く　したい】

「だめ。留守番」

コヨルはふるふると首を振ると、散らかっている荷物を片付け始めた。笑美が起きるまでは物音をたてることは控えていたのだろう。

笑美は窓の外を見る。村で生活している住人達の朝は早いらしく、まだ陽も低いこんな時間からもう動き出していた。キャラバンの外は、知らない人達ばかりだ。

ここを出て、一人で追いかけられるだろうか。

コヨルを振り切って？　浮かんだ考えに頭を抱えた。

無理だろう。それに、一人では心細いし、コヨルを置いて行くのも辛い。

笑美はそろりとコヨルを見た。コヨルは今までにない程の無表情で笑美を見つめている。少しの違和感に気付いた笑美が筆を取る。

【どうかしましたか？　痛い？】

「何も」

コヨルの無機質な声に、笑美は恐る恐る尋ねる。

【コヨル　私　嫌い？】

「とんでもない」

嫌いじゃない、とは言わなかった。以前、文字の練習中に「好き」と読ませた時のように、いとけない表情も浮かばない。

嫌いなんて、とんでもない。そんな言葉じゃ間に合わない。端的なコヨルの言葉の真意を悟る。

……あぁ、コヨルは。行きたかったのだ。

こんなところで壺の手入れをするんじゃなくて——本当は誰よりも、傍で、サイードを守りたかったのだ。コヨルは普通のメイドじゃないと、わかっていたはずなのに。

笑美はぎゅっとペンを握りしめる。

【行く　よい　私　残る】

見捨てていいのだと安直に言えば、コヨルは首を横に振った。

「だめ。守るのが、主命」

コヨルが唇を一文字に引き結ぶ。

【それならば　一緒　行く　する。　私　守る　できる】

コヨルはぐっと唇を噛んだ。

【絶対　役に立つ　コヨル。　今まで　沢山　頑張る　した。　それならば　ここ　残る　いや】

「嫌だ」

笑美の書く文字を追っていたコヨルが、我慢しきれないと口を開いた。笑美はその言葉に、ショックを受けるよりもほっとする。コヨルが初めて、年相応な発言をしたからだ。

【一緒　行く　する。　私　役に立つ　頑張る。　大丈夫。　私　コヨル　できる】

怒られる時は、一緒に怒られよう。ね？

首を傾げてコヨルの手を握る笑美に、コヨルはやはり首を横に振った。

「主様の期待を裏切れない」

『そのサイードが死んだら、どうすんの‼』

笑美の叫びは聞こえなかっただろう。しかし握る手から振動は伝わったはずだ。

ココヨルは、何か心を叫ばれたのだと気付いた。

『サイードが死んだら、命令もくそもないじゃん！　なら、助けに行ってさぁ、あとでいっぱい怒られようよ！』

笑美が何か強く懇願していることがわかったココヨルはじっと笑美を見つめた。

——死ぬ気で守り抜きなさい。

笑美のいなくなったゲルの中で、サイードはココヨルにそう厳命した。


ココヨルがサイードのものになったのは、まだ目も開かぬ赤ん坊のころだった。

サイードの家系が治める領内で、ココヨルは隠密の血筋に生まれた。兄も姉も父も母もそのまた父もその祖父も、全員がサイードの家系に仕えていた。

その歴史は古く、初代勇者の代から切っても切れない仲であった。

隠密組織〝烏〟の忠誠心が高い理由の一つに、生まれた時から主の傍にあることが挙げられる。

ココヨルは生まれる前から、サイードに仕えることが決まっていた。

そして、ココヨルのおしめを替え、乳を用意するのは、乳母でもメイドでもなくサイードの役目だった。ココヨルが初めて立った時に初めて手を伸ばした人物が、サイードであったのも無理はない。

サイードはココヨルを育て、ココヨルはサイードを慕った。

烏の、自らの死をも厭《いと》わない忠誠心の見返りは、相応の保証をはるかに凌ぐ、主家からの深い信頼であった。

――世界を見る。

そう言って、サイードが一つ年上の幼馴染みヴィダルと共に旅に出たのは、彼が十四の時。

武を誇り、血を求め彷徨う子供二人に、世界の空っ風は厳しかった。持ち前の負けん気と意固地さで世間に食らいついた二人は、何度も泥水を啜りながら明日へと闘志を燃やした。

舐めてかかる大人達に一泡吹かせられるようになる頃には、仲間と呼べる人間達がちらほらと現れ始めていた。その中心たる人物が、ホセだ。

ホセはサイードとヴィダルに傭兵としての心を叩き込んだ。王族、貴族の身構えとは根本から違う心構えを、サイードもヴィダルも従順に受け入れた。それが、戦場での礼儀だったからだ。

順調に傭兵稼業に慣れてきていたサイード達が旅に区切りをつけたのは、新しい雛《ひな》が生まれるという一報を受け取った時だった。

社会勉強にはちょうど良かったと、サイードとヴィダルは傭兵の鎧を脱ぎ捨てた。

ヴィダルは騎士団へ。サイードは屋敷へと戻った。袂《たもと》を分かった二人であったが――六年後。

コヨルが一人前に飛び立てるようになった時に、二人は再び志を同じくした。

王宮魔法使いへと転身したサイードは、数名の烏を連れて城に赴いた。

侍女に扮する姉達に紛れ、コヨルもまた同行した。

幼く見目いい烏は女として育てられる。女の見た目の方が、烏としての仕事を全うしやすいためである。コヨルも例に漏れず、次第に美しさを武器にすることを覚えていく。

師と家柄に恵まれたこともあり、サイードは順調に階段を駆け上った。

幼い頃から師事していた老師を支える、そのためだけに。

老師はそこいらの樹木よりもよほど長生きしていた。常世の数え方で言うのなら、二世紀近い時を、内蔵する魔力により過ごしている。

二度目の魔王復活の際に、隊を率い見事討伐を果たした救世の王子——その人に命を救われたという老師は、サイードにとって幼い頃から憧れの対象であった。

救世の王子と所縁のある家に生まれたサイードは、年端もいかぬ小さな頃から王子の武勇伝を事あるごとに聞かされていた。何度も——何度も。

その救世の王子の弟子を師に持つ老師に、憧れを抱かぬはずがない。

幼い頃のサイードは無邪気に老師を慕った。老師は自分に懐くサイードを再々訪れては、魔法の指導をつけて帰った。

老師に勝手についいて来ていたヴィダルとサイードが仲良くなったのは、自然の流れだろう。

サイードにとって老師が父なら、ココルは子であった。

そして当然のようにココルにとってサイードは、多少ひねくれているものの子を愛し、父を支えるよい主でしかない。

ココルに聖女護衛を任せた時——サイードは初め、文字を盗めと命じた。

聖女の傍近くに控え、信頼を得、文字を習得せよと。

禁書として王城に並ぶ書物には、なぜか常世言葉のものも存在する。それらを解読する日を夢見たようだ。

それがいつからだろう。

毎日の報告で、文字の進捗《しんちょく》を聞かれなくなったのは。笑美の体調、笑美の心情、笑美は今日何をしていたか。サイードの関心事はいつからか、笑美のことばかりになっていた。

笑美のことを本人に尋ねる必要はなかった。コヨルがすべて、把握していたのだから。

だからこそ、以前サイードが信頼を寄せていた人間が、魔王城付近に村を興しているという情報を手に入れた時、コヨルは堪らなくなった。

ホセが魔王に敗れたパーティを集めて陣を張っているという噂を手に入れた時、コヨルは正しく理解した。これが何を指すのか、この情報を手に入れたサイードがどう動くのか。

そしてコヨルの懸念は、その通りになった。

コヨルは置いて行かれた。烏だから、そして、子供だから。

彼の烏として。最も大事なものを守らせる、信頼のおけるものとして。

「そういう時は、『死ぬ気で』ではなく――『死んでも』と……言うのです」

優しい主。自分に愛と知恵と、力をくれた。

コヨルの独り言に首を傾げる笑美が、コヨルは憎くて堪らなかった。

コヨルを死地から遠ざけるための道具に利用されるその〝弱さ〟が、憎くて堪らなかった。

「烏は生まれた瞬間に親を決める」

笑美と出会ったばかりのころ、彼女の顔さえろくに見られなかったサイードを思い出す。

話しかけることすらできず、全てに人を介していた。そんなサイードの姿をコヨルは初めて見た。

その姿が、あまりにも、いじらしく健気で。

ココルは初めて自分の意志で世話を焼いた。笑美が見ていると知りながら、サイードの髪に触れたあの時――ココルは生まれて初めて、サイードに秘密を作った。

「その親から離れず、一生を共に過ごす。私の親は、サイード・シャル・レーンクヴィスト様ただお一人。主様が、全て。何よりも、尊く、掛け替えのない。ただ一つの、絶対だ」

ココルの勢いに笑美はコクリと生唾を飲んだ。その目は熱く燃えている。

「同胞の中で唯一、共に進む名誉を賜った。主様の傍で盾になる名誉を賜った。私は、私は――」

ココルが言葉を詰まらせて俯いた。笑美よりも小さな肩が、小刻みに震えている。

――実力は大したことない癖に、肩書きばかりが立派でこれ以上はとても持て余す。

強いサイードの弱い心をココルは初めて見た。張りぼての言葉は、今にも震えだしそうだった。

失うことを、大切だと告げることを恐れるあまりに得意の方便すら使えず、あんな言葉でしか笑美を切り捨てられなかったサイード。

――もし我々が帰還しなかった場合は、王城へ無事に送り届けてほしい。

切に願ったのは紛れもない本音だと、ココルは知っていた。

死別の覚悟の中にあって、ただ一つの彼の心残りを、ココルは叶えるべきだ。

主命に背くなど、名も持たぬ鳥だったココルは考えたこともなかった。主の、同胞の信頼を全て裏切るに等しい。許されることではない。握った拳に、爪が食い込む。

けれど、それでも――

「……追いかけたい」

ポツリと零れたココルの声は、まるで子供が泣くのを我慢しているような、幼い声だった。

笑美がぎゅっとコヨルを抱きしめた。何度も顔に力を入れて、涙を押し込める。

『よし、行こう！』

ぎゅっと抱き付く笑美に、コヨルも一度しがみ付いた。

そして笑美とコヨルは手を取ってキャラバンから飛び出す――が。

「おーっとすまんな嬢ちゃん達。行かしてやりてぇのは山々だがなぁ――あいつの気持ちもわからんでもない。ここを通す訳にゃぁいかねーのよ」

元気よく飛び出した笑美とコヨルの首根っこを掴んだホセが、カカカと笑う。笑美はたらりと冷や汗をかいた。

そうだ。この男を忘れていた。ぽっと出のモブのくせに手ごわそうだと、笑美はねめつける。

どうにか隙を探せないか。自分が暴れて少しでも隙ができれば、コヨルがこの場を打開してくれるだろうか。もしくは、壺から水、噴射してみる？

どうやって脱出しようかと思案する笑美の隣で、コヨルが口を開いた。

「気持ちがわかるとは――主人、お内儀が？」

「あぁいるよ。ここで貧相な腰を振らないよう、監視に駆けつけてくれた世界で一番愛しくもおっかねーカミさんだ」

コヨルはホセの言葉を聞くと一瞬黙った。瞬きする間に考えがまとまったのか、コヨルは慎重に口を開く。

「まず第一に私は烏だ。第二に聖女様は癒しの力を持たれてらっしゃる。私達は戦力になる」

「男と男の約束はな、そういう問題じゃあないんだよ。それにお前さん烏だろ。烏なら、親の言葉に従わなきゃあならんなぁ」

ホセは楽しむように片眉を上げた。

「――キャラバンを自らの意志で出た私は、もう、サイード様の鳥ですらない」

笑美は目を見開いた。

命の覚悟はしたつもりでいた。土壇場の急ごしらえではあるが、魔王と対峙するとはどういうことか、わかったつもりでいた。

それでも行きたいと、ココルに駄々をこねた。

その結果が、ココルに何よりもの誇りを捨てさせてしまうことだった。

「けれど私は、サイード様に、翼を届けたい。世界が滅ぶのなら、滅びに行くのが、馬鹿の流儀なのだろう」

ココルの迸る言葉に、ホセはふぅんと顎を撫でた。

「なぁお嬢ちゃん。男を口説きに行くんだろう？　なら、自分の言葉で立ったらどうだい」

今までココルに任せっきりで一言も話さない笑美を、ホセは不甲斐なく思ったのだろう。

全くその通りだと、情けなくなった。

緩んだホセの手から地面に着地すると、笑美はふぅと息を吐いた。

笑美は片手を胸に、片手を背にあて――しっかり深く腰を曲げた。

そして、旅の間、外で一度も自ら脱いだことのないフードを脱いだ。誠意を伝える相手に顔も見せないままで、いいはずがないと笑美は思ったのだ。

露になった壺に、飄々としていたホセの顔が驚きに染まる。

『ごめんなさい。私の声は、あなたには届かないの』

笑美は、しゃべれないのだと、身振りで伝えた。

予想外だが納得がいったのか、ホセは口角を上げた。

「で？　どう口説きに行くって？」

簡単にここを通すつもりはないようだ。笑美はうーんと考えた。

正直どうするかまでは、それ程詳しく考えていた訳ではなかった。それでも一つ、したいと思っていることがある。

権利を主張するのではなく、お願いしようと思ったのだ。皆にアドバイスをもらったように。

笑美はスケッチブックを取り出した。

【サイード　お願い　行く　する】

「どんな？」と人の悪い笑みを浮かべるホセに、笑美は唇を突き出した。

【サイード　する　あなた　違う】

その言葉にホセは虚をつかれたように目を開いて、カカカと笑った。

「おうおうそうか。野暮なこと言っちまったなぁ。しかしなぁ、俺も約束しちまったからなぁ」

コヨルは待っていたとばかりに、普段は無表情な顔をにやりと歪めた。

「主人、お内儀と忘れられない夜を過ごしたくはないか？」

突飛な言葉に、ぴくりとホセの耳が動く。

「出会ったころのように、刺激的で情熱的に。愛で愛を啄《ついば》みながら、くんずほぐれつ。ここを最後の地と決めているのなら、常世への最高の土産となるだろう」

顔面を真っ赤に染め、口をパクパクする笑美など知りもしないで、コヨルは片手を突き出した。

「ただし、五分以上空気に晒せば、効果は消える」

「感心しないねぇ。お嬢さんみたいに若い女の子が、そんなもんを持ってるなんて。けどなぁ、烏ご用達の媚薬ぐらいなら――」

「誰がその程度のものと言った」

コヨルはホセの言葉を遮って笑美を見た。

笑美は、え、と固まる。

――国宝にすら勝るとも劣らない、素晴らしいお力です。聖水、毒薬、媚薬、万能薬、不老長寿の秘薬――

まさか。

まさかまさかまさか。

まさかそんな。

「この世で最も効力が保証された、価値ある媚薬。これなるはご聖女様が常世にて女神様より賜った奇跡の雫。金銀財宝を積もうが、名誉を差し出そうが、世界を手中に収めた王ですら、手に入れること敵わぬ幻の一品。賞味しなければ男の恥。そうは思わんか」

ホセはゴクリと生唾を飲んで笑美を見た。笑美の突拍子もない姿が、女神の遣いである聖女だという信憑性を増したのだろう。

笑美は『えええええええええ』と悲鳴を上げる。しかし、聞き届けてくれる者は誰もいない。

コヨルはくるりとホセに背を向けると、笑美の横に膝をついた。しゃがみ込んで笑美の壺に声を吹き込む。

「よろしいな、とびっきりの、媚薬を」

よろしいはずがない!!

どうしよう、待って。私、処女だし！　そういうこと、あんまりその、詳しくないんだけど！

――とは言いながらも現代の肌色産業は、初心な笑美にすらある程度の想像をやってのけさせた。

壺から湯気が出るんじゃないかと思う程恥ずかしい思いをしながら、豊富な知識であれやこれやと妄想した笑美の水は、十分な効果を発揮したのだろう。

コップに注いだ水の匂いを嗅いだだけで、ホセは前かがみになった。

それを見た笑美は、乙女として何か大事なものを失った気分になった。

いやそういえば、コヨルにもう何なソレを露出狂よろしく見せられているんだった。忘れていたことを、忘れていた。

笑美はとほほと、壺の顔で涙を拭う真似をした。

❖

しっかりと手に媚薬を持ったホセは、勢いよく手を振る影を見送った。

小さくなっていく影には、昨晩旅立った彼らに少しでも早く追いつけるようにと、村で一等元気のいい馬を付けてやった。きっとそう遠くないうちに、彼らに追いつけることだろう。

「――誇りを汚すな、だったよな」

サイードの示唆したこととは異なったが、聖女様の誇りは守られた。

——好いた男を守りたい。

どこぞの姫よりも高貴で気高く、それでいてどこにでもいる村娘と同じ誇りであった。

二つの影が見えなくなると、ホセはコップの中の水を陽にかざす。

透明な水が太陽の光で輝き、希望の色を映し出す。

「でもまぁ、捨てたりしないけどな、これ。それとこれたぁ別だ。男と男、お前にも譲れぬ時がいつか絶対きっと来る。なぁサイード」

世界の終わりまでの束の間の時間を楽しもうと、ホセはゲルへと戻った。

❖

笑美はコヨルの体に紐でしっかりと固定されていた。荷物のように馬上で跳ねる笑美など一寸も気にするそぶりもなく、コヨルは馬の腹を足で押さえ、手綱をならし地を駆けた。

「大型の魔物に襲われたら、振り切るのに少し手荒な真似をする」

そう予告していた通り、コヨルはしっかりとやってくれた。

爆薬で目くらましをしている間に岩崖《いわがけ》を垂直に走ったり、馬を爆風に乗せて魔物の上を飛び越えたり。断崖絶壁を駆け下り強襲をかけたという源　義経《みなもとのよしつね》も真っ青だ。

しかし幸いだったのが、村から魔王城までそうかからなかったことだ。

体感にして二時間程。乗馬し慣れていない笑美は、揺れすぎた内臓と、内股の筋肉、そして尾骶《びてい》骨《こつ》を始めとする尻が悲鳴を上げていた。

二人とも小柄とは言え、人を二人乗せて走り続けた馬にコヨルが感謝を伝える。馬を涼しい場所へ移動させ手綱を解くと、好きにしていいのだと、コヨルが体をぽんぽんと叩いた。

コヨルと笑美の前には、魔王城がある。

禍々しい闇の霧に覆われた魔王城は――どういうわけか、半壊していた。

『これ、魔王城――なんだよねぇ』

天守閣が崩壊した城は、瓦礫がモーセの十戒のように割れている。

忌まわしく恐ろしい魔王城は、さびれたテーマパークのお化け屋敷レベルまでその恐ろしさを格下げされていた。

コヨルは笑美を視線で促し魔王城に入ろうとする。笑美もそれに続く。

元々のひもじさに加え、ぐっすり眠れたおかげか、随分とお腹が空いている。そういえば朝ごはんどころか昨日の晩ごはんも食べていない。最近は空腹で意識を失うようなことはなくなったが、気を付けないと――とまで考えた笑美はその足を止めた。

足を止めた笑美が怖気づいたと思ったのか、コヨルは振り返って催促の視線を寄越す。

『ちょっと、待って……』

笑美は懐から小さなメモを取り出し、慌てて文字を書いた。

【私　寝る　した。　座る　ない】

笑美は先ほどまで自分が寝ていた姿勢を思い出した。クッションに頭を預け、胎児のように蹲り眠っていたじゃないか。

この世界に来てから、一度だってそんなポーズで眠ったことはない。

なぜなら、壺から水がこぼれるからだ。

壺の水を確認するように頭を振る。ちゃぽんと鳴った水音が、少量ではあるがその存在を示した。

「横になって眠ってた。壺は口が狭くなってる。布で角度を整えれば、そう難しいことじゃない」

淡々と告げたコヨルに、笑美は言葉をなくした。

だって――だってそれじゃあ。

『なんのために、私はサイードに抱かれて、毎晩眠っていたの……?』

沈黙から笑美が何を考えたのか、観察眼の鋭いコヨルは気付いたのだろう。くるりと体を反転し前を向くと、足を進める。

「会って確認されると、よろしい」

笑美はぎゅっとローブを握りしめて、一歩足を踏み出した。

第九章：前略、魔王へ

「団長、団長！」

魔王城の一室を、ソフィアの絶望が満たしている。

夢のように白く広い空間はソフィアから思考を取り上げ、激情を増加させた。

深い霧の中で一人ソフィアは蹲り、胸に男を抱く。

「団長、息をして」

旅の間、一度も呼んだことのない呼称が、ソフィアの口から幾度も噴き出す。いつも平静さを忘れないソフィアらしくもない醜態だ。腕に抱いている男は、ぴくりとも動かない。

「団長！」

ソフィアの声は腕の中の男には届かない。

――そしてまた、ヴィダルの声もソフィアには届いていなかった。

「ソフィア！　立て！　敵はまだいるんだぞ!!」

大剣を振り回しながら、ヴィダルはソフィアに怒鳴りつけた。ソフィアは涙に暮れ、ヴィダルの言葉に耳を貸さない。ただ一心に、胸に抱く事切れた魔物に呼びかけている。

幻覚に侵されたせいで、息絶えた魔物がヴィダルだと信じながら。

「……チッ、ソフィア！」

ヴィダルは大きく舌打ちをした。

笑美とコヨルを置いてヴィダル達が旅立ったのは、もう丸一日近く前のことになる。ホセに借りた馬にまたがり、馬車を転がすよりも随分と短い時間で魔王城に辿り着いた彼らは、勇者冬馬の持つ強力な魔法の下、魔王城最上階まで順調に歩を進めてきた。

無論、気合いのあまり魔王城を半壊させてしまったのも冬馬だ。

室内の戦闘に冬馬がようやく慣れてくるころには、魔王城の足場は随分と悪くなっていた。上に登れば登る程狭くなる廊下での戦闘は不利と、広間に入った途端に一行は深い霧に包まれた。視界を遮られながらも、前線で戦っていたヴィダルとソフィアは、撲滅速度が落ちていることに気付いた。後方援護をしていたはずの魔法使い二人の姿が、霧の中に消えていた。

はぐれたか、とソフィアとコンタクトを取ろうとしたヴィダルが見たものは――魔物を抱え、膝をついているソフィアの姿だった。

「団長……お願い、目を、開けて……」

それから、ソフィアはずっとヴィダルのことを呼んでいる。

霧には幻覚と錯乱の魔法でもかかっていたのだろう。いくらヴィダルが呼びかけても、ソフィアは正気を取り戻さなかった。

魔法耐性の強いヴィダルはまだ正気を保ってはいるが、それもいつまで持つかはわからない。術者には幻覚は利かない。そのため、共に幻術にかかってしまえばヴィダルとソフィアは、すぐに術者によって葬られる。ヴィダルは必死に正気を保った。

「だんちょぉ……」

ヴィダルはこの甘い幸福に、自分の方こそ幻覚を見ているのではないかと、剣を持つ腕が震えた。

「ソフィア、立て！　後にしろ！　くそっ――肝心な時に魔法使いがいやしねえ！」

幻覚を破る方法は二つ。

一つは術者を倒してしまうこと。

これは先程から必死にヴィダルが探しているが、魔法使いでもない彼には、どの魔物が幻術を操っているのかなど全く見当もつかない。手当たり次第に倒しても、未だに幻覚が破られないということは、術者はこの深い霧に身を潜めてしまっているに違いない。

そしてもう一つは、幻覚を操る魔法使いよりも高位の魔法で打ち消す方法。

しかし、魔法の素養がからっきしなヴィダルには、この方法はできなかった。

「いやだ、団長、いかないで！」

深い幻覚は心を侵し、錯乱させていく。

取り乱せば取り乱す程、ソフィアは深い術にはまっていった。

「待って、まだ、まだ傷が塞がるはず。壺姫に、彼女の聖水なら――」

戦場ではいつも冷静さを欠くことがなかったソフィア。

だからこその、右腕だった。だからこその、副長だった。

どれ程の劣勢でも冷静に状況を見極め、常にヴィダルを支え続けた。

「くそっ……たれっ！」

ソフィアを狙う魔物をヴィダルが足で振り払った。二人がかりでやっと倒していた魔物達だ。

ヴィダル一人では分が悪い。

広間は広く、武器を振るうにはよかったが、その分敵が集まりやすいという欠点もある。常ならばこれ程の数をこんな見晴らしのいい場所で一度に相手取ったりなどしない。逃げまわりつつ、敵に囲まれないよう一匹ずつ対応すれば死角を減らせるからだ。だが、守らなければならない存在がいるヴィダルには、その戦法はとれない。

ヴィダルは大剣を片手で持つと、予備の武器として持ってきていた片手剣を、もう一方の手で振るった。持ち前の腕力で突っ込んできた魔物をなぎ倒す。

その大振りな動きに見合った隙を見逃さず、魔物がすかさず腹に牙を突き立てた。その魔物に、片手剣で止めを刺す。腹から噴き出す血を止血する暇はない。今はただ一秒でも早く、この場を切り抜けるしかなかった。腹に魔物をくっつけたまま、ヴィダルは次の敵に向かった。

ソフィアが邪魔だ。

彼女を守りながら戦うのはこれ以上は不可能だった。

「ソフィア!」

最後のつもりで名前を呼んだ。

騎士としての名誉を与えるか、自分にとってかけがえのない者として自ら引導を渡すか――

ヴィダルにはもうそれしか、選択肢が残されていなかった。

「行かないで、お願い……また、置いて行かないで」

ソフィアの声に、ヴィダルは歯を食いしばる。

――また、置いて行かないで。

その言葉に、ヴィダルは一瞬ここが戦場だということを忘れた。

❖

その昔、ヴィダルはソフィアの姉と婚約を結んでいた。王侯貴族では珍しいことではない。当時十五歳だったヴィダルも例に漏れず、家格と年の近かったソフィアの姉と将来を共にする運命にあった。

ヴィダルの婚約者はたおやかな女性だった。

およそどんな男でも、喉を鳴らして生唾を飲み込む白い肌。豊満な二つの丘。艶やかな髪は真っ直ぐに伸びていて、太陽と同じ色をしていた。

同世代のマドンナでもある彼女の婚約者の座に収まった僥倖を、ヴィダルはとにかく周囲に自慢しまくった。

そんなヴィダルにとっての幸運は、彼女とは別にもう一つあった。

婚約者の後ろをついて回るおてんば娘——婚約者の妹であるソフィアだった。

くるくるの髪の毛は姉と同じ色をしているものの、癖がひどく羊のようだった。そばかすだらけの頬は、まるでまんじゅうのように柔らかい。恥ずかしいことがあるとすぐ真っ赤になる桃色のまんじゅうを、ヴィダルはいつもつついてからかっていた。

婚約者に会うためにヴィダルが赴く度に、ソフィアは必ずいの一番にすっ飛んできた。

今日は凧揚げをしろだの、木登りを教えろだの、弓を教えろだの。

これが本当にあの深窓の令嬢の妹かと、婚約者とのギャップに最初の内はよく驚いたものだ。しかしヴィダルは、自分に懐き、片時も離れなくなったソフィアが、可愛くて堪らなくなっていた。

ソフ、ソフと。ヴィダルにだけ許された愛称で呼んでいた。

彼女はヴィダルが館から帰るとなると、いつもこの世の終わりのように泣き叫んだ。

――いやだ、いやだ。ソフィーを置いてかないで！

わんわん泣くソフィアの声を聞いてしまうと駄目だった。ヴィダルはこの一言に、勝てたためしがなかった。

毎日が幸せだった。

尊敬する父の背を見て育ち、競い合う兄弟の目は澄んでいて、武に優れ勇に誇り友に恵まれ、世間が羨む婚約者がいる。

ヴィダルは自分の人生に何一つとして不幸を感じたことがなかった。

なので、「世界を見に行きたい」などと世迷《よま》い言《ごと》を呟いた幼馴染みと家を飛び出したことも、当然と言えば当然の成り行きでしかなかった。彼が自分らしく生きることは、彼にとって、幸福だったのだから。

旅は楽しかった。喧嘩もしたし、命の危険も感じた。やってられるかと全てを投げ捨てたくなることもあったが、自分の手が届かない程の自由が何よりも楽しかった。

自分が楽しいことは、他者も楽しいのだと信じて疑わなかったあの頃。

置き手紙一つで家を出た自分を、勿論のことながら婚約者は待っていてくれなかった。

十八になり家に帰ると、婚約は破棄されていた。

母は怒って敷居をまたぐことを許してくれず、ヴィダルはそのまま騎士団へと逃げ込んだ。幼い頃から母が苦手だったヴィダルは、これ幸いと父に願い出て、臣籍までも手に入れた。

胸の大きな嫁を貰うことができなくなり、王族ではなくなったが、それでも彼は幸せだった。

騎士団員となり幾度かの季節が廻った。

騎士としての誇りを持ち始めたころ、ヴィダルは思わぬ再会を果たした。

そばかすだらけの桃色のほっぺを染めて、いつも自分の後ろをついて回っていた可愛い可愛いヴィダルのマイレディ。

そばかすは消えていたが、くるくるの髪をひっつめたソフィアが入団してきたのだ。

彼女に、当時の面影はなかった。

姉譲りの穏やかな笑みで分け隔てなく接するソフィアは、当然のように男達の注目を集めた。

ソフィアはあの姉にも劣らない程、魅力的な女性に成長していたからだ。

深窓の令嬢の姉にはない健康的な小麦色の肌は、座禅室を大人気スポットに変えさせたぐらいだった。女騎士もいるとはいえ、圧倒的に数が違う。男ばかりの騎士団でやっていけるのかと、ヴィダルはソフィアのことが心配でたまらなかった。

しかし、いつの間にか身に付けていた粗野な男言葉で周囲の壁を取り払ったソフィアは、いつしか自然に騎士団に溶け込んでいった。

勿論、実力主義の青騎士団に入団した時点でソフィアの腕も測ることができた。泥だらけの小さな手は、タコのできた固い武人の手に。まんじゅうのような白い頬はこんがり焼いたパンの色に。

もう、ヴィダルの支えがなくとも木にも自在に登れるだろう。

――ようソフ。久しぶりだなあ。まさかお前が騎士になるとは思ってもなかったぞ。

懐かしさから声をかけたヴィダルは、再び笑顔を向けて貰えるものだと信じていた。泥だらけの手と歯抜けの笑顔は向けられずとも、たおやかで穏やかな笑みを貰えると、そう信じていた。

——ご無沙汰しております。マイア団長。

しかし、彼女の冷たい瞳は、真夏をも切り裂いた。

表情を消し、慇懃に頭を下げる彼女に、過去を懐かしむ響きは一つも見当たらなかった。

まんべんなく振り撒かれるソフィアの笑みは、ヴィダルにだけ向けられることがない。

これが自分の犯した罪だと、その時ようやくヴィダルは知った。

姉の信頼を裏切り、幼いソフィアの心を傷つけた。

ヴィダルに寄せられるのは業務上の信頼であって、遠いあの日のような温かい愛情ではない。

それでいいと思っていた。

それでもいいと思っていた。

自分は幸せなのだと、そう思っていた。

それが、いつからだろうか。

自分にだけ向けられることのないあの笑顔を、他者に向けているソフィアを見る度に、胸が疼いた。あの小さな泥だらけの手を、切望するようになった。

団長として決して抱いてはいけない感情を団員に持つことになってしまった。

その時にヴィダルはようやく気付いたのだ。

ヴィダルが失った幸せはもう二度と、彼の手の届かないところへ零れ落ちてしまったのだと。

❖

ソフィア目がけて、鉄球のような魔物の尻尾が振り払われた。ヴィダルは肩当てでそれを弾き返す。びりり、と衝撃で腕が痺れた。反動で、再び腹から血が噴き出る。

「いい加減に、立て！　ソフィア・リーネル‼」

避けた魔物とは別の魔物の腕がヴィダルの二の腕を切り裂いた。

見捨てることも、切り捨てることもできなかった。我が身を食い千切られてでも守りたい女を見捨ててまで、世界を助ける意味がヴィダルにはなかった。

「ソフィア！」

ふらつく頭で張り上げた懇願は、錯乱しているソフィアの下に届かない。

なのにヴィダルは、斬撃でかき消される程小さな声を拾っていた。

「──いかないで、ヴィー……いかないで」

あぁ駄目だ。

やはり自分は幻覚に陥っているらしい。

「ヴィダル！　しゃがむ！」

その時突然、透き通る刃のような鋭い声が切り込んできた。ヴィダルは反射的に伏せる。

『う、うそ！　まっ、待って、きゃ────‼』

今までヴィダルが立っていた場所に、ブンッと棒のようなものが振り回された。

かと思うと、びしょ濡れになったソフィアが目をぱちくりさせて、こちらを見上げていた。

この場所で聞いてはならない声の持ち主を、同じく水に濡れたヴィダルは振り返る。

そこには、逆さまになり伸びている笑美の姿があった。

そして笑美の足を掴み、鼻を鳴らす小生意気なココルが、呆れた目でヴィダルを見つめている。

「正気になったか?」

「……あ、ああ」

ヴィダルは若干引いていた。ココルが足を抱えている笑美は、衝撃で目を回しているらしい。

どうやらココルは、あろうことか常世の遣いである聖女様を振り回して、ソフィアに壺の水をぶっかけたようだ。魔王の瘴気にあてられ、混乱した馬を鎮めたのと同じ方法だった。

正気に戻ったソフィアが、パチパチと大きく瞬きをする。

呆けているソフィアの上に飛びかかってきた魔物を、ココルが飛び道具で始末した。

「ボケッとしない。次、来る」

「え、えーと……?」

突然現れたココルに、そして目の前で呆れた顔をしている男に、ソフィアは動揺を隠せないようだった。たった今まで彼女の胸の中で事切れていると思っていた男が、不遜な顔で自分を見下ろしているのだから、それも仕方ないことだろう。

ヴィダルは不覚にもほっとしていた。

突然現れた予期せぬ仲間と、聖女の水が呼んだ奇跡——

ヴィダルは手を握って広げた。血の流しすぎで鈍くなっていた感覚が戻っている。

正気と勝機――そのどちらも戻ってきた手ごたえを感じる。

「お前なぁ。戦場で泣き崩れちまうくらい、俺のこと好きだった訳?」

甘い夢をここで断ち切ろうと、ヴィダルは軽い口調でソフィアに告げた。大剣を両手で構え、敵の刃を受け流す。飛んでくるのは、いつもの罵倒か鉄拳か。どちらでもいいから立ってその身を守ってくれよと、ソフィアを見たヴィダルの目に飛び込んできたのは、桃色の頬。

それは、何よりも如実にソフィアの心を伝えていた。

顔を真っ赤にして口を戦慄かせたソフィアに、ヴィダルはぷっと噴き出した。

「なんだ――先走らなくてもよかったな」

「下品。非常事態に何垂らしてる」

「おう暴発するとこだったわ」

「何を言ってるんです!!」

更に顔を赤らめて反発するソフィアを見て、ヴィダルが笑いながら魔物を切り倒す。

「ソフィア。俺のへそくりはブリュノを通してお前に譲与することになってるから」

「は、はぁ……?」

いつものキレが寸分もないソフィアは、コヨルとヴィダルの動きを見て、どういう状況かやっと思い出したらしい。くらくらとする頭を押さえながら、しゃがみ込んでいる笑美を守るため立ち上がり、転がっていた剣を拾った。

「何を馬鹿なことをおっしゃってるんですか。そんな手続きをした覚えはありませんよ」

ソフィアは、魔物の目に剣を突き刺した。

ヴィダルの言うへそくりとは、家令が管理しない彼個人の私財だ。

分の悪い投資や、頭の固い家令には言えない夜の街での刺激的なことに、彼は別の名前で興じていた。そうしてこっそりと貯めたへそくりは、ちょっとやそっとの額ではない。

あまりにも増えすぎた桁《けた》に腰が引けたヴィダルは、ソフィアに管理を頼み込んだ。

上司の、それも別名義での遊び金など絶対に預かりたくなかったソフィアは、それは強く断った。が、ヴィダルもまた、しつこく追いすがった。

最終的にはヴィダルが粘り勝ち、法的な手続きも含め、ソフィアが管理していた。

勿論旅立つ前に、ソフィアはヴィダルに預かっていたもの一式を返却している。しかしそれを持って、名義変更に行く暇は、あの慌ただしい出立準備の中なかったはずだ。

「セイッ！」

段々と頭が回り始めてきたソフィアは、ヴィダルの世迷い言ごと、魔物を切り捨てた。

そもそも、私財を管理するだけならまだしも、譲与ともなればその手続きの量は計り知れない。

譲与するにあたり、自分との間に従兄のブリュノを挟んだのは、未婚のソフィアに不名誉な噂が立たないためだろう。ともなれば、更にその手間は増える。

例えば今回の魔王討伐隊出立を受けての緊急措置が適応されたとしても、本人の承認なしで他人への譲渡など成り立つはずがない。

「ハァッ！」

権力を笠に着れば別だろうが、ことさら爵位を振りかざすことを嫌うヴィダルが、そんなことをするはずがないとソフィアは知っている。

当然、頭の固い上との折り合いも悪い。

そんな融通を利かせて貰える相手が、官吏受けのよくないヴィダルにいるはずが――

「ヤアアッ！」

ソフィアは魔物の口に剣を突き立てる。もがく魔物を片足で踏みつけると、喉の奥まで剣を押し込んだ。

――公に発表されていない勅命を一介の侍女に告げるなど、減俸では済みませんよ。

あの時、風紀は乱しても規律は守るヴィダルの行動を、何故不審に思わなかった。

「……タアッ！」

あの侍女は誰だったか。ソフィアは魔物を弾き飛ばしながら記憶の隅を漁っていた。

あれは、確か――財政長官の姪御だったのではないか。

「な、なん、なんで」

行き当たった結論に、ソフィアはブルリと身を震わせた。

彼の言ったことが真実だと――そして、彼が嫌いな権力に擦り寄ってまでソフィアに譲与したかったのだと、気付いてしまったからだ。

「なんでって。俺の持ちもんは俺が死ねばほとんど国に還るからなぁ。お前にやれるのはあれぐらいしか――」

「そうではなくて！　なぜ私に！　頂くいわれが……！」

「俺が死んだ後ぐらい、お前のこと大事にさせろよ」

ポカンと口を開けたソフィアの足元にヴィダルが大剣を振るう。

ソフィアも、呆けながらも体は動いていた。

騎士団に所属して十年。ソフィアの身に沁みついた、ヴィダルとの呼吸だった。

遠くで大きな衝撃音が鳴ったかと思うと、視界がふわりと明るくなった。

見上げれば、一面の青空。

どうやら、冬馬の呆れる程大きな魔法で、城のここら一帯の天井を吹き飛ばしたらしい。

おかげで、ヴィダル達を追い込んでいた霧が、どんどん晴れていく。

この世の者が起こしたとは思えない光景を前にして、そんな者の力を借りなければ勝てない相手との決戦を思い浮かべる。

「あーあ、お転婆娘が。こんなとこまでついてきやがって……」

同じことに思いを馳せていたのだろう。ヴィダルが嘆息した。

「大人しく騎士団に残ってりゃあ、終焉の日までは豪遊して暮らせたのになぁ」

ソフィアはぐっと唇を噛みしめた。

なんだ、なんなんだ、くそったれ。こっちの気なんて、何も知らないくせに。

「ヴィーの、ばかやろう」

「おぉ、おぉ。口の悪いソフちゃんのおかえりか？」

「うるさいっ!!」

とにもかくにも、とりあえずは目の前の敵だ。

ソフィアは気持ちを切り替えて魔物に剣を向ける。

桃のような色の頬の熱が収まるのに、ソフィアは随分と時間を必要とした。

❖

「――で、これはどういうことですか」

嫌味が吹雪いた。

いつの間に戻ってきていたのか。顔を顰めているサイードを振り返り、てへ、と小首を傾げたのは笑美だ。ちゃぽん。お馴染みの音がする。

ジャイアントスイングですっからかんになった壺には、コヨルが持ってきてくれていた水を補充している。あんなに慌ただしい中でもきちんと用意をしていたコヨルのパーペキ具合に、笑美は頭が上がらない。

ヴィダル達と離れ離れになっていたサイードと冬馬は、やはり広間の外で戦っていたらしい。

あたりに漂っていた白い霧が、まるで意志を持っているかのように、サイードとヴィダル達を引き剥がしていったという。

分断されたことにサイードと冬馬が気付いた時には、既に周囲を敵に囲まれていた。

二人は冬馬を攻撃役、サイードを回復役とし――逃げた。

ひ弱な魔法使い二人が、前衛なしに相手をしていい数ではなかったのだ。

逃げながら、冬馬の特大魔法で天井を吹っ飛ばし、強風を吹かせて白い霧を霧散させた。見通しが良くなったおかげで、ヴィダル達の下へと戻って来られたのだと。

『なる程……さっき大爆発が聞こえたのはそのせいか……』

吹き晒しの屋内でそよそよ風に吹かれながら、笑美がポン、と両手を叩く。

その反応に苛立ったのかサイードがギンと睨みつけてきた。

「貴女は、私がなぜ置いてきたのか全くわかっていない」

『わ、わかってる！　大丈夫、敵は倒せないけど、ちゃんと水、作るから。足手まといにもならないように気を付けるし、気持ちも取り乱さないよう頑張る！』

握り拳を作って身を乗り出す笑美に、サイードは細い息を吐きだす。

「何故わざわざ、死を選びに来た」

『大丈夫、死なない』

「安全な場所で、ぬくぬくと祈祷していればよいものを」

『だってそれじゃ、守れない』

「貴女に、何ができると」

『ごめん、でも』

サイードに覇気はない。言うことをきかない笑美に呆れ返っているのだろう。

サイードに呆れられるのは怖かった。しかし、サイードが、仲間が死ぬことのほうが、笑美はずっと怖かった。

笑美は一呼吸置いて言った。

『私、皆の仲間だって、思ってるから』

笑美は聞こえないとわかっているから、サイードの手を握る。

気持ちの欠片でも、何かが、サイードに伝わればいいと、そう思って。

『けどきっと、迷惑もかけると思う。だから――』

笑美はホセに言えなかった言葉を言おうとして、喉で止めた。

サイードには聞こえていないとわかっているのに、彼に直接伝えることがこんなにも恥ずかしい。

笑美は自信のなさから、少し首を傾げてしまう。ゆっくり口を開いて、けれど言えずに、また口を閉ざす。

勇気を振り絞り、震える唇を薄く開き、サイードを上目づかいで見た。

『お願い。守って』

サイードの手をぎゅっと笑美は握りしめる。

サイードは片手で顔を覆い、深く息を吐き出した。

「なぜ常世はかような聖女を遣わしたのか……幾度祈っても、女神は嘆きを聞き届けてはくださらない……」

あぁやっぱり、駄目か。

無慈悲にも、やはり笑美に価値を見出さないサイードの言葉に落ち込む。しおれる笑美の手を、ぐっとサイードが引いた。

重なる視線に笑美は息を呑む。

「離れれば見捨てます。よろしいですね?」

サイードの夜空色の瞳を笑美が見つめる。

いつか、サイードが笑美に似合うと言ったラピスラズリのようだった。

『――は、はいっ！　ありがとう！　サイードッ！』

湧き上がってくる歓喜を受け止めると、笑美は満面の笑みを浮かべて頷く。

「サイード様、お役目守れず、申し訳ございません」

膝をつき、深々と頭を下げたコヨルのために、笑美はサイードの手を離して脇に逸れようとした。しかし手を掴んだままのサイードがそれを許なかった。笑美はつんのめり、サイードの体にポスンと寄りかかる。

胸に突っ込んできた笑美を抱きとめたサイードが、コヨルから視線を離さずに言った。

「……顔を上げなさい。それと――私のことは主と呼ぶように」

コヨルは言葉を詰まらせる。

一拍後、やはりいつものように固い声で「承知しました、主様」と返事をした。

「見捨てるとか怖いこと言うよなー！　来ちゃったもんはしょうがないよなー！　俺が守ってやるからなー！」

『ぉぉう、冬馬。どうしたの似合わない……かっこいいぞ……』

笑美は口元に手を当て、冬馬の急なイケメン具合にドギマギする。

その笑美の心情を知ってか知らずか、今度は冬馬が「えへっ」と首を傾げた。

「いやー実は来てくれてかなり助かったわー。壺姫、〝健康祈願水〟作ってくれよ。あれＭＰポーションだったらしくってさぁ……俺もう、魔力スッカラカン」

ひらひらと手を振る冬馬に、さっそく役割を貰えた笑美は『合点！』と敬礼した。

〝健康祈願水〟なら眠っていたって作れる。

それにしても、いつも渡していた〝健康祈願水〟が魔力回復薬だったとは。どうりで、冬馬が無限に魔法を撃てていた訳だ。

サイードにくっついたまま、むむ、と両手を合わせて祈りを込め始めた瞬間――背後で何かが動く気配がした。

え。

と、笑美が思った時には既に全員動いていた。

しかし一歩遅かった。先手を取られてしまった代償は、小さく、そしてとても大きかった。

あ、烏。

飛んでいく、黒い影が見える。

青い空に、一羽の烏が飛んでいたのだ。

「ボケッとすんな！　サイード、嬢ちゃん守ってろ！」

――ベシャッ
決して鳴ってはならない音がして、宙を飛んでいたコヨルは地面に叩きつけられる。

笑美が目で追っていた物体は、コヨルだった。

『コヨル……――コヨル？』

「旅立つ烏と白い夢！」

胸にいた笑美を抱きかかえたサイードが、すかさず冬馬に号令をかけた。冬馬はついていけていない気持ちとは裏腹に、瞬時に反射で魔法を展開させる。

コヨルが今までいた場所には、黒く長い、笑美にとってよくわからない物体が鎮座していた。一瞬のうちに現れたそれが、コヨルを薙ぎ払ったのだ。

笑美を抱えたサイードが、冬馬を連れ、その物体から距離を取るために走る。笑美を自分の背後に隠しつつ、サイードが自らも陣を発動した。

「ヴィダル、ソレが——魔王です！」

サイードがヴィダルに大きな声で伝える。

「んなこた、見りゃあわかるってんだよ！」

ヴィダルが応戦しながら声を荒らげる。

彼とソフィアの目の前には、サイードが魔王と呼んだものがいた。

ソフィアは流れるように片手剣を腰に戻すと、槍を取り出して駆ける。ヴィダルは大剣を振り回し、前衛二人は敵を引きつけた。そのヴィダルとソフィアに向かって、サイードが守護の魔法を幾重にもかける。

突然現れた魔王に、全員慌ただしく対応した。

戦場で一時であっても気を抜いた、全員の落ち度であった。

そんな中、笑美はただただ唖然とするしかない。目を極限まで見開いて、微動だにできずにいた。

——そんな、魔王が、こんなに大きな竜だなんて。

笑美は羽ばたく竜を、呆然と見つめた。

黒い、黒い——真っ黒な竜《ドラゴン》を。

トカゲの体に歪な禍々しい角。広げた巨大な翼のせいで、音を立てて城が崩れる。

先程コヨルを吹き飛ばした物体は、竜の長い尾だった。

魔王が体を起こして咆哮すると、空が割れた。竜の鳴き声一つで、全ての雲が消え散ったのだ。

「ちくしょう、弱え！　駄目だ、魔力が足りない！」

「聖女様、〝健康祈願水〟を！」

サイードが切羽詰まった声で笑美に叫ぶ。唖然としていた笑美は正気に戻ると、両手を合わせて必死に祈った。

混乱している場合じゃない。神様仏様ママパパ女神様――どうか、皆を見守って。

「サイード、弱点は！」

「探索できません！」

「役立たずの若白髪！」

ヴィダルは大きな声でサイードに返事をすると、飛び上がった反動で体を捻りつつ、魔物の皮膚を刃で削いだ。しかし完全に入ったはずだった攻撃の手応えは、あまりにも感じられなかった。

一瞬入った傷は、すぐに修復していく。また、どれだけ斬り付けられても、魔王がピクリとも反応しないことに、ヴィダルは気付いているようだった。

「攻撃が効かねえ！　援護続けろっ！」

竜の羽ばたきで崩れ落ちる瓦礫を避けながら、ヴィダルは必死に食らいつき攻撃を繰り出す――が、やはり攻撃は効いていない。

「ココルっ！」

ソフィアは、崩壊していく城からずり落ちそうだったココルを回収している。

「うおっとっ、とっとと！」

冬馬は足場の確保に必死だった。

「けしてお手を離されぬよう」

『は、はい！』

笑美は力いっぱいサイードに抱き付いた。サイードは笑美を抱き、軽い足取りで瓦礫の上を歩いていく。魔法使いのくせに、危なげないその動きは、彼の傭兵としての過去を彷彿《ほうふつ》とさせた。

サイードは平らな場所を見つけると、そこに防御の陣を展開する。

魔王は大きな大きな翼で宙を飛んでいる。先程コヨルを痛めつけた尻尾は、地面を擦る程長い。

竜の羽ばたきで巻き起こる風で城が揺れ、瓦礫が転がる。笑美などは、サイードに掴まりながら立ち続けるだけでも必死だった。

——これ、勝てるんだろうか。

よぎった不安に目を伏せた。そんなこと、考えちゃいけない。笑美は必死に健康を祈る。

『サイード、たぶんできた！』

笑美がコップをバッグから取り出しながら叫ぶ。

しがみ付いたままのサイードの腕を引っ張れば、彼は瞬時に反応した。

「勇者様！　こちらへ！」

サイードの声に引っ張られ、冬馬がバランスを取りながらなんとか瓦礫の上を走って来る。

「さんきゅ！」

冬馬はそう言うやいなや、笑美の手からコップを奪う。笑美が壺を傾けて注いでいた水を一気に飲み干す。口から零れた水を乱暴に手で拭った冬馬は、拳を握って「ん！」と呟いた。

「いける！」

冬馬の声を聞き、笑美は慌ててもう一杯注ぐ。サイードに手渡すと、彼は噛みしめるように水を飲んだ。コップを手渡された笑美は、迷った末、零さないように半分だけコップに水を注いだ。

「ヴィダル！　ソフィア！　五秒でいい、魔王を固めてください！」

宙を泳ぐ魔王は、一点に留まることを知らない。いくら的が大きく狙い撃ちしやすいといえども、あれ程規則性なく飛ばれれば、魔法使い一年生の冬馬にはどうしようもなかった。

ヴィダル達を襲う時だけ振り下ろされる腕や尾に、彼らが攻撃を繰り出す。しかし、魔王はやはり悲鳴一つ上げない。

「わかった！」

「任せてください！」

ヴィダルとソフィアは大きな声でサイードに返事をした。

力強い返事は、こちらにも勇気を灯す。

そしてもう一人。

サイードの声に反応して、意識を失っていた鳥が、ふらりと立ち上がる。

ソフィアにより、比較的安全な場所に移されていたコヨルは、生きていた。

どこからか取り出した短剣を、コヨルは持てるだけ手に握った。口にも一本咥え、ふらつく足で地を蹴る。コヨルの左手は、あってはならぬ方向に曲がっていた。

『コ、コヨルっ!!　生きてる！　サイード、コヨル、生きてる!!』

笑美はサイードの腕をがくがくと揺さぶる。

動き出したコヨルに気付いたサイードが、大急ぎで回復魔法を飛ばす。流れていた血はいくらか止まっただろうが、折れた腕までは元に戻らない。遠距離での回復魔法は、あくまでも一時しのぎのものでしかなかった。

今は満足に傷を治す時間すら存在しない。強大な悪が支配するこの空間では、彼の回すルーレットの上を、ただ転がるしかないのだ。

——コヨルは空へ飛んだ。高く、高く。

魔王の体の上をびゅんびゅんと飛びながら、弱点を探るように短剣を突き刺していく。それを足場に、身の軽いコヨルは竜の尾を登って行った。

魔王が攻撃するために降下すると、ソフィアとヴィダルは自らの危険を顧みずに斬り込んでいく。サイードとの約束の五秒を作る手立てを必死に考えながら。

翼を自在に操り空高く飛び立つ魔王に、打つ手がない。

ソフィアとヴィダルは生唾を飲み込んだ。これ程手ごたえを感じない敵に、二人はいまだかつて見《まみ》えたことはなかった。

悪の権化とは、こういうものを言うのだろうか。

空を舞う魔王の技を躱しながら、ソフィアは槍を振るった。繰り出す渾身の攻撃が空振りに終わるたびに、彼女の精神をすり減らしていく。

時間がない。

今すぐにでも倒さなければ、足場は魔王の気まぐれ一つで落ちるだろう。

翼のない人間にとっては、魔王が足一つ鳴らすだけで脅威であった。一刻も早く魔王を仕留めなければならない。そのためには、勇者が魔王に魔法を撃ち込むしか手立てはない。

――五秒。

ソフィアは魔王を睨みつけた。

魔王が口を開いて背を反らす。

魔王の背で攻撃を繰り広げていたコヨルが、思わぬよろめきに地面に落ちる。折れた手を庇いながら、転がるように着地した。

何か大技の魔法だろうと、ヴィダルは魔王の背後に回る。

戦場に不慣れな勇者ならいざ知らず、幾度も共に危機を乗り切ってきたソフィアに今更指示など必要ないと、ヴィダルはそう思っていた。

魔王に突撃していく、彼女の姿を見るまでは。

「ソフィア！」

ヴィダルの声が聞こえていないはずもないのに、彼女は振り向かなかった。ただ一心に魔王を見つめ、走っている。

魔王が炎を吐いた。

灼熱の太陽を吐き出したかのように、地面が燃える。

ソフィアは身をくぐらせ、間一髪で炎を避けていた。

魔王の懐に潜り込んだソフィアは、大きな槍を地に突き立てると、柄をバネにびゅんと大きく空を飛ぶ。

――ミシリ

その身をもってソフィアを飛ばしてくれた相棒が折れる音を、彼女は確かに聞いていた。

槍を犠牲に魔王に飛び乗ると、ソフィアは全身を使って駆け上る。コヨルが刺していたナイフを足場にする度に、ポキリポキリと刀身が折れた。

ソフィアが背中に携えていた弓を手に取る。

一番の、ソフィアの得物だった。

「コヨル！　顔までの計測を！」

ソフィアは弓を握りしめ、矢筒から矢を抜き取った。弦に矢をあてながら、魔王の腕を駆け上る。

「目算！　十二秒！　十一、十、九……」

潰れた喉でコヨルが叫ぶ。

「ソフィア！　引け！」

魔王がソフィアを振り落とそうと、大きく体を動かす。

矢を顔に向けて放ちながら、ソフィアはなんとか魔王の顔まで到達していた。至近距離で目を射るが、魔王にはやはりなんの反応も与えられない。

自分の顔に何かが乗っていることに気付いた魔王は、必死に首を振り追い払おうとする。

ソフィアは魔王の鼻づらにしがみついた。振り落とされまいと必死に掴む。

重い鎧も込みの自重がかかり、ソフィアはしがみ付くために魔王の鼻面に指を食い込ませる程力を込める。

サイードと冬馬が、地面で魔法を練っているのを視界の端でとらえたソフィアが、魔王の口に蹴りを入れる。

口に何かが当たったせいか、魔王が巨大な口を開けた。

「ソフィア！　代われ！　そんなことは団員の仕事じゃない！　俺がやる‼」

ヴィダルの声が聞こえた。

よほど団長の仕事ではないだろうと、ソフィアは淡い笑みを浮かべる。

「止まり木が無理ならば、共に飛ぼうとここまで羽ばたいてきましたが……どうやら、私は、ここまでのようです」

ソフィアは最後に彼を振り返り、微笑んだ。

それはずっとヴィダルの追い求めていた、彼のなくした幸せのかたちだった。

「――ご武運を」

ソフィアは魔王の口に、脚から滑り込んだ。

呆然と成り行きを見守っていた笑美は、ソフィアのなそうとすることを察し、悲鳴を上げた。

舌の上に何かが乗っている感触に気付いた魔王が、気持ち悪そうにもがいた。

もがいても取り除けないとわかったのか、魔王は背を仰け反らせる。

ソフィアは魔王の舌の上で弓を引いた。

強く、強く。

「喰らえ魔王！　さしものお前でも、喉に刺されば少しは効くだろう‼」

ソフィアの矢が飛ぶ。

魔王は、灼熱の太陽を吐き出した。

サイードと冬馬は、ソフィアが作りだした五秒を無駄にするつもりはなかった。

不規則な魔王の動きを予測できるのは、魔王が攻撃する一時のみ。

それも大技を放つ時に限られた。

ソフィアは自らが引き金となることで、予測不可能な大技を誘導した。

こちらの思い通りの時間に、魔王に炎を吐き出させようとしたのだ。

それを瞬時に理解したサイードは、陣の展開にかかる時間を逆算し、ココルのカウントダウンに合わせて魔法を練り始めていた。

魔王が腹を突き出し炎を吐きだす瞬間――

完全に無防備になった魔王に、冬馬とサイードは全力の魔法を投げつけた。

冬馬とサイードが扱える、全属性の最大魔法。

通常攻撃が効かない相手は魔法攻撃に弱い。だからこその全種の最大火力だった。

――それがまさか。

一撃も効かないとは夢にも思っていなかった。

数多の刃も、最強勇者の魔法も、魔王に苦痛一つ与えなかった。

勇者は、世界の希望だった。

暗雲を晴らす暴風だった。

その勇者が今、柳を揺らすそよ風にもなれていないなどと、一体誰が予測できたであろうか。

――魔王。

それは、正しく。魔を統《す》べる王のことであった。

「サイード、足場‼」

ヴィダルの雄叫びを聞いたサイードは、一瞬自分が呆けていたことに気付いた。

笑美が手に持っていたコップをひったくり水を飲むと、ヴィダルの足元に氷の階段を作り出す。

魔王はそれ目がけて思いっきり爪を振りかざしてきた。

足場は軽く、容易く崩れた。砕けた氷はそのまま地面に降り注ぐ。簡単に、味方への武器と変わる。前衛のために足場を作らなかったのは、これが理由だったのだ。

氷の足場が崩されることを予想していたのか、途中まで階段を登っていたヴィダルは魔王の腕に進路を変更した。刀身が折れた不安定な足場を踏みつけながら、魔王の顔へと向かって行く。

幾度か落ちそうになりながらも、魔王の口まで到達すると、強く鼻づらを蹴った。

「吐き出せ、オオトカゲ‼」

サイードの挑戦を受けたのか、魔王は再び口を開いた。

ヴィダルは躊躇なく、魔王の口へ飛び込ぶ。

果たしてそこに、目当てのものはあった。魔王の口内側面にソフィアが蹲っている。

両手で突き刺した矢を支えに炎の進路から身を退けたのだろう。炎はかろうじて当たらなかったものの、熱で鎧の表面が溶けている。

魔王の口が閉じないように、大剣を突っ張り棒代わりに突き立てると、燃えるような熱さの鎧の留め具を外してソフィアの体を検分する。

流石、国一番の魔法使いが守護魔法をかけただけある。鎧はしっかりとソフィアの体を守り抜いていた。

ソフィアの肌に溶けた金属がついていないことを確認し、ヴィダルはソフィアの体を鎧から引っこ抜いた。

魔王は再び背を反らし、炎を喉の奥に作り始めている。

失った意識の中ですら、壁に突き刺した矢を離さないソフィアを抱きかかえると、ヴィダルは魔王の口から飛び降りた。

業火が撒かれる。

守備に集中していたサイードが、ヴィダルとソフィアを炎から守った。

二人が地面に叩きつけられる前に、サイードが風の塊を投げつける。ワンバウンドして、ソフィアとヴィダルが地面に着地する。

ほっと息をつく暇はない。

大暴れする魔王に蹴られないように、ヴィダルはソフィアを抱えて走り出した。

気絶していたソフィアはハッと目を覚ます。この旅の間に何とか自分で纏められるようになっていた髪が、はらりと宙に舞った。

魔王の口内へ矢を放ち、やはり手ごたえのなさを感じたソフィアは潔く魔王の口内側面へと逃げていた。

一世一代の賭けであった。

己の強運を信じていた訳ではない。上司の責任感を信じていた訳でもない。

ただ、あの時のソフィアにできることを必死にやっただけだ。

「ふざけんなソフィア！」

ソフィアの目が覚めたことに気付いたヴィダルが、ポンとソフィアを放り投げる。いささか体がぐらついたが、ソフィアは臨戦態勢を取るために踏ん張った。

構えようとして、鎧も得物もないことに絶望したソフィアに、ヴィダルが腰の剣とマントを投げて寄越す。

「何がご武運だ！　あそこは、愛してる、だろうが！」

馬鹿野郎と言いながら、ヴィダルは笑った。

放り投げられたマントを肩に巻き付けながら、ソフィアがくしゃりと顔を歪めた。

「今回も、真に受けるな、と？」

「馬鹿野郎。どうぞ真に受けてください」

こんなにも絶望的な世界でさえ真夏のように輝くのだなと、ソフィアはこんな時なのに涙が出てきそうだった。

「お前の作った五秒を、活かせなくて悪かったな」

それでも膝を折るな。この誇りの後ろには、守るべきものがいる。

ヴィダルの言葉に、ソフィアはこくりと頷いた。

もう、身を守る鎧も敵を貫く武器もない。

それでもソフィアは胸に咲く、青い誇りに誓っていた。

ヴィダルの片手剣を借りると、ひゅんと振った。

鎧もない騎士には、不相応な程素晴らしい剣だった。

「行くぞ」

「はいっ」

前略、魔王殿——

我ら青騎士団。この身が果てるまで、お相手する。

第十章：天秤の傾いた先

これまで自分の攻撃が効かなかったことがない冬馬は、茫然自失して魔王を見上げていた。

しかし、それは笑美も同じである。

明るい空をも覆う程の圧倒的な存在を前に、二人は言葉を失っていた。

これ程の脅威を前に、恐れを抱く余裕もない。

「聖女様、聖水を」

呼びかけられ、笑美は首を傾げて壺から水をコップへ注いだ。サイードは失った魔力を、笑美の水で補う。冬馬も慌てたようにそれに続く。

「つ、次はどうするんだ⁉　俺も頑張るから！」

慌てて飲んだせいで、少し咳き込みながら、冬馬はサイードを見やる。

サイードは凍てつきそうな程真剣な表情をして、冬馬と笑美を見つめていた。

「これより、送還の術を行います」

——今、なんて？

笑美と冬馬は、ポカンとサイードを見つめた。

「送還、って」

冬馬が上ずった声でサイードに尋ねる。

「常世にお返しするという、お約束でしたね」

「それはっ……魔王を倒してからの、話だろ！」

「この世の責は、この世の者が負いましょう」

サイードの言葉に焦燥する冬馬と違い、笑美は状況についていけていなかった。

彼の言葉に悲しむ暇も余裕もない。

『え？　なんで？　帰れるの？　帰り方、わからないんじゃなかったの？』

だから、魔王を倒した後に、探すことになってた……んだよね？

笑美は会話について行けずに、冬馬とサイードを交互に見比べた。

「勇者様のお召し物、本来の持ち主は別のお方だったとおっしゃっておりましたね。左様であれば、送還の寄る辺となるやもしれません」

冬馬の焦りとは正反対に、淡々とした物言いに、冬馬がさらに激昂する。

「――んな……ふ、ふっざけんなよ‼　あんたが、あんたが頭を下げたんだろ！」

魔王は攻撃を繰り出す。

ソフィアとヴィダル、そしてコヨルが。何か一つでも魔王の弱点を探ろうと飛び出した。

「だから俺は‼　――ここまでついてきたんだ！　わからないとでも思ってたのかよ！　そこまで見くびってたのかよ‼　あんたの寄越した本を読んで、あんたの指導を受けて、俺が、その可能性に気付けないとでも、思ってたのかよ‼」

サイードは冬馬に返事をしなかった。

「あんたが言ったんだろ、世界を救えって！　あんたが俺に、魔法を教えたんだろ！」

冬馬の声は涙混じりだった。

その訴えに何かを感じたのか、これまで取りつく島もなかったサイードが静かに説明を始める。

「第二の魔王は人型であったと言います。物理攻撃も魔法攻撃も、そのどちらも効果的でした。ですが今、立ちはだかるは、巨大な翼を持つ天を駆ける竜。その咆哮は空を裂き、鋼の刃をものともしない。我々には、第三の魔王に打ち勝つ手立てがない」

魔王が腹を突き出した。再び炎を吐くと判断したサイードは、冬馬から視線を剥がすことなく防壁を張る。

サイードの生み出した魔法の壁は魔王の吐き出した炎を受け止めた。笑美は驚いて、『ひゃっ』と身を縮める。

「もたついている時間はありません。聖女様は、私の後ろへ」

「ふざけんな！　何勝手ばっかり……俺なら倒せるって言ったのは、あんただろ!!」

冬馬は憤りをそのままサイードにぶつけた。

胸倉を掴み、鼻が触れ合う程近くで睨みつける。

「ちょっと攻撃が効きにくいだけじゃねぇか！　このくらいの困難、最初からわかってただろ！何を急に、弱腰になってんだよ！」

「おい鼻ッタレども！　じゃれあってねえで、援護しろ！」

遠くからヴィダルの叫ぶ声が聞こえる。

今はこんなことを言い合っている場合じゃない。

わかっていても冬馬は止まらなかった。

――サイードが乞うた。世界を救えと。

下げたくない頭を下げてまで、冬馬に言った。

そりゃ最初は、中途半端な気持ちだった。こんなに大変だなんて、夢にも思っていなかった。

パパッと倒して、パパッと終わりだって。馬鹿みたいに思ってた。

突きつけられる厳しい現実に、それでも逃げ出したくならなかったのは、いつも真剣に前を見る仲間がいたからだ。

冬馬はいつからか、彼らを許していた。

たとえ自分に嘘をついていようとも、彼らは志を共にする、仲間だと。そう信じていた。

魔王を倒すという、同じ目標を掲げていたはずだ。

それが、倒せないから――帰すだって？

これ程困難を極める状況で、唯一の可能性である自分を帰すなど正気の沙汰ではない。

そんなの、サイードらしくない。

人を騙してでも、自分を曲げてでも、目的の遂行を厭わないのが彼だ。

冬馬はサイードの胸倉を掴んだまま睨みつける。

「どうなってもいいのかよ！　あんなの、あんたらだけでどうにかなるのかよ！」

状況は最初から何も変わっていない。彼らは魔王の脅威を知っていたはずだ。だからこそ、あれ程までに制御不能な異界の勇者にさえ縋った。

これ程打つ手がないとは思わなかったにしろ、困難を迎えるとはわかっていたはずだ。

なのに、一体。

「あんたがコヨルに持ってこさせて読んでた書類の中に、いつも紛れさせてたのは、魔王の報告書だろ！　ずっとずっと、国のために仕事して、魔王のことあんだけ調べてて、なんでそんな簡単に諦めたんだよ！　これからだろ、まだ、どうにかできるはずだろ！　それなのにっ——あの時と、今と、何が違う！」

叫んだ冬馬は、ハッと顔を強張らせた。

サイードの淡々とした表情は、何の感情も伝えてこない。

ただ、魔王一点にのみ意識を集中させている。

冬馬は、サイードの隣にいる笑美を見た。

笑美はどうしていいかわからないまま、おろおろと冬馬とサイードを見比べている。

——あの時と、違うもの。

それは、サイードの心、ただ一つ。

「あんた、まさか——」

冬馬は信じられないという思いのまま、言葉を紡いだ。

サイードの胸倉を掴んだ指の力が抜けていく。

まさか、そんな。

「お守りくださいますよう」

信じられなかった。

冬馬の知る限り、サイードはこの任務に対してどこまでも実直であった。日夜職務に励み、常に警戒を怠らずに、真剣に魔王と向き合っていた。

この世界の人間として、宮廷魔法使い官長として、初代勇者の末裔《まつえい》として、第二の魔王討伐を成し遂げた英雄の末裔として――

サイードが誰よりも強い責任感を持っていたことに、冬馬は気付いていた。

異世界から自分を呼び出すぐらい、世界を助けたいと思ってたくせに。

彼の胸倉を掴んでいた手が、痺れていた。

簡単なんかじゃなかったはずだ。

沢山の捨てられないものと天秤にかけて、それでも自らその役目を背負ったくせに。

その結果、彼女を取るのか。

たった一人の、こんな――ちっぽけな、女を。

目を見開いたまま動きを止めた冬馬に、サイードは薄く微笑む。

「私に弟子はいませんでしたが」

サイードが冬馬の手を解き、背筋を伸ばした。

「貴方と過ごした日々がそうだと言うのなら、弟子を持つのも悪くはありませんでした」

サイードが右手を突き出した。

陣を展開しようとしているのだと気付いた冬馬は、サイードの手を掴んで、その身を放り投げる。

冬馬からの攻撃など予想していなかったサイードは、簡単に転倒した。冬馬は地に伏したサイードに向かって、大きな声を張り上げる。

「っざけんな!!　なら余計、生きてなきゃ、意味ねえだろ!!　もうここは、俺らにとってもラノベでもゲームでも異世界でもねぇよ!!　俺が今立ってるのは、ここだよ!!」

頭を掻きむしりたい衝動を抑えて、冬馬は魔法の陣を組み始める。

「壺姫！　なんかねえのか!!」

『なんかって、何よぉ!!』

二人のやり取りを呆然と見守っていた笑美が、びくりと震える。

『こ、こう言っちゃなんですけどねえ！　こっちはさっきから〝健康祈願水〟を保つことに必死なんだからね！　そっちは何かよくわかんない言い争いしてるけどさ!!』

笑美の叫び声は冬馬には聞こえない。しかし、彼女の身振りから何かを訴えていることは感じた。

『帰るとか帰んないとか、そんな関係ない話、今する必要ないじゃん！　は、早くコヨル達のとこにだって、行きたいのにっ！』

「なんかほら、なんかこう……なんかねえのかよ！」

『だから、なんかってなんだー！』

笑美が全身で叫ぶ。

『私にあるのは、壺だけだもん！　こんなので、冬馬さえ手こずっている魔王に、どうやって勝てって言うのよ！』

しかし、どうあっても笑美の言葉を聞くことができない冬馬は、笑美の叫びを受け止めてやることさえできない。

「ンダアアアアアアアア!!　ちくしょう、魔法も物理も効かない相手って――なんなんだよ！」

冬馬の叫びが、城を揺らす。

「なんかギミックがあるのか？　出現からの経過時間か？　特定の魔法？　核？　属性の順番？　闇回復魔法？　ちくしょう、誰か攻略サイト持ってこい‼」

きっとどれかが正解なのだ。どれかで魔王が倒せる。

だけど、その全てを試していく時間と隙がない。

「なんか、なんかっ――」

冬馬は思いつく限りの魔法を展開して、次々と魔王に撃ち込んでいく。混乱のままに、巨悪を退けるために。

「坊主！　嬢ちゃん！　避けろ‼」

血だらけになったヴィダルが、こちらに向かって叫ぶ。

一瞬の間に、魔法を撃ち込み続けていた冬馬の目の前に、巨大な影が降り立った。

恨《ヘイト》みを、稼ぎ過ぎたのだ。

魔王の腕が振り下ろされる。鋭い爪が、冬馬を襲った。

『冬馬‼』

笑美が叫んだ時には、冬馬は吹き飛ばされていた。瓦礫に衝突する大きな音が聞こえる。

冬馬は魔法が強い。早撃ちもできる。けれど、戦場慣れしていない。

咄嗟の判断がまだ、できないのだ。

敵が近づいてきた時に、防壁を張るか、攻撃して敵を沈めるか、吹き飛ばす魔法を展開するか。

そういう判断が、冬馬にはまだつかない。

まごつく頭は、瞬時の対応を鈍らせる。

その〝一瞬〟を勝てなかった冬馬は、魔王の爪に薙ぎ倒された。

笑美は、魔王の爪で貫かれた冬馬を見るために、振り返ることができなかった。身の毛がよだち、恐怖にまともな思考回路を奪われていた。

サイードが笑美の前に躍り出る。

信じられない程真剣な顔で、魔王を睨みつけながら魔法を発動させていく。

目の前に迫っている魔王は、太陽を隠す程大きい。暗い視界は恐怖を増長させ、笑美は指一本動かせない。

サイードが幾重にも防壁を張る。笑美に、ヴィダルに、そして瓦礫の中へ吹き飛んだ冬馬に。

冬馬が吹き飛ばされた場所を呆然と見ていた笑美は、震える手で無意識に顔に触れた。

何もできない、何もない笑美にただ一つだけある、壺を。

頭の中に、声が響く。

――その壺がよろしかろう。何とも役に立ちなさる。ご自分のお好きなようにお使いなさい。

笑美の〝一瞬〟を、体が反射的に動かした。

笑美は、駆けた。

サイードの背からすり抜けて、魔王へと。

仲間が制止の声をかけるが、今の笑美には何も聞こえていなかった。無声映画に迷い込んだかのように、物音一つ聞こえない。

コマ送りのようにゆっくりとした世界の中、笑美は必死に前に足を動かした。

振りかぶった魔王の腕を、ヴィダルが斧で打ち弾く。首を仰け反らせて魔王が羽ばたく。

待って、行かないで！　笑美は無我夢中で、舞い上がろうとしている竜の揺れる尾を掴んだ。太いが、先っぽのこのぐらいならきっと入るに違いない。

大丈夫、お腹は減っている。馬車が大サソリに襲われてからずっと、何も食べていない。最近、消化のスピードは格段に上がった。きのこだって瞬殺だ。パンでも果実でも汁物でも生肉でも、とりあえず形があれば、なんでも食べられる。

——念じるのじゃ。心で、強く。強く。

おじいちゃんの言葉が蘇る。


大丈夫。大丈夫。いける。

私は、いける！


『いただき、ます！』

そう言うと笑美は目を瞑り、自分の頭に竜の尾を突き刺した。

第十一章：一生に一度の恋でした

もう城とは呼べない程崩壊した場所に、笑美はぺたりと座り込んでいた。

瓦礫と化した城を囲むは、名のある霊峰。

峰々は気高く誇り高く、魔王の狂暴な姿にも顔色一つ変えない。

青い空は澄んでいた。どこまでも、どこまでも。

雲一つなく。鳥の鳴き声一つ聞こえないこの場所で、笑美はゆっくりと仲間を振り返った。

『――魔王、食べちゃった』

えへ、と小首を傾げる笑美を、ぽかんと仲間達は見つめていた。


笑美が魔王の尾を自分の壺に突っ込んだ瞬間、魔王は笑美にどんどん消化されていった。

昨日の昼から何も食べていない上のオーバーワーク。笑美は相当、腹が空いていたらしい。

――お誂え向きに、その壺がよろしかろう。何とも役に立ちなさる。ご自分のお好きなようにお使いなさい――

おじいちゃん。この世界に来て、初めてあたたかさを、笑顔を、そして、力をくれた人。

壺の使い方を勝手に限定していたのは笑美自身だった。

効果を付与した水を作ること。それしかできないのだと、そう思い込んでいた。

けれど、そうではなかった。

何かないのかと冬馬に叫ばれた笑美には、壺しか思い浮かばなかった。

しかし、壺しか、ではなく、壺が、笑美にはあったのだ。

壺は欠けることもあれば傷がつくこともある。きのこを飲み込んだとはいえ、あんな大きなものが入る確証はどこにもなかった。傷ついた場合の命の保証だって、勿論ない。

それでも笑美は、迷わなかった。

自分ができることをするため、一心不乱に駆けたのだ。

「お、おい、壺姫……？」

弱々しい声が聞こえて、笑美は振り返った。

『と、と、冬馬ぁああわあああ生きてるぅうう‼』

そこには、腹を押さえながらも自立する冬馬の姿があったのだ。

大声で叫びながら、笑美が駆け寄る。勿論、魔王を倒したところで笑美に声が戻るはずもない。

笑美はだって、壺なのだから。

けれどもう、その壺を、笑美が厭うことはないだろう。

『無事⁉　怪我は⁉　さっきの、体に穴が開いてたりしない⁉』

冬馬に飛びついた笑美が体の隅々を点検するが、彼に大きな傷はない。かすり傷がところどころついているだけだ。

「――見た目はぼろくても、竜の牙さえ跳ね返す……」

震える声で、冬馬が呟く。羽織っていたボロボロのローブを手に、冬馬はくしゃりと笑った。

「じっちゃんの言った通りだったなぁ」

老師に授けられていたローブが、魔王の爪を防いだ。猛烈な勢いに敗れ吹き飛びはしたものの、鋭利な爪が冬馬の体を貫通することはなかったのだ。

『よかった、よかったぁ……冬馬、よかったあ』

安堵する笑美に、冬馬はハッとすると、彼女の肩を掴んで揺らした。

「そうだ、壺姫、大丈夫か⁉　あんなおっきいの飲み込んで！」

『あ、わ、わわわわ、ま、まって、揺ら、揺らさないで……』

吐く、さすがに吐く。

口に手を当て制止のポーズを取ると、冬馬は手をピタリと止め、笑美の背をさすり始める。

「壺姫、無事かい」

ソフィアがコヨルを担ぎながら、瓦礫の向こうからやってきた。その後ろに、斧を背負ったヴィダルが続く。

「なんとも、ない？」

ぐっしょりと血と汗に濡れたコヨルが、朦朧とした意識で笑美に問いかけた。

三人とも、満身創痍だが、生きている。

『大丈夫だよ、ありがとう、ありがとうコヨル』

笑美は泣き出したいのをぐっと抑えて、何度も何度も頷く。

あれ程勝機も見えない中、彼らは決して挫《くじ》けずに冬馬のためにチャンスを作り続けてくれていた。怖かったはずだ。辛かったはずだ、逃げ出したかったはずだ。なのに、彼らは、仲間達は。仲間を信じて戦ってくれた。

感極まっていた笑美を、何かが強く抱きしめた。

「よくぞ、ご無事で」

切れ切れの掠れ声に、笑美は胸が詰まった。

自分の気持ちを、言葉を伝えたかったが、何も伝えることができなかった。だから笑美は、強くサイードの背にしがみついた。

「聖女様、今一度、この世の民としてお礼申し上げる」

片手を胸に、片手を背に。

深く頭を下げたヴィダルに倣《なら》い、冬馬を除く全員が笑美に頭を下げた。

笑美はサイードから離れ、背筋を伸ばす。そして、見えないとわかっていても、彼らの礼を笑顔で受け取った。

そんな笑美の頭を撫でようとして、壺なことに手を止めたヴィダルが、笑美の背をパシンと軽く叩いた。仲間に向けた愛情のようなものを感じ、てへへと照れ笑いする笑美の隣を、ヴィダルがすり抜ける。

「おう、サイード」

爽やかな笑顔と明るい声とは裏腹に、サイードの腹に衝撃が走った。ヴィダルの拳が、深くみぞおちに入ったのだ。

膝をつき、咳き込むサイードにギョッとした笑美が駆け寄る。あまりにも突拍子もないヴィダルの行動ではあったが、サイードは素直にそれを受け入れていた。

「これは、隊長からの分。これは、幼馴染みとしての分」

そういってヴィダルはサイードに手を差し出した。サイードは苦笑を浮かべてその手を取る。

「守るなら、問答無用で守れ。俺らのこと気にしてるから、陣を練るのに時間がかかんだ」

「それは申し訳ないことを」

はてなマークを浮かべる笑美の隣でサイードが立ち上がる。よくわからないが、よくわからないことは何も初めてではない。

『ひとまずはお薬作るね。ちょっと待って、て……』

満身創痍の皆に手当てをしようとした笑美が、信じられないものを目に入れる。

冬馬が、発光していたのだ。

蛍のような光が飛び散る。笑美はこの姿を、見たことがあった。

桜が舞い散る穏やかな春の日に、笑美はこの光に包まれてこの世界へやってきた。

——笑美はこの光の意味を、知っていた。

「これは……?」

光り始めた自分を不思議そうに見つめる冬馬に、サイードが穏やかな声で答えた。

「帰還の火です。勇者様の帰還に定められていた条件が揃ったのでしょう。聖女様、勇者様とお手をお繋ぎください。常世へのお帰りです」

蛍の光よりも静かな、サイードの声。

雪が降り積もるようなその声に、咄嗟に笑美はサイードのローブを握った。ピクリとサイードの体が揺れて、笑美を見下ろす。

「私を、連れ帰るおつもりですか？」

見たこともないような、柔らかい苦笑だった。

笑美は頷けなかった。

その様子を見て、わかっているという風にサイードが頷く。

今までにない程、一等恭しく笑美の手を外した。

まるで宝物を触るかのように優しく触れるサイードの手に、笑美は息を呑む。

そんな笑美の手に、自分の髪を纏めていた組み紐をサイードが握らせた。

戸惑う笑美の笑美の手を、サイードが冷静に冬馬に手渡す。

冬馬はしっかりと、組み紐ごと笑美の手を握った。

サイードは、信じられないくらいに優しく、慈しむような目で笑美を見つめる。

「虎屋笑美」

なんで、こんな時に。

初めて、名前を呼ぶの。

「貴女はよく頑張った。聖女の名に恥じないお働きでした。冬馬、貴方も。私の弟子を名乗ることを許しましょう――よく食べ、よく笑い、健やかにあれ」

冬馬の体がどんどん光っていく。それは笑美にも伝染するように、笑美は冬馬と繋がっている手の境目が分からなくなっていった。

笑美の体からも、淡い光が放たれていく。

茫然としている笑美の顔をサイードが両手で包む。

撫でる熱が、くすぐる匂いが、引き寄せ合う瞳が、重なる唇が。

何よりも如実に、サイードの心を物語っていた。

「――貴女が、この地でも咲く花であれば、よかったのに」

笑美は衝動的に足を前に踏み出していた。サイードの手が、ひらりと離れる。

たった今まで触れていたはずなのに、もう手を伸ばしても、触れられない。

笑美の伸ばした手は、サイードの体をすり抜けた。

「壺姫！」

わかってる、わかってるけど‼

冬馬の手を離せない。すでに手は溶けてしまって、緑色に光っている。もう、すぐに全身に光が届くだろう。

サイードは柔らかく微笑んで、笑美を見ている。

笑美は到底、微笑むことなんてできない。この名前に相応しくあれと、なるべく笑顔を心掛けていたというのに。笑美は今、全く笑えなかった。

『やだ、やだよ、なんで、なんでよ、やだやだやだ、なんで最後に、こんな、やだ、やだ！　知らない知らない、もうサイードなんて、知らない‼』

誰にも聞かれていないのをいいことに、笑美は気持ちを吐き出した。

本当は、もっときちんと皆と向き合って、今までのお礼とか苦労話とか、沢山したかった。

なのに、なのにさ。

無理、無理だよ、だって。

『うそ、知らなくない。帰りたくない、傍にいたい。ねぇ、ねぇ。サイード、嫌いじゃないでしょ、言って、言ってよ。傍にいろって、言ってよ‼』

そうしたらきっと、魔法が。ねぇ、ねぇサイード！

笑美の望みを、サイードは全て受け止めるかのような、穏やかな笑みを湛えている。

たまらなくなって、笑美は何度も何度も首を横に振る。

知らなかった、こんなの。

全然知らなかった。

魔王は倒した。世界を救った。サイードは無事だ。皆も無事だ。

これからきっと、私達がいなかった日常に戻るだけ。サイードは死なない。命の危機はない。

なのに、それなのに。

もう会えない。

それが、こんなに、こんなにも――

『サイード、サイード！　ねぇ、ねぇ――』

光が溶けていく。

蛍が散らばり、青い空に吸い込まれていった。


二人がいた場所で、小さな瓦礫がコロンと音を立てた。

❖

「ひっ、ひっく――ひっく……」

自分の声を久しぶりに聞いたな。

笑美が最初に感じたのは、そんなことだった。


穏やかな春の陽は優しく笑美を照らしていた。

あの日、この場所で、サイードと出会った。サイードの雪のように美しい髪が、笑美に今こうして降り積もる桜よりも、ずっとずっと綺麗で。

きっとあの時にはもう、彼に囚われてしまっていたのだ。

「きゅええ……」

知らぬ間に握りしめていた何かが、笑美の腕の中で鳴いた。ぺろぺろと、笑美が零す涙を舐めとっている。

笑美の右手には、黒色の組み紐がしっかりと握り締められていた。茶色く薄汚れた姿には似合わない、高級感のある金糸を施した意匠だった。それは、笑美と同じ髪の色。

「かえって、きちゃった、きちゃったよぉ……」

腕の中の生物を抱きしめ、笑美はしばらく蹲って泣いていた。

第十二章：夢は今もめぐりて

「ただいまー」

「おかえりなさーい」

職場から帰宅した笑美の父を出迎えたのは、可愛い娘と、小さなトカゲだった。

玄関のドアを開けた瞬間、熱い塊にぶつかりそうになった父は、仰け反ってそれを避けた。

「おー！　さすがパパ」

無責任な娘の声に、父は頬を引きつらせる。

「……笑美、それは？」

「魔王」

「――これはまた、ちんくしゃな……」

危うく焦げるところだった前髪を父が掴む。その様子を見て、笑美がけたけた笑った。

「……笑美、どうかしたのかい？」

娘の空元気を見抜いた父は、笑美の顔を覗き込む。

久しぶりに会った父から労られた瞬間、笑美は涙を堪えることができなくなってしまった。

腕に大型のトカゲのような、小型の恐竜のような不思議な生物を抱えて、笑美は玄関に蹲った。

「……パパ、あのね、聞いて。信じられないかもしれないけど――」

❖

「何あれ」

桜の花が舞う校門で、冬馬は友達にそう語りかけた。

始業式を終え数日も経てば、桜の見ごろも過ぎてゆく。

近隣にあるほとんどの学校がそうであるように、冬馬の通う男子校も桜で彩られていた。強い春風になびいて青い空へと花弁が抜けていく様は、どこまでも美しい。

平和だな、と。冬馬は今まで考えたことさえないことを思った。

「あぁ、凄い人だかりでしょ。校門に二藍《ふたあい》高校の女子がいるんだよ。窓から見たけど、可愛い子だったよ」

「へぇー女子ー。誰かの彼女かねぇ」

「リア充なんぞ爆発してしまえ」

校門には大きな人垣ができていた。遠目に見ただけの冬馬には、その中心に女子生徒がいるかまではわからない。

「美少女と桜とか。なんのアニメだよ」

友達と笑い合いながら、冬馬はさして興味もなく校門を通り過ぎようと足を踏み出した。

――その時。

「あ、冬馬！」

明るい声が、過ぎ去ろうとしていた冬馬を制止する。

「……へ？　あ、いや、俺じゃあないよなぁ」

トウマなんてよくある名だし、もしかしたら藤間《とうま》だったかもしれない。

そう思った冬馬が友人に同意を求める。友人はこくこくと頷きながらも、冬馬と目を合わせなかった。彼はある一点から目を離せなかったのだ。

冬馬は恐る恐る友人が見つめる方向に顔を向ける。

冬馬と友人は、人垣の中心を固唾を飲んで見守った。

「あの、ちょっとすみません。捜してた人、見つけたので」

「え？　あいつ誰だっけ……」

「片峰だよ。一年の最後の期末三位だった……」

「……あー」

「ちょっと、ちょっとどいて。ごめんね」

人垣を割って、冬馬の前に噂の美少女が現れた。

当然だが、冬馬にはこんな美少女に見覚えがない。

美少女は慌ててこちらへ駆け寄ってくる。まだ全然近づいてすらいないのに、いい匂いがする気がする。

謎の美少女に、桜が舞う校庭で声をかけられて、冬馬は思いっきりあがってしまっていた。

冬馬の記憶にはないが、昔秘密の鍵を交換し合った幼馴染みとか、離れ離れになった婚約者とかだったりするのかもしれない。

異世界に行って勇者をしてきました、なんてのに比べたら、全然アリだと冬馬は思った。

「冬馬本当に白群《びゃくぐん》高校だったんだねー。男子の制服なんてどこも一緒だから心配してたんだけど、出会えてよかったー！」

謎の美少女は、今にも冬馬に抱き付かんばかりに喜んでいる。

可愛くなかったら、なんだこの人と一蹴されそうなテンションである。しかし顔が可愛いとは罪なもので、それだけでこの場にいる全ての人間に許容されていた。

「それでさ、話したいことがあったんだけど携帯の番号も知らなかったし――冬馬？　どうした？大丈夫？」

「あ、はい」

首を傾げる美少女に、冬馬は何とも情けない声を返した。

その声を聞いた美少女が、更に首を傾げる。

「……冬馬？　まさか、私が誰か、わかってない？」

美少女、ご明察！　冬馬は勢いよく首を何度も縦に振った。

生まれてこの方、こんな美少女とこんな間近で見つめあったこともなければ、下の名前で親しげに呼びかけられたこともない。

「えー！　嘘ー！　はくじょーもん！　一緒に魔王倒したのにー!?」

はい、かいさーん。この電波発言にはラノベに夢見る男子高生達も、許容しきれなかったらしい。

「本当にわかんないの？　ほら。私だよ、つぼひ……」

冬馬は美少女の口をバッと覆うと、手を引いて走り出した。

「つつつつ壺姫か！」

「そうだよー。笑美って呼んでね」

美少女――改め、笑美はポテトを口に放り込みながら笑った。

今まで女の子と手を繋いだこともなかった冬馬には、女子と共に入るなど、ファストフードで精一杯だった。

アニメという先人達の教えに倣い、非常にぎこちなくだが奢《おご》ろうとしてみたものの『あ、お会計は別で』という笑美の一言で、冬馬のええかっこしタイムは終わりを告げた。

各々注文したものを手に取ると、空いている席に座った。小さなテーブルは椅子に座れば膝がくっつきそうな程近く、冬馬は先程からずっとドキドキしたままだった――が。彼女の電波発言を思い出して正気に戻る。

「あんな変な壺被ってたのに……？」

「ちょっと。変って何よ、普通の白い可愛い壺だったじゃん。っていうかそもそも、私が好きで壺になってたんじゃないからね⁉」

冬馬は呆然と笑美を見ている。頼んでいたシェイクは、既に表面に随分と水滴を付けていた。

「まさかこんなかわ……いや、元気そうだとは思ってなかったっていうか。だって最後、あんな泣いて――」

冬馬は自分の口を手で覆った。冬馬に苦笑を返すと笑美は両肘をつき、手のひらに顎を載せる。

「そ。これ、毎朝必死にマッサージしてるの。連日連夜泣きすぎて、顔中むくみまくりよ」

ふーと悪態をつきながら息を吐く姿すら、人間の姿では可愛らしい。冬馬は必死に頭の中を整理していた。

――冬馬と笑美が日本に帰って来てから、三日が経っていた。

経験した当人であっても信じられそうにない命がけの大冒険も、終わってしまえばただの夢物語だ。試しに何度も魔法を発動しようとしてみたが、こちらの世界では一度だって発動できなかった。

冬馬は、あれが本当に起こったことだったのか、それとも自分の夢だったのか随分と悩んだ。

ありがたいことに現世に飛んでから時間経過はなかったようだ。内心不安に思っていた警察沙汰などにならずに済んだので、冬馬は随分と安心した。

「実はね、冬馬に話したいことがあって――」

「あぁ俺もある」

「そうなの？　じゃあ、お先にどうぞ」

笑美の言葉にこれ幸いと乗っかった冬馬だが、ばつが悪い出来事を思い出し、言葉に詰まる。

「ん？　どした？」

小首を傾げる笑美の仕草は壺の時と同じなのに、冬馬に与える影響は全く違った。

くそう、顔がついたくらいでなんだ。相手は壺なんだぞ、と自分に突っ込む。

いや違う、そもそもが、彼女は人間だったのだ。前提を間違えてはいけない。てるてる坊主はあくまでも仮の姿だったのだ。それを壺が顔だからと言って、女の子扱いどころか人間扱いしていなかったのは冬馬である。

くそ、こんな可愛いなら先に言っとけよ。もっと風呂の時よく見とけばよかったと、冬馬は心で涙を流した。

「俺、さぁ……どうも自分で？　こっちから飛んだらしい……んだよな」

「……ほー」

笑美はポテトを食べていた指を舐めながら頷いた。くそう！　もうやめて小悪魔壺娘！　勇者のライフはもうゼロよ！　冬馬は直視できずに目を泳がせる。

「なんでわかったの？」

「それがさー……」

冬馬は母親に、今回の嘘のような出来事を話していた。

笑美とは違う理由で切羽詰まっていたのだ。

冬馬は、現世に学生鞄を持って行っていた。しかし帰還の時、冬馬は鞄を持ってはいなかった。これが何を意味するかというと……つまり、冬馬は現世に鞄を忘れてきてしまったのだ。

帰還後、朝のホームでしばらく呆然としていた冬馬は、帰還の実感も湧かないままふらふらと帰路についた。自宅を見て思わず涙ぐんだ冬馬を待っていたのは、母の怒号だった。

学校にも行かず、制服は泥まみれ。更に鞄を何処かに捨ててきたドラ息子に、母はそれは激怒した。母の怒りに勝てず、冬馬はべろった。簡単に。ぺらぺらと。あることないこと――いや、あったことあったこと、全てを話した。

話していくうちに感極まった冬馬は、家に帰ってきた安堵と、いつも通りの母に、堪え切れず涙を流してしまった。

十六歳の男の子が一度に経験するには、少しばかり刺激が強すぎたのだ。

冬馬の母は、その話を静かに聞いていた。聞いて、涙を流した冬馬にティッシュケースを差し出すとこう言った。

「『勇者はあんただったか』」

「……ほ、ほう」

中々話のわかるお母さんだね、と笑美が頬を引きつらせる。冬馬は腹から息を吐き出した。

「なんでも俺、どうも、現世の人間の、血が流れてるらしくって」

「へえええええ」

笑美は手を叩いて驚いた。

「うわっ、ちょ、静かにっ」

オーバーなリアクションに、冬馬が慌てる。

「あ、ごめん。向こうの癖で……リアクションしないと私、ただの壺だったから」

「中々大変な生活してたもんな……」

えへへ、と笑う笑美に冬馬は話を続けた。

「一度目の魔王退治があっただろ。歌のほう……」

「うん」

「その魔王討伐に同行した魔法使いが、俺の親父だったんだって」

「ほー」

「親父つっても、生きてたらもう八十近い爺さんなんだけど」

「ほ、ほー」

「ごめんな、リアクションとりづらいよな。俺もあんま家族の話とか細かくしたいほうじゃないんだけどさ……俺の家、特殊って言ってたろ？」

笑美が「うん」と頷く。

「親父女好きでさぁ。現代じゃ考えられないだろうけど、あちこちに女囲ってたんだよ……えーとつまり、昔でいう、愛人さん。いや、囲ってたは正しくないな、囲われてたのは親父だから……渡り歩くヒモ生活……」

「待って冬馬、これ私が聞いていい話？」

「聞いて。むしろ笑い飛ばして」

「承知した」

笑美の表情からは、若干の戸惑いと、大きな好奇心が窺えた。

「信じられないだろ？　俺、腹違いの姉妹何人いると思う？　名前覚えてるだけで十三人だよ。十三人。親父の葬式、ちょっとしたハーレム。まぁでも平均年齢四十のおばちゃんばかりだけど」

「超モテモテだったんだね、パパ」

「凄いよなー愛人さん達。そりゃあ若い頃の親父の見てくれはちょっと……いやだいぶよかったみたいだけどさ。浮世離れしたヒモの爺さんをさ、せっせこせっせこ面倒見たんだぜ？　そんでふらふらふら放浪して、各地で愛人作って子供こさえて。本当にあんた日本人か⁉　って思ってたけど……ちがうんならなーもーなー、しょーがないよなーなんかー」

だんだんとやけっぱちになってきた冬馬に、笑美はポテトを恵んでやった。

「残念だね。見た目のいいパパの血薄くって」

「うっせーな！　見た目じゃなくて、中身引き継いじゃったらしいんだよ！　俺は！」

「冬馬冬馬、しー」

自分のことは棚に上げ、ひとさし指を唇に当てる笑美に、冬馬は慌てて声を落とした。

「……親父、チートレベルで魔法凄かったらしくって」

「太古の力、的なやつ？」

日本では初めて聞く単語に、冬馬は違和感を覚えたのだろう。唐突に真顔になると、笑美の顔をじっと見つめる。

「……なんか壺姫……じゃなかった。虎屋と言葉で話してるって変な気分だな……」

「私もだよ」

ふふ、と笑う笑美に、冬馬はどぎまぎして視線を逸らした。

その笑みは、人間の顔のままあちらへ行っていたら、さぞや大事にされていただろうと冬馬に予測させる美しさだった。可愛らしい造形もそうだが、なんだか、品があるように思えるのだ。

あんな壺運搬のような手荒な扱いはされなかっただろうに、としみじみ不憫に思ったが、その一端を自分が担っていたことを思い出し、冬馬は思考を切り替えた。

「うん、そう。魔法の力、世界規模で年々弱まってきてるって言ってたじゃん、サイード」

「うん」

「んで、親父、魔法全盛期の中でも飛び抜けて凄かったみたいでさ。魔王、二度復活してただろ？　母さん曰く、二度とも討伐に携わったんだって。この時点で親父の推定年齢百八十歳以上だよ……もうやめてくれよ……」

本当にあんた日本人か、どころか、本当にあんた人間か⁉　だよもうやだよ。と頭を抱える冬馬の肩を、笑美がポンポンと叩いてやる。

「そんでなんか、二度あることは三度あるだろうって思ったらしくてさ。魔王が復活したらティガール王国に戻る魔法を自分にかけて、あっちにふらふら、こっちにふらふら」

「まさかそのふらふらって……異世界間も、ってこと？」

「そっ」

どっひゃー！　と、笑美が美人な顔に勿体《もったい》ない声で両手を上げた。この間抜けな様子は、まごうことなき、壺姫だなと冬馬に安心を生む。

「で、この世界に来たらなんと魔法が使えなくなって、あーあって思ってる内にぽっくり死んだ……って訳」

まあその「あーあ」の間に愛人さんたんまりこしらえてたんだけどさ、と冬馬は呆れ顔だ。

「自分にかけてた魔法がたぶん子供の内の一番魔力が高いやつに反応するだろうから、気を付けてやっててくれなーって一応言付け残してただけ、マシなほうかなぁ」

「パピー、すごすぎる上に自由人すぎでしょ！」

笑美が声をあげて笑う。その表情は愛想笑いではないようだった。

冬馬は、笑美が笑えていることに少しばかりほっとする。

最後に見た時の笑美は、今にも崩れ落ちてしまいそうだったからだ。声が聞けずとも、顔を見られずともわかった。

「でもそっかーじゃあやっぱり、あっちの人達は無実だったんだねぇ。謝んないと」

くすくす笑う笑美の声に、冬馬は不穏な響きを感じる。

「……ん？」

「謝ってきてあげるから。冬馬……——ね？」

にこり、と。

冬馬の目の前で、美少女が迫力満点に微笑んでいる。

冬馬にとって、現世の話は、終わった話だった。

——一世一代の大冒険。

親父の善意の尻拭いを命がけでやってきて、はーよかったよかった。ちゃんちゃん——の。

終わったつもりの話だったのだ。

「……冬馬、逃がさないからね」

ぎゅっと冬馬の両手を掴んだ笑美が、わざわざ自分を捜しに来た目的を、この後冬馬はいやという程知ることとなった。


ファストフードでは人目があると、冬馬は笑美の家に招待という名の強制連行をされた。

リビングに通された冬馬は、初めて同級生の女の子の家にいるという事態に、そわそわしっぱなしだった。

「どしたの冬馬。楽にしてていいのに。はいどーぞ」

ラグの上に正座したまま落ち着かない冬馬に、笑美はお盆に飲み物を載せて持って来た。

「ん、ありが——って何これ」

お盆の上に置かれていた可愛らしい恐竜のぬいぐるみを見た冬馬は、つと手を伸ばした。

壺の顔の時は意識しなかったけど、やっぱ壺姫も女の子なんだなあと、ぬいぐるみに触れようとした時——ぬいぐるみは、炎を吐き出した。

「ほ、炎⁉」

「そりゃ魔王だもん。炎くらい吐くよ」

あっけらかんとして笑美が言う。

冬馬は目玉が零れ落ちそうな程、目を見開いた。

「こ、これが魔王——⁉」

「そう。魔王。魔王のマオたん。はいマオたん、お返事して」

お盆の上にいたぬいぐるみ——もとい魔王を膝に乗せると、笑美は前足を持ち上げる。

まるで「はい」と片足をあげたようなポーズで魔王が返事をする。

「きゅえー」

「なななななななんでここに！」

「わかんない。私がこっちに帰ってきた時についてきてたの。凄い大きかったし、すぐには消化しきれなかったのかなぁ？」

「くえ？」

呆然としている冬馬に、笑美が笑う。

マオは、笑美と冬馬が戦った魔王の姿そのままの、ミニチュアになっていた。大きさは笑美の両手に乗る程度。きゅぴ、くえ、と鳴き、炎を吐いた。

あの時は恐ろしくて顔など見つめられなかったが、この魔王は非常に可愛い顔立ちをしている。

ぽてぽてと家中を歩き回ってはそこかしこで炎を吐いているマオを見て、冬馬は頭を抱えた。

「あれ……火事になんないの……」

「物には吐きかけないように、徹底的に、躾けた」

「そ、そう……」

いったい何をされたのか。

冬馬はまさか魔王に同情する日が来るとは思いもよらなかった。

「向こうでさ、教えてもらったじゃん。なんか、魔法を発動する時に発生する二酸化炭素みたいなのが集まって、魔王になってるんじゃないかっていうのが流行の説だって」

少しの違和感を感じながら、「うん」と冬馬は頷いた。

ぽてぽて歩いていたマオを抱きかかえた笑美は、びろんと翼を広げる。マオのお腹が、ぷりんと露になった。

「けどさ、たぶん違うんだよ。今までの魔王はどうか知らないけど、今回の魔王は二酸化炭素が集まって自然発生したとかじゃなくて、二酸化炭素を吸い込んだ、力の強い魔物が魔王になっちゃったんだよ、きっと」

それがマオだったんだよね、と笑美がお腹を撫でると、邪気のじゃの字もないつぶらな瞳でマオは笑美を見上げる。

「たぶん、私の頭の中の水が聖水として作用したんだと思う。邪気にあてられた馬や、魔法をかけられたソフィアを元に戻したりしたでしょ？　あんな感じで、きっと水に漬けたのがよかったたんじゃないかな。おかげで魔王は邪気が祓われて、可愛いマオになりました」

「っだー！　なる程、邪気——闇属性だったから攻撃効かなかったのか！　聖属性攻撃しか通らねーとかいうオチのやつね、はいはいはい！」

お互い、ゲームが趣味の冬馬と笑美は「あるある」と頷き合った。

やはり魔王には、特定の属性攻撃しか通らなかったのだ。

現世に光属性の魔法は存在しない。唯一、二の魔王を斬ったことがある国宝シア・グローディス——別名、光と影——だけが、その製造過程の特殊さから光属性を纏う剣であった。

しかし、長い年月の間に、その剣も姿を変えていた。

双剣であった光と影《シア・グローディス》は建国二百年の記念に、一本の太い剣へと打ち直されていたのだ。これからも長く太く存続するようにという願いを込められた剣は、残念ながら光と影を中和させたことによって、奇跡とまで言われたその効果を失っていた。

その大剣は、冬馬と笑美の目の前で魔王に噛み砕かれていたのだが、そのことを二人が知っているはずもない。

「んで、そのサイズの説明は？」

「おっきかった時は、邪気でお腹が膨れてたんじゃない？　ねーマオちゃん」

「まぁそれがじゃあ本当に魔王だとしたら……よく飼ってるなぁ」

「可愛いじゃん」

「いやまぁ、可愛いけど、可愛いけどさぁ……!?」

冬馬はハッとした顔をして口を閉ざした。

先程は出会った衝撃で、そして今度は魔王の可愛さに、忘れていた現実を思い出したからだ。

「……虎屋、あのさ」

居住まいを正して口を開いた冬馬に、笑美は「うん？」と顔を向けた。

「……ごめんな。お前のこと守るなんて大口叩いときながら、結局危ない目にあわせて……それどころか、魔王を吸い込むなんて、怖かったろ……」

俯いてぎゅっと唇を噛みしめた冬馬の肩を、笑美はぽんぽんと叩いた。

「何言ってんの、勇者様。冬馬はいつだって私の勇者だったよ。ありがとう、冬馬がいたから頑張れたんだから」

笑美の言葉に冬馬は息を呑んだ。

あ、泣いちゃうんじゃないかな、と思った笑美の隣で、冬馬が顔を俯かせた。

「お前も、いつも俺のてるてる坊主だったよ」

そっかー聖女がよかったなー！　そこはー！　だからモテないんだよ冬馬！

冬馬のアホなフォローにずてんとこけそうになった笑美は、それでもその言葉が嬉しかった。自分が、冬馬にとって力になっていたと知れたからだ。

「ところで冬馬……ここで折り入ってお願いが」

マオを膝からおろし、冬馬の隣にずずいと近づく。

美少女顔の笑美に慣れない冬馬は、突然の行動に驚いて仰け反る。涙は引っ込んだ。

「なんかやーな予感がするんですけどお……」

「大丈夫！　痛くないから！　優しくするし！」

「何その俺が処女みたいなの！　やめて！」

わっと顔を伏せて冬馬が泣きだせば、笑美はよしよしと背を撫でた。

「魔法陣を作ってほしい」

冬馬は伏せていた顔を上げて、「……まさか」と笑美を見る。

「あっちへ行く」

「おいおいおいおいおいおい、こっち捨てるの⁉」

「そこら辺はおいおい考える」

「おいおいおい」

「私がもう一度あっちへ行くことは、原理的には、できるはずなの。冬馬も言ってたじゃん。あっちで一度発動した魔法は、時間が経っても継続したままなんだよ。つまりこっちで魔法が使えなくても、あっちの働き掛けがあれば、世界を渡れる」

「おおおおい、ちょっとーちょっと待ってくれー虎屋！　スケッチブックと随分キャラが違……」

「問題はこっちから行く方法がないってこと。向こうが呼んでくれれば万々歳なんだけど……あの様子だと、きっと、呼んでくれない」

突然声のトーンを落としてぎゅっとスカートを握りしめた笑美に、冬馬は胸を打たれた。

最後の場面を思い出したのだ。

冬馬に笑美の言葉を聞くことはできなかったが、笑美の体の動きでサイードに何かを、大声で訴えているのはわかっていた。伸ばした手が触れられなかった時、どれ程笑美の体の力が抜けたか。手を繋いでいた冬馬は気付いていたのだ。

しかし人には名前を呼ぶななんて言っておいて、自分は呼んでるんだから、やっぱり勝手な男だよなと冬馬はため息をついた。

二人がいつからそういう関係になっていたのかは知らないが、壺にキスをするサイドも中々のものだった。今のこの美少女顔なら、拝み倒してでもお願いしたいが――

「……いいけど、条件がある」

「何？　いいよ！　なんでも言って!!」

「……」

身を乗り出した笑美に、冬馬は目を逸らしながら告げた。

「キ、キスしてくれたら、一緒に考えてやらんこともない」

真顔で見つめて来る笑美に、冬馬は耐え切れなくなった。

そろりと視線を戻すと、笑美は眉根を寄せて頷いた。

「女に二言はない」

「わー！　嘘だよ嘘！　悪かったよ！　じゃあ可愛い女の子紹介して！　オタクでも引かない子！」

「え？　……えー……」

「なんで！」

俺ってそんな不良物件!?　真剣に焦った冬馬に、笑美はちょっと唇を尖らせた。

「だって冬馬は一緒に魔王を倒した仲間じゃん……彼女とかできたら、ちょっと寂しいし……」

冬馬は決心した。何がなんでも、この可愛い仲間のために魔法陣を作ってやろうと。

声なく感動する冬馬を見て、笑美が隠れてガッツポーズをとっていることも、知らずに。

❖

ママのコーヒーを淹《い》れるのは、パパの仕事だ。

どれだけ忙しい朝でも、この役目だけは忘れたことがない。

――トポポ
ドリップされるコーヒーを見ながら、笑美は頬杖をついていた。

コーヒーの香ばしい匂いがする、いつもの朝。前髪がいまいち決まんなくて、パパとママがいて、ちょっと不思議なペットが増えて。いつも通りの朝のはずなのに味気ない。

嫌味も皮肉も届かない。こんな場所からじゃ、髪も結べない。

銀糸の髪を思い出す。今は誰か、髪を結んでくれている人はいるだろうか。

「……いるよな、たくさん」

笑美は自分の導き出した答えに項垂れた。

日本に帰ってきたその日に、笑美は父と母に向こうであった出来事を話していた。

胸に抱いていたこちらの世界には存在しない竜がいたことも、説得力の一因となったのだろう。

父と母は笑美の涙を、すぐに信じてくれた。

そうして魔王は迎えられ、笑美にはリフレッシュ期間が適用された。

とはいっても、学校を休んでいい訳じゃない。始業式を無断欠席したことだって、そりゃあしこたま怒られた。笑美は、校則からはみ出ない程度の化粧で泣きはらした顔を隠しながら、その後もきちんと学校に通っていた。

両親は危ないことをして帰ってきた笑美を叱らなかった。

ただただ、よく頑張った、ありがとう。と、そう笑美を抱きしめてくれた。

しかし、その後あちらへ行きたいと言った笑美に、父も母もいい顔をしなかった。

こちらに帰って来たばかりで気が動転していた笑美を、母が厳しい顔をして一喝した。

『勘違いしなさんな。今あんたが心から不幸だと思っていても、離れて時間が経てば、それは必ず思い出になる。あんたはその後きちんとまた立ち上がって、必ず違う幸せを見つけられる』

ぐさりときた。笑美は、こんなに苦しい気持ちのままじゃ、もうあと一分だって生きていけないにちがいないと思っていたからだ。

『男はね、その世界にもこの世界にも、そちらさん一人じゃない。今がどんなに辛くても、毎日、食べて、寝て、笑って過ごせば、少しずつ忘れていく。辛いことを乗り越えることは無理でも、思い出に変えることはできる。いつまでも、その辛い気持ちが続く訳じゃない』

笑美にはわからなかった。

笑美にとってこれは初恋であったし、勿論のこと恋に破れたこともなかった。

これ程辛い気持ちがいつかなくなっていくなんて、到底信じられなかったのだ。

『だから、あんたが幸せになりたいだけなら、行くのはやめなさい。あんたはここでも、十分幸せになれる』

——チャポン　チャポン
音を立ててコーヒーが水たまりを作っていく。

❖

「また君か」

仕事から帰ってきた父は、夕方のリビングでため息を吐き出した。

「お、お邪魔してマス」

「おかえり、パパー」

「ただいま」

リビングのテーブルに仲良く座っている冬馬と笑美に、父が苦笑を返す。そして、長い指で落ちていた紙を、一枚拾った。

テーブルの周りには、散乱した紙と古びた本。

その全てに、日本で育っていれば、およそ馴染みもない不可思議な文字が連ねられていた。

冬馬のそばにいたマオが、父に近寄ろうとしてペタペタと紙の上を歩く。足を持ち上げ、足の裏にくっついた紙を剥がそうと腰を振った。ふりふりと尻尾が揺れる。

「これは？」

「送還の魔法陣！　パパが駄目って言っても、完成させるんだから」

べっと舌をつきだす娘を見て、父は母を見下ろした。

「ママ？」

「おかえり。いいじゃない、面白そうだし」

へぇこれが魔法陣ねぇと、軽食をテーブルにおいた母が紙を手に取る。それは、冬馬があれでもないこれでもないと、記憶を頼りに書き殴ったものだった。

母は娘の暴挙を止める気はないらしい。

父と母の空気にびくつきながら、冬馬はテーブルの上に出された軽食を眺めた。薄い半月型のパンに、手巻き寿司のようにサラダや肉を詰めていくらしい。純和食ばかりが並ぶ片峰家の献立にあるはずがないそれを、冬馬はどこかで見たことがあるなと思った。

「ママはもう味方だもん。ねー」

「味方、まではいってない」

「えー」

確信に満ちた目で斜め前に座った母を見た娘に、父は慌てて尋ねた。

「味方って何、どういうこと？」

「ママ、言ってたよね。『あんたが幸せになりたいだけなら、行くのはやめなさい』って。私、私だけが幸せになりたいんじゃないの。あのね、一人だと、笑えない人がいるの。けどね、最後に私に、笑ってくれたの。だから私、行きたい。私、〝笑美〟でしょ。笑顔を届けにいかなきゃ」

「そ、そんな……」

父は額を押さえて絶句した。

「まさかこんなことが……」

言葉をなくさんばかりに、絶望している父の隣で、何故か母が大口を開けて笑っている。

「ママに相談したの。そしたら、あっちに行ってどうしたいのか、何ができるのか、できなかった場合はどうするのか……、きちんと考えてるのかって言われたから、色々考えてみたの。まだ全然完璧じゃないかもしれないけど、私なりにまとめたのが、はいこれ。レポート」

ぺらり、と渡された二枚の紙を慌てて掴むと、父は目を凝らして紙に書かれた文字を読んだ。

矛盾や穴だらけで、社会を舐めきっているとしか思えない娘の提出物に涙が出そうになる。

これ程ものを知らなくて――父も母もいない、無条件で自分を愛し、守り、叱ってくれる人間のいない場所で、こんな甘ったれが生きていけるはずがない。

――それでも娘は、今できることを必死にやっているのだ。

「まぁ、及第点ねって言ったの。十六歳の、本気よね」

肩をすくめる母に、父は言葉を詰まらせた。

父はふと、冬馬の横にまとめられている布に目を留めた。父の視線に気付いた冬馬が、すみませんと頭を下げる。

「ぼろっちいですけど、洗濯はして来てますんで……」

「それは?」

「向こうの世界で、冬馬の命を救ったすごーおい、ありがたーあいローブ」

見てもいいかな?　と手を出す父に、冬馬は慌ててローブを渡した。

広げると、真ん中に大きな縫い目のあるぼろ布だった。真ん中の補修したところ以外にも、ところどころつぎはぎが目立つ。少し力を入れればすぐにでも引き裂かれてしまいそうなぼろい布だが、刺されている刺繍などはほつれ一つなく綺麗にその姿を保っている。

元の持ち主が、どれ程大事にしていたのかがよくわかった。

「何かの参考になるかと思って持ってきたんです。向こうで知り合ったじっちゃ……老師に貰ったんです。ええと、名前は俺は教えて貰えてないんですけど……」

「教えて貰えなかった？」

「魔法使いは簡単に名前を教えちゃいけない法則があって」

へぇ？　と父は首を傾げた。その隣で母も傾げている。

ラノベとか読まなそうだしな、知らないよなそんなお決まり設定。ハハハと乾いた笑みを零す冬馬の隣で、笑美が口を開いた。

「シャルルだよ」

父に向かって、笑美はきっぱりと告げた。

間をおかずに、もう一度告げる。

「シャルル・アドゥルエルム。私は名前、教えて貰ったの」

笑美が老師の名を口にした瞬間、ふわりとマオの体が浮いた。しかし、そのことに笑美も冬馬も気付くことはなかった。

笑美の出した名前に驚いた冬馬が、立ち上がったからだ。

「――アドゥルエルム？」

「どうしたの？」

「虎屋があっちに行きたいって言うから、親父の本やらなんやら引っ張り出して色々調べたんだ」

散乱した古ぼけた本を指さした冬馬に笑美が頷いた。

きゅぴ、ぷぷぷ。マオの鳴き声が聞こえる。「しー」と、母がマオに言った。

「そしたら、父さんの名前がアドゥルエルムだった。日本人の名前は偽名だったみたいで——本名がハルベルト・アドゥルエルム」

冬馬がゲームやラノベ好きになった直接の原因は、この中二病全開の書物にあった。

冬馬はまだ文字も読めないような子供のころから、父の魔法書に夢中だった。

当時の冬馬は、書物の意味までは理解できなかったが、文字の独特な形状は覚えていたのだろう。尋常ならざる速さで冬馬が現世文字を会得したのは、子供のころに日夜眺めていたからに他ならなかった。

純粋に魔法使いに憧れていた冬馬は、書物に描かれている魔法陣を描いて日がな一日遊んでいた。あまりにも熱狂的に取り組む冬馬の姿に、冬馬の母親は強く危惧した。このままでは冬馬の将来が危ないと、夫ハルベルトに頼み、書物を全てしまい込んでもらったのだ。

一番の遊び道具がなくなった冬馬は、泣く泣く友達と遊びに出かけるようになった。外の世界は刺激的で、冬馬はすっかり夢中になった。

そうして、幼い頃に遊んだ本の記憶は徐々に薄れていってしまった。

幼い頃、何度も描いた魔法陣。

冬馬が現世に渡った直後から、暴走とはいえ魔法を行使できたのは、父の遺した魔法陣を記憶の隅に残していたからであった。

「……シャルルはハルベルト・アドゥルエルムの長子。彼は、君の一番上の兄にあたるだろう」

「げっ、うちの家系って、女しか生まれないんだと思ってた。俺以外にも男っていたんだ……って、あれ、じゃあじっちゃんって俺の……兄貴⁉」

ひょえー！　と驚いた冬馬が固まる。

「ん？」

――なんでそれを虎屋の父ちゃんが？

訝しんだ冬馬は笑美を見たが、笑美は父を真剣な目で見つめていた。

「きゅぴえー」

マオが鳴いた。

「これが魔法陣？」

「あっはい」

冬馬が今完成させようとしている紙を手に取ると、父はふむと頷いた。

「こんなのに、うちの娘の命は預けられない」

首を横に振る様を見て、冬馬は項垂れた。自分がどれ程頑張っても、魔法なんて胡散臭いものをちらつかせる限り、笑美の父を説得することは無理なんじゃないかと思ったのだ。

「パパ！」

落ち込む冬馬の隣で、笑美はテーブルに手をついて勢い良く立ち上がった。

「マオ、おいで」

父が呼ぶと、マオがパタパタと飛んできた。

飛んでいるマオを見て、笑美と冬馬は絶句する。何故、飛べるように？

驚く二人とは違い、父は当たり前のように飛んできたマオを受け止めた。

マオは一番、父に懐いていた。

「きゅぴっ」

父の手に鼻がしらをくっつけると、何かをねだるように鳴く。

「多くの動物には、帰巣本能というものが備わっていることを、知っているかい」

ぽかんと口を開いた冬馬に尋ねた父は、しかし返事を期待していないようだった。

父は母を見下ろした。

母はテーブルに座ったまま右手の指を三本立てると、父の目を見てしっかりと言う。

「三日。それ以上はだめ。学校はちゃんと卒業する約束よ」

「二日だ」

肩をすくめた母は、よかったねと笑美の背を叩いた。笑美は期待に満ちた目で父を見上げる。

「二日間。笑美と、名も知らぬ彼に猶予を与えよう。その二日間でどうにもならなかった場合は、僕は金輪際、絶対に、協力しない」

「はい！　わかりました！」

笑美が勢いよく手をあげる。その顔は、抑えきれない喜びに溢れていた。

――冬馬はずっと感じていた違和感に気が付いた。

こちらに帰って来たのだから、もう名前を呼んでもいいはずなのに。むしろ、名前を呼ばせちゃいけないのは自分達だけで、彼の名を呼ぶことには何の影響もないのに。

それなのに、「サイード」と。

笑美は、離ればなれになった彼の名を呼ぶことはなかった。

切なさゆえに、彼の名前を呼ぶことすら、きっとできなかったのだ。

父が、冬馬の書いていた紙に鉛筆を走らせる。少しの間の後、笑美にそれを見せる。

「帰還条件も時間軸の定理も全て書いてある。仮にも宮廷魔法使いを務めるなら、これでわかるだろう——笑美」

「はいっ！」

笑美は髪を解いて、金糸が織り交ぜられている黒い組み紐を父に渡す。

自分の髪の色の紐を、彼に纏っていてほしいと笑美が選んだ組み紐。

サイードにより、笑美の下に戻されてしまったが、しかし笑美はこれを、自分のものだと思っていなかった。結局笑美はまだこれの代金を払えていなかったからだ。

これは、サイードのものである。そうでなければいけない理由が、笑美にはずっと、帰ってからずっと——心の中にあったのだ。

送還魔法には、目印が必要となる。サイードの所持品が——あちらの世界の人間の所持品が、笑美にはどうしても必要だったのだ。

呆けたまま笑美と父を見つめている冬馬に、父は目を細めて笑う。

「そんなに驚くことじゃない。魔法使いは、君のお父さんだけじゃなかったってことだよ」

目を見開く冬馬に、父が最後にこう言った。

「見ていなさい。魔法とは、こう扱う」

父が指先をこねると、ぬるぬると光が溢れ出てきた。父は冬馬の書いた陣を指でなぞる。ところどころ自分で条件を付け足しながら、不可思議な文字を書き連ねていった。

冬馬がどれ程頑張っても発動しなかった魔法が今、父から迸《ほとばし》っている。父が抱えているマオが急速に光り始める。

帰還の術式の時とは違う、白い閃光のような眩い光だ。

竜が気持ちよさそうに鳴いた。

魔力がどんどん陣になっていく。

文字が連なり、連なり、連なり。

部屋一面の、大きな陣が。

――消化されきっていなかった魔王の魔力は、一切の魔力の渦を止める常世において、唯一稼働する魔力であった。

吐きかける炎に可能性は見出しても確信が持てなかった笑美とは違い、魔法に長《た》けていた父は、炎の原動力が魔力だと気付いていた。

マオが引っ切りなしに父にくっついていたのは、懐かしい現世の匂いを嗅いでいたからである。

帰巣本能で可能性を倍増したとしても、マオの吐きだす小さな魔力では到底世界を渡ることなどできなかった。

しかし、そこに一つ、残されていた札を笑美は間違えなかった。

――何処にいても聞こえる呪いをかけておいた。もし何かあれば唱えてみるといい。きっと力になろうぞ――

シャルルは最初から最後まで、笑美に嘘をつかなかった。

現世でかけた魔法は、常世でも発動する。

それは冬馬の父によっても、実証された理であった。

シャルルの魔力が笑美の一番近くにいる魔力に反応した。それは勿論、マオであった。

しばらく魔力に触れていなかったマオは、それだけで自らの魔力の膨らませ方を思い出した。急激に膨れ上がる魔力は、マオの体を浮かせ、彼に竜としての本能を思い出させる。

「きゅるえ――――っ」

そして今、マオは笑美の腕の中で気持ちよさそうに咆哮を上げていた。

「可愛い自慢の娘。今度は必ず、笑って帰ってくるように」

父が手に持っていた紙を手渡した。笑美はしっかりとそれを受け取る。呆けた冬馬の横で、母がにこっと笑った。

「いってらしゃい。お墓参りはちゃんとしてくるのよ」

「行ってきます！　パパ、ママ！　それと、とう――――」

ま。

笑美とマオは、光に飲み込まれた。

終章：私の魔法使い

——カァ——ッ
青く冴え渡る空に、烏の鳴き声が響いた。

王城の一角に、バサバサバサ、と翼を広げて舞い降りる烏が一羽。

その烏に腕を差し出したのは、一見少女にしか見えない少年だった。

少年は烏の嘴《くちばし》を叩き、いくつかの命令を下すと再び空へと放つ。

烏が点となっていくのを見届けた少年は、次の仕事へ移ろうと体を翻し、動きを止める。

そこに、まるで自分も呼ばれましたとばかりに胸を張る生き物が鎮座していたのだ。

「……何、お前」

「きゅえっ」

トカゲにしては大きくて、竜にしては小さい。しかしその翼と吐き出した炎が、この生き物が竜だと証明していた。少年はふと視線を逸らすと興味なさげに呟いた。

「あっち、行っていい」

「くえー」

きゅるるーと喉を鳴らしながら、竜は少年の足元にすり寄る。

少年はただただその竜をじっと見下ろすことしかできなかった。

❖

「っだああ――――!!　あれから半年もたつっつーのに、ネチネチネチネチ……」

「仕方ありません。宝剣シア・グローディスを託されたというのに、まさか突っ張り棒代わりに使うなんて……陛下のご心痛お察し致します」

カッカッカッと軍靴の音が二人分、石畳の回廊に響く。二人に気付いた人々は片手を胸に、片手を背中にあて、笑顔で礼を取る。その敬意は、襟に刻まれた階級を表すラインへだけではない。

「あーもう色気のない話はいーや」

「残念ながらここは色気のない話をする場所です。取り急ぎの案件だけでこれ程」

男の言葉をバッサリ切った女は、腕に抱えている書類を手で摘んだ。

「もーやだー」と顔を背けた男が目にしたのは、壁に張り付いた団子――もとい、人だかり。

念入りに気配まで消して、人々はとある扉の前に張り付いていた。その扉は、男と女と共に、この世界を救った一人の英雄の執務室である。

「……なぁ」

「なんでしょう」

「色気のある話は、しちゃいけないんだっけか」

「時と場合によりますね」

男と女は顔を見合わせると、そそくさと団子の中に紛れ込んだ。

――時は、少し遡る。


「あの、サイード・シャル・レーンクヴィストって何処にいますか？」

とある国では平凡な、けれど現世では奇天烈な衣装に身を包んだ背の低い少女が尋ねる。

「あぁ、レーンクヴィスト殿なら今さっきまでここに……って」

城を守る衛兵はその声に答えようとして――顔を顰めた。

「誰だお前は」

少女は「えっ？」っと驚くと、合点がいったように顔を触った。

なる程、と何故か一人で頷き、にっこりと微笑む。

「壺姫です」

「あぁまたか」

「おーいしょっぴけー」

やる気のない衛兵の言葉でドヤドヤと兵が集まる。

「えっえっ、ちょっ、えっ⁉」

衛兵達は問答無用で、驚く少女をズルズルと引きずって行った。


平和が戻ってきた常世は、生気に溢れていた。皆が勇者をはじめ、英雄である騎士団長や王宮魔法使い官長を褒め称えた。

当然、常世に帰ったとされる聖女も例外ではない。

緘口令《かんこうれい》が敷かれているとはいえ、人の口に戸は立てられない。

聖女は壺を被っていて顔を確認できなかったと広まるやいなや、ナズナに集《たか》るアブラムシよりも多い偽物が、うじゃうじゃと湧いて出てきたのだ。

天の遣いであり、英雄でもある聖女を騙《かた》る不届き者を断罪しようにも、後から後から湧いてくる人物を片っ端から処断するには、時間も人手も足りなかった。

更に、恥知らずの中には、国にとって簡単に切り捨てられない地位にいる貴族女性も多くいた。

国は特別処置として壺姫――聖女を騙る者は、身分によって度合いが変わるお説教の末、保護者に返還することにしていたのだ。

「また今日も出たのか、偽壺姫」

「魔王が討伐されて半年、あらかた落ち着いてたんだけどなぁ」

職務が終わった衛兵は、同僚と話しながら城の廊下を歩いていた。

あまりにも多発するため、壺姫詐称事件に機密性などあったものではない。

衛兵も騎士もメイドも城下町の子供だって。皆、壺姫が偽物だということを知っていた。

「そういや今日の娘は、着ていた衣の雰囲気が違ったなぁ」

「お、どんなんだった？　壺姫様のお召し物が奇天烈だったたって噂が先行して、変なんばっかが来たよなぁ」

ある日は布地が平均の倍もありそうな程の華美なドレス。またある日は体の線がつまびらかに見えるシルクのドレス。とにかくどうにかと、布を巻きつけただけの娘もいた。

「まぁでも今までの中で俺はダントツ好みだね。今日身元引き受けに来なかったら、俺ちょっとデートにでも誘っちゃおうかな～」

「へーそんなよかったんだ」

「おう、笑顔がなぁ、よかったんだよ。花が咲くっちゃー正しくあれだな」

へーいいなーと笑う仲間達の声を無情に引き裂く、雪のように冷たい声が廊下に響いた。

「失礼——その話、詳しく聞かせてくれますね」

❖

「名前は」

「気軽に言っちゃ駄目って言われてるんですぅー」

王城のどこかの地下で、笑美は事情聴取をされていた。日当たりとは無縁のじめじめした暗い部屋は、今の笑美の格好では少しばかり涼しすぎる。

ドラマみたーい、かつ丼持ってこーい！　そう言いたくなるのを必死に我慢して、笑美は何度目になるかもうわからない問答を衛兵と繰り返していた。

「なんだそりゃ。誰に言われた」

「サイード」

「お前なぁ……壺姫の名前を騙るだけでも御法度なのに、んなやんごとなきお方に失礼なことばっか言ってるんじゃないよ、本当」

衛兵はふーと大きなため息をつきながら椅子に背を凭《もた》れさせた。

その衛兵のトーンに、笑美は違和感を感じる。

「魔法使いって、名前をみだりに教えちゃいけないんでしょ？」

「そんな話は聞いたことないな。お前らあるかー？」

「ないっすねー」

揃う衛兵の声に、笑美はくらりと眩暈がした。

またか。またなのか。笑美は深く息を吸った。

「もーーーう！　何度目よ！　あの嘘つき魔法使いー！　ペテン師に転職しちゃえー！」

テーブルに伏した笑美に、衛兵は慌てる。

「こら！　滅多なことを言うんじゃない！　ったく……これだから近頃の若いもんてのは」

「だってー」と唇を尖らせる笑美に、書類をボールペンもどきで叩きながら衛兵がまた尋ねた。

「じゃあ次、身元保証人は？」

「それも多分、サイードなんですけどー……」

「お前はまた本当……性懲《しょうこ》りもなく……」

目の前の衛兵は笑美の言うことを全く、ちっとも、これっぽっちも信じてくれなかった。

彼だけじゃない。皆紳士的なのが救いだが、この部屋にいる衛兵全員が、笑美のことを壺姫の偽物だと決めつけていた。

「なぁ、別に罰則がある訳じゃねえんだよ。もうちゃちゃっと話してさ、さっさと帰っちまおうぜ。な？　俺だって早く帰って、たまにはあったけえ内に母ちゃんの飯食いてえよ……」

「そうなの……かわいそう。きっと奥さんもあなたのこと待ってるね……」

「それがよう、最近、久しぶりに産まれた息子ばっかかまいやがって、夜中に帰っても俺におかえりさえ言ってくれねーでさぁ……」

「そうなんだそうなんだ……お仕事、そんなに忙しいの？」

「お前みたいなのが湧くからだよ！」

ドンッ、と衛兵が涙混じりに拳でテーブルを叩く。

「んもぉ！　そんなこと言われたってー！」

笑美は自分が本物の壺姫だと証明できる術を持っていなかった。サイードの名前を出すだけで取り付く島のない衛兵の様子では、青騎士団団長や副団長を呼んだところで、同じ対応をされるに違いない。

この部屋にいる衛兵達の誰かが、もしかしたら笑美がサイードと共に玉座に出現した場にいたかもしれない。

しかし、だからと言って何も状況は変わらない。

笑美の顔は壺で隠れていたし、当時の状況を説明したところで信憑性は薄い。あの場には沢山の人がいた。誰でも説明できる。

ポケットの中に入れている組み紐は、こんな衛兵じゃ何の価値も見いだせない。

城に着いた途端に喜びのあまり空に飛んでいった魔王が、今はとっても恨めしかった。

「全く来る日も来る日も壺姫の偽物様ばっかり……皆々様そのとびきり輝かしいご自身を自慢したいことはわかりますがねぇ……壺姫ってんならせめて、可愛いお顔を壺で隠してからやってきてくださいませんかねぇこんちくしょう……」

そりゃ無理だ。壺の上下が違うもの。

衛兵の言葉に笑美は心で突っ込んだ。

「お嬢ちゃんもこんなおっさんらと夜中までデートしたくないだろ？　ちゃっちゃと保護者の名前教えてくれりゃあそれでいいからさ、なぁ？」

衛兵の心からの言葉に笑美は頭を抱えたくなった。

それもこれもどれも全部――

「壺になんかするからややこしく……もぉお――！　サイードの馬鹿――！」

そう、サイードが、サイードが全部悪い。

八つ当たりと知りながら、笑美は拳を握って大きく叫んだ。

「誰が馬鹿ですか。口が悪い」

「ごめんなさい」

反射的に笑美は頭を下げた。

目の前にいる衛兵が、慌てて立ち上がるのを不思議に感じて、後ろを振り返る。

――淡い、春の、雪。

「衛兵、そちらのお方を解放なさい」

「え、ですが――」

「ソレは、本物です」

一瞬、部屋が完全に静まり返った。

しかし、その意味をすぐに理解した衛兵達は、弾かれたように一斉に立ち上がり背筋《せすじ》を伸ばす。片手を胸に、片手を背に。

衛兵全員が、魔王討伐の英雄である聖女に頭を下げた。

戸惑う笑美と、頭を下げる衛兵に何も告げず、サイードはすっと扉の向こうへ出て行く。

笑美は慌てて、その後に続いた。

「サイード、ねえサイードってば！」

サイードの足は速く、笑美を簡単に置いてきぼりにした。姿を見失わないように速足でついていく笑美は、いつもどれ程サイードに譲歩されていたのか知った。

普段は勿論、街を二人きりで散策していた時でさえ、サイードは笑美の歩幅を尊重し、常に気にかけてくれていた。

それが今、後ろをついて行っていいのかすら迷う程、笑美を視界に入れようともしない。

通り過ぎる人達は、何事だろうかとサイードと笑美を振り返る。沢山の人の視線に晒されながら、笑美は白亜の廊下を走った。走るたびに白い足がスカートのプリーツから覗く。

聖女でない自分は、やはりサイードにとって、いらない存在だったんだろうか。

会いたかった、会いたかったのに。無情な背中に、溢れそうになる涙と恋慕を堪える。

笑美は負けそうになる自分を奮い立たせて、サイードの後を追う。

しばらくすると、サイードが一枚の扉の前で立ち止まった。笑美はようやく止まったサイードに駆け足で近づいていく。

廊下を走ったりしたら嫌味を言われそうなものなのに、サイードは文句一つ言うことなく、ドアを開いて立っている。

ドアを閉められる前にと、急いで笑美が入ったその瞬間に、サイードも身を滑り込ませる。

背後でパタリと、音が鳴った。

笑美の目の前に移動したサイードは、壁を睨みつけながら、厳しい声で笑美を問い質す。

「なぜ帰ってきたのです」

「……ええっと……」

扉に体が触れそうな場所に立ったまま、話をするのだろうか。

彼から投げられた直球の言葉の恥ずかしさを誤魔化すために、笑美はきょろっと目を逸らした。

「まさか、私に会いに来たなどと、愚かなことは言わないでしょうね」

ええ、正にその通りです、と言うことができず。

また、何を己惚《うぬぼ》れたことを、と強がることもできなかった笑美は、見事に固まった。

笑美の動きで察したサイードは、一瞬の空白の後に一息で言い切った。

「早くお帰りなさい。送還の陣を整えましょう。私一人の魔力では及び難いので、準備をしてまいります」

一顧だにしないサイードの行動に、笑美が慌ててサイードの衣を握る。

いつもの皮肉も辛辣な言葉もない、ただただ真っ直ぐな、サイードの否定。

「ま、待ってよ！　やっとこっちに来られたのに！」

「――勇者様が陣の成形を？　トウマではなくトンマに改名した方がよろしいようですね」

「そ、そんなこと言わないでよ。こっちに来たくて毎日二人で頑張ってたのに」

サイードの全てが懐かしく、今すぐ触れたいと熱望してしまうのに、そう感じているのは自分だけという事実に笑美は顔を俯かせる。

「……ええ、そうですか。それは全くの徒労をお掛けしてしまい、申し訳ございません」

降り積もる冷ややかな声に、笑美は身を震わせた。

笑美は自分の言葉の何に対して、サイードが憂鬱そうに顔を顰めたのかわからなかった。取りつく島がなかったことに加え、不機嫌になってしまったサイードの服を引っ張る。

「――冬馬も頑張ったけど、送ってくれたのはパパだよ。それと、魔王」

興味を引かれたのか、ピクリとサイードの体が動いた。

ようやく会えた自分よりも、冬馬や自分の父――ましてや魔王なんかが気になるというサイードに、笑美はもう、涙が堪えられそうにない。

「魔王が、そちらの世界に？」

「そう。壺に入れたでしょ？　消化しきれなかったみたいで」

「無事だったのですか」

「うん。子猫みたいになってたけど、生きてたよ」

「そうではなく――」

笑美の答えに、何故かサイードが頭を抱える。

「そうではなく？」

サイードは抱えた頭を数度、横に振った。

「いえ、子猫のようになった魔王が？」

続きを促され、笑美は端的に事実を告げた。

「うん。ちょっとの間うちで飼ってたの」

「……魔王を――飼う……」

「パパが協力してくれないから、冬馬が送還魔法を頑張って作ってくれて。でも結局パパが仕上げたんだけど、あっちには魔力がないから、おじいちゃんが助けてくれて。魔王の魔力を使って――」

「お待ちなさい、把握できません。一つずつ、ゆっくり」

ゆっくり、話していいんだ。

帰らせようとするサイードの為に、急いで話を伝えようとしていた笑美は、胸がぎゅっと締め付けられた。

この話をしている間、サイードの隣にいてもいい。笑美は嬉しくて笑みを返した。

「あのね、壺には入ったけど、あんな大きい魔王を全部消化することはできてなかったみたいなの。それで、壺の中の水で邪気だけ祓われて、魔王は元の無害ないい子に戻ったんだと思う――って、パパが」

「そのパパというものが不思議です。貴女のお父上は、あまりにも現世に通じ過ぎている」

「……だってパパ、こっちの人間だもん」

サイードは今度こそ言葉を止めた。

笑美と冬馬にもたらされていた数多の恩恵。その全ては、膨大な魔力に起因した。

二人が共通して持つ太古の力。

あれは常世の人間ならではの能力なのだと、笑美を含めた全員が思っていた。

冬馬の血筋については、魔王討伐後、宮廷魔法使い総統シャルルによって発表されている。

常世の民にして、稀代の魔法使いハルベルト・アドゥルエルムの血を深く継ぐ子息ならばあの魔力も納得だと、常世の誰もが認めていた。

けれども、もう一人の太古の力を持っていた笑美まで現世の血を引いているともなれば、話がまた変わってくる。

サイードはゆっくりと口を開いた。

「御尊父の、名は」

「普通の名前だよ……でも、サイードに言うならこっちだね。パパの昔の名前は、アルフォンス・ティガール」

「――救世の、王子かっ」

この国の名を持つ、古《いにしえ》の王子。

二百年前、第二の魔王を屠った救世の王子アルフォンス・ティガール。

幼い頃からサイードが憧れ続けた存在であった。

今では名を知らぬ子など一人もおらぬ、伝説。

魔王討伐隊を率い、寄る辺《べ》《よ》のなかったシャルルを助け、見事世界を救った暁《あかつき》にはその聡明さをもって国を平らに導いた――彼の英雄。

笑美が旅の間持っていた紙とペンも、正しい歴史を遺すため製紙産業に力を入れた彼の成果だ。

その王子を父に持つという娘にサイードは頭を抱えた。

シャルル老師は、昔々のその昔……救世の王子に命を助けられている。

彼の纏っていたボロボロの布きれ。あれは恩人であるアルフォンス・ティガールより授かった、彼の命程大事なローブであった。

アルフォンス王子は世界を泰平に導いた後、王位どころか爵位も投げ捨て、旅に出た——と、彼自身が築き上げた正しい歴史には残っている。

ただし、アルフォンス王子の弟子を師にもつシャルルは、事の真相を知っていた。

正しい記録に残らない場所で、救世の王子は界を渡っていたのだ。

ただ一人の愛しい人に、笑顔を届けるために。


魔王討伐から始まり、救世の王子が常世に住まうまで——

笑美はこの恋物語がとにかく好きだった。

父に、母に強請っては、何度も何度も語らせた。

だからこそ、笑美は突然訪れたこの世界に恐怖を感じなかった。魔法使いの存在も、命をかける騎士の尊さも、冬馬が見たこともなかった食べ物の食べ方も、日本にはない調味料の使い方も、笑美は全て知っていたからだ。

自分にできることならなんでもしたいと思った。

ここは、父を育んだ世界だから。

だから、サイードが迎えに来た時に——自分の運命が回り出したのだと感じた。

きっと、彼が運命なのだと。

黙り込んでしまったサイードの前で、笑美は俯いていた。

手放しで喜ばれるとは思っていなかったが、こんな風に出会ってすぐに追い返されそうになるとは笑美も思っていなかった。

目が合わないどころか、一度だってこちらを見てくれないサイードに、心が折れそうだ。

やはり、迷惑だったのだろうか。

最後のキスに希望を見たけど、あれも。彼にとってはただの陶器に口づけたのとなんら変わりなかったのかもしれない。

毎晩抱いて眠っていたことだって、クッションよりも自分の方が壺の梱包材を果たせると思案した結果だろう。そこに深い意味はなく、ただただ、壺の水大事さのためだったに違いない。

舞い上がって、ここまで押しかけてきて、馬鹿みたい。

笑顔は得意なはずなのに、笑美はうまく笑うことができない。

「パパの名前なんてどうだっていいじゃん……」

「どうでもいい訳がありますか」

ため息交じりに告げられた言葉に、笑美はムッとする。

「パパの名前よりも、大事なのは私の名前でしょ。魔法使いの名前を呼ぶの禁忌じゃないって、さっき取り調べで言われたんだけど、本当？」

「今そのような些事は関係ありません」

笑美が声をかけたことで思考の波から戻ってきたのか、サイードはまたいつもの冷淡な顔をして切り捨てた。

笑美は堪らずに叫ぶ。

「些事って何。なんで私達は名前を呼ぶの、止められてたの？」

最初に聞いてた話と違うと言うと、サイードは諦めたように軽く目を瞑った。

「……名は個を縛ります。常世のお二人の魂が現世に定着しては難儀するでしょう」

あぁ、そうなんだ。笑美は勢いを削がれ俯いた。

うつむいた拍子に涙が零れぬよう、ぐっと力を込めるものの、上手くいかなかった。

足元の絨毯にぽたりと、染みができる。

「なんだ、てっきり……。冬馬が私の名前、呼んだからだって。期待したじゃん……」

取り調べ中、実は胸が高まった。

サイードは嘘をつくが、気まぐれで嘘をついたことはない。

きっと何か、彼にとって譲れぬ事情があったのだと笑美は思った。それが、自分と同じ気持ちからであればいいなと、笑美はまた性懲りもなく淡い期待を抱いていたのだ。

なんだ、私、本当に……ただ己惚れてやって来ちゃっただけなのか。

「何よ、さいーどの、ばか」

色男、すけこまし、好色漢。

「遊ぶならもっと、遊び慣れてる女でやれ。己惚れさせやがって」

ぽたりぽたりと絨毯に染みを広げる笑美に、サイードは額に青筋を浮かべながら言った。

「全くの同意見です。私も何度、貴女にそう思ったことか」

笑美は心外だと顔を上げた。

「何言ってんの、意味わかんない。私、サイードのこと誑《たぶら》かしたことなんて一度もないじゃん」

笑美は自分の顔の使い道をよく知っていた。

しかし、それは当たり前だが、人間の顔の時の話だ。壺で発動なんか、するはずもない。

また笑美にとってサイードは、会った時から余裕を持たせて貰えない相手でもあった。彼にはずっと、嫌われているとすら思っていたからだ。

小細工すらさせて貰えない相手に、自分ごときの小手先が通用するとは到底思えなかった。

「無知とはなんと暴虐か」

「暴虐なのは自分じゃない、ここまで来たのに、顔も向けずに、帰れなんて――」

そうだ、あんまりだ。と憤った笑美が、サイードに掴みかかった。

彼は笑美に服を握られたまま、初めて笑美の方に顔を向けた。

夜空色の瞳は、笑美の奥底まで見透かそうとするかのように、ただ真摯に見つめている。

鳥のさえずりも、聞こえていた小さなざわめきも聞こえない。全てをサイードの視線が退けた。

「では今後、私の贈った宝石や服を身に着けるのですか?」

「……サイード?」

小首を傾げる笑美に、サイードが眉根を寄せる。

「貴女の愚かさが、時折、本当にたまらなくさせる」

そう吐き捨てたサイードは、笑美の目を覗き込みながら問う。

「私の妻になるのかと、聞いているのです」

「つ、妻、って……」

言葉の内に潜んでいたサイードの真実を突き付けられた笑美は、その言葉の持つ響きに尻込みした。まるで胸いっぱいに無理やり言葉を押し込められたかのような、意味のわからない浮遊感に足が一歩下がる。

その表情で笑美の覚悟を見て取ったサイードは、くすりと笑った。

「ご覧なさい。さぁ、帰りなさい」

「ま、待ってよ」

追いすがる笑美に、サイードは冷静に返した。

「帰りなさい」

「やだ、話が終わるまで帰らない」

「夜な夜な母の乳を恋しがって泣いていたくせに、一丁前な口を利く」

「子供じゃない」

「だから困っているのでしょう」

まるで疲れ果てたように、サイードが大きなため息をつく。

ようやく合わされていた視線は、彼の気分一つで剥がされてしまう。

「私だってこのわからず屋に困ってる。ねぇ、ねぇ。まだ妻とか、そういう覚悟はないけどさ――」

「その程度の決意で来られても邪魔なだけです」

「じゃあ今覚悟するから、待って！」

「覚悟とは、人に言われてするものではありません」

「何よ……骨を埋める覚悟じゃないと、恋もしちゃいけないの⁉」

「その相手が私でない場合、貴女の言は正しい」

「いやだ、サイードがいい。いや」

いや、と笑美は掴んでいた服を放すとサイードの髪に触れた。白銀の絹は今、纏められることなくサイードの肩に流れている。懐かしいサイードの匂いに、笑美は無意識に顔を擦り付けた。

それをサイードがどんな表情で見ているかなど、全く知りもしないで。

「――帰りなさい」

いつまでもつれないことを言うサイードに、笑美は掴んでいた髪を引っ張った。

勢いに負け顔を近づけたサイードに、鼻と鼻が触れ合いそうな程近くで笑美が叫んだ。

「そんなに、そんなに迷惑⁉」

「ええ」

にべもないサイードの肯定に笑美は一瞬ひるむ。しかし、負けてはいられない。

笑美は耐え切れずに最後の切り札を出した。

「じゃあなんで、なんで最後に……あんなことしたの！」

「私の過《あやま》ちです。忘れてしまいなさい」

最後の笑美の切り札は、サイードにとって再考の余地もない程些細なことだったらしい。

あまりにもあっさりと非を認められ、更には忘れろとまで言われ、笑美は無情な現実に足がよろめいた。

「――忘れられる訳、ないじゃん。会いたかったんだよ、笑ってほしかったんだよ。きっとまた、笑ってくれるって……思ってたんだよ」

打ちひしがれた笑美に、サイードが冷淡な声を溢した。

「――この地で、花は咲き続けられない」

その言葉を聞いた笑美は、目を見開いてサイードの目を覗き込む。

そこにある一筋の光を決して見逃さないようにと、藍色の夜空を。

「常世にね、桜って花があるの。サイードも見たよね」

「……天を流れる花ですか」

「そう。綺麗だったでしょ？」

「……ええ、とても」

とても。と続けたサイードの声の響きに、笑美は頷いた。

「あれね、枯れないんだよ、散るだけなの。ちゃんとまた、来年も咲くの。ねぇ、それじゃ、だめ？」

ねえ、ねえ――花って、私のことなんでしょ。

サイードが沈黙した。笑美はそれが肯定だと、知っていた。

笑み、という言葉には、花が咲く、という意味も含まれる。そのことに思い当たったのは、サイードが別れ際に言った台詞を聞いたからだった。

――貴女が、この地でも咲く花であれば、よかったのに。

「枯れないよ、散るだけだよ。寂しくなって泣くこともあるかもしれないけど、その時はサイードがまた咲かせて。絶望だって、水を注いでくれるんでしょ？」

震える笑美の声に、サイードは大きく息を吸いこみ、吐きだした。

そしてまるで、身の震えを誤魔化すように大きく横に首を振る。

「覚悟もない癖に、そのようなことを口に出さない」

「私、サイードのそばにいたいよ」

「それは甘えというのです。選択肢の一つとして選ぶのなら、勇者様にでもしておきなさい。ともに困難を乗り越え、同じ地、同じ世界に帰る——まさに恋の相手に相応しい」

「そうかもしれないけど、しょうがないじゃん。サイードがいいんだもん！」

わかってよ、わからず屋！　と続けた笑美に、サイードは熱い瞳を向けた。

「では、妻になるのですか」

サイードが幾度目かになる問いを笑美に向けた。

いつも湾曲な言葉遣いをするサイードらしくない、真っ直ぐな言葉を。

「私のために、あちらの世界を切り捨てるのですか」

サイードの氷のような言葉に、けれども笑美は負けなかった。

「……そんなこと、できない」

顔を歪めて今にも泣きそうな笑美に、サイードは優しく微笑む。

——私を、連れて帰るおつもりですか？

そう尋ねた時と、同じ苦笑だった。

「これが最後の譲歩です。帰りなさい。貴女はまだ、戻れる」

「——一緒に、考えて！」

自己完結して微笑むサイードの髪を、笑美は強く握りしめた。絹の髪は笑美の手に当たり前のように吸い付く。

髪は、結ばれていなかった。

その意味を、私にちょうだい。

「何を」

「私が、あっちとこっちを、捨てないですむ方法！」

髪を引っ張られた格好のまま、サイードは間抜けな顔をして笑美を見つめた。

「とりあえずほら、私まだ高校生だし。高校無事に卒業して、狙ってる短大卒業して、ちょっと一度は社会に出て荒波にもまれて。親孝行に旅行なんかも連れていって。そんで、そんで。十年くらいたってお嫁に行く感じで、お願いします。盆と正月、年に二回は家族みんなで里帰りして。それで、それで――」

夢物語を語る笑美を、サイードはポカンと見ている。

今回の送還も、前回の送還も、重なり合う類い稀なる奇跡があったからこそできたことだ。

そんなにぽんぽん、できることではない。

「……貴女は、何様ですか」

「聖女様！」

サイードはもう口を開くこともやめてしまった。

「だって、私は。サイードとの幸せを、犠牲の上に成り立たせたくない」

「……」

「それにほら、私まだちゃんと覚悟できてないし。サイードもでしょ？　この姿を最初にちらっと見てたけどさ。それだけじゃん。あとは壺で、話すどころか意思の疎通もできないぐらいで……」

「――貴女は、だから愚かだと言うのです」

沈黙していたサイードが零した言葉に、笑美は固まった。

「……え？」

「誰が術をかけたと思っているのですか」

「……えっと？」

「貴女は独り言も多かった」

今度は笑美が絶句する番だった。

サイードの放つとんでもない言葉に、思考が追い付かない。

「幻覚は、使用者には効きませんよ」

――サイードのこと、好きだったんだ。

まさか。

見られなくて済んだと思っていた赤らんだ顔も。離れたくないと泣き叫んだ声も。彼を好きだと零した本音も。

あれも、これも、それも――全部。

全部知られていたというのか。

瞬間湯沸かし器のように瞬時に顔を赤らめた笑美は、パッとサイードの髪を手放した。

もたつく足で必死に部屋の隅まで逃げ、小さく丸まって蹲る。

「笑美？」

「みみみみみないでぇえ」

笑美は顔を両手で覆った。

その両手の隙間から、ゆでだこのように赤い耳が覗いている。

――聞かれる覚悟のない、愛の告白。

妻、なんていう現実味のない言葉の比ではない。

笑美の心からの言葉を、サイードに聞かれていたのだというその事実が、笑美に堪らない羞恥心を抱かせた。

「……だから、帰れと言ったのに」

その言葉は、もう帰るなと言っているように、都合のいいゆでだこには聞こえた。

期待が恥ずかしさで追いやられる。絨毯がサイードの足音を吸い込んだ。しかし、衣擦れの音でサイードが近づいてきていることが笑美にはわかっていた。

サイードは信じられない程近くにしゃがむと、笑美の体を覆って壁に手をついた。壁ドンである。

そして懇願するかのように、愛を注ぎ込むかのように、あやすように、笑美の耳元に唇を寄せる。

「十年後、貴女の告げた予定を全てこなせば、妻になるのですか」

押し込まれた熱を逃がすように、笑美の口から吐息が零れた。

かつて、これ程までに直接的なサイードの言葉を、聞いたことがあっただろうか。

サイードの熱が笑美の中を突き抜ける。

過去の愚かな自分も、触れる温もりも掠れた願望も、全てが堪らなかった。

溶けた脳は、ねだる愛を包み込む。笑美は眩暈を感じた。しゃがんでいるくせにおぼつかない足で、ふらつかないことに精いっぱいだった。

か細く震える笑美に気付いたのか、サイードは笑美の体を持ち上げる。

途端に香る懐かしい香りに、笑美の目には、涙が浮かんだ。

彼のかけらを夢中で吸い込む。あまりにも嗅ぎ慣れた、サイードの香りだった。

笑美の体を持ち上げたサイードは、ラピスラズリの瞳で笑美を射止めた。瞬間、襲う胸の苦しさに、笑美は死んでしまうかと思った。

この程度の距離、大したことなどなかったはずだ。

毎日毎晩、彼の胸に頬を埋めて眠っていたはずなのに……笑美は今、目を瞑り身を縮こまらせても抗えない息苦しさと羞恥に、身を貫かれていた。

「常世と現世の溝に橋を架ければ、妻になるのですか」

「で、できるの？」

「私は、妻になるのかと、聞いているのです」

殺される。死んでしまう。

笑美は耳から脳に届いた彼の声が、ぐずぐずに自分を溶かしていると感じた。

冷たく淡々とした、雪のような声。

その声が、笑美を抱き上げる腕が。緊張のために強張っていることを、ろくにものも考えられなくなっている頭で笑美は気付いてしまった。

笑美は喘《あえ》ぐような吐息混じりの声を、必死に舌にのせる。

「……なる。して。してください」

小さな小さな、愛しい懇願。

確かに聞こえたその声に、サイードは深く長い息を腹の底から吐き出した。

「十年、私の睡眠時間は無に等しくなりますね……」

笑美はサイードを見下ろした。耳や首どころか、目まで真っ赤にさせた笑美に、サイードがそっと微笑む。

その顔を見て、笑美の口が戦慄き涙を零した。

ずっとずっと、見たかった。このために、やってきた。

鼻先を掠めるサイードの熱を感じると、笑美は迷わず飛び込んだ。

花が咲いて、雪は解けた。

季節は、そう――……春だった。

突然ですが、聖女になりました。〜世界を救う聖女は壺姫と呼ばれています〜

突然ですが、聖女になりました。
～世界を救う聖女は壺姫と呼ばれています～

＊本作は「小説家になろう」（https://syosetu.com/）に掲載されていた作品を、大幅に加筆修正したものとなります。
＊この作品はフィクションです。実在の人物・団体・事件・地名・名称等とは一切関係ありません。

2018年9月20日　第一刷発行

著者 …… 六つ花えいこ

イラスト …… わか
発行者 …… 辻 政英
発行所 …… 株式会社フロンティアワークス
〒170-0013　東京都豊島区東池袋3-22-17
東池袋セントラルプレイス5F
営業　TEL 03-5957-1030　FAX 03-5957-1533
アリアンローズ編集部公式サイト　http://arianrose.jp
編集 …… 平川智香・原 宏美
フォーマットデザイン …… ウエダデザイン室
装丁デザイン …… AFTERGLOW
印刷所 …… シナノ書籍印刷株式会社